三國疑雲

卷 15

反敗為勝

水的龍翔 著

目錄

第一章

君臣不分

「呵呵，陛下已經將這裡的事全權委託給我了，你和我說是一樣的。」周瑜笑道。

高麒聽後，反駁道：「只怕不一樣吧，你是臣，皇帝是君，怎麼可能會一樣呢，如果一樣的話，那到底是皇帝是臣呢，還是你是君呢？」

張飛知道郭嘉是高麟的恩師，但是他向來就是這樣一個脾氣，不避權貴，只要是對的，他就堅持到底。

「你……」郭嘉怒了，當即指著張飛叫了起來。

龐統見狀，急忙從中調和，站起身子來，拉住郭嘉的手道：

「公爵大人息怒，你和張將軍都沒有錯，王爺催促我們快速行軍，自然有王爺的道理。只是，一味的強行軍，只怕會將整個部隊拖垮。王爺是皇上的兒子，難道張將軍會見死不救嗎？再說，王爺如果兵敗了，對張將軍也不會有什麼好處，張將軍何必做這種吃力不討好的事情呢。我倒是有個折中的辦法，或許可以一試……」

郭嘉、張飛聽後，便齊聲問道：「什麼辦法？」

龐統道：「可先派遣一支部隊以強行軍的姿態去支援王爺，剩下的則由張將軍繼續率領著前進，見到王爺之後，便言明我軍所存在的困難，王爺通情達理，自然不會怪罪，這樣一來，我們既不會違背王爺的命令，也支援了王爺，一舉兩得，何樂不為呢？」

郭嘉聽後，當即拍手道：「善！士元所說，正是我所想的。張大將軍，那就由我帶領一半的騎兵先行，大將軍率領剩餘的在後，如何？」

張飛道：「可以，但是俺的部下你一個也不許帶走，要帶的話，就帶走王爺的八萬騎兵，剩餘的十萬騎兵俺自有妙用。」

郭嘉道：「好吧，就這樣定了，但是，我還需要向你借一員將領……」

「誰？」張飛問道。

「討逆將軍關平。」

高麟走的時候，抽調走了大軍中所有的精兵強將，郭嘉知道，他若單獨行動，就必須有個將領才行，所以才開口說道。

張飛皺起了眉頭，思量一會兒後，道：「好，我答應你，何時啟程？」

「明日一早。」

會議散後，張飛獨自一人在軍帳中踱來踱去。

不多時，關平跨入大帳，參拜道：「大將軍，你找我？」

「平兒，快坐。」

張飛見關平來了，歡喜異常，親自將關平扶著坐下。

「大將軍，你找我何事？」關平問道。

「平兒，這裡沒有外人，咱們叔侄就別那麼客套了。」

張飛看著關平，心中多了一絲感傷，畢竟他是二哥關羽的長子，這麼多年來，一直待在他的身邊，現在突然間要讓他自己去闖蕩，有些不忍。

張飛共有兩子兩女，長子張苞早夭，次子張紹體弱多病，不適於習武，所以他有一種後繼無人的感覺。關羽不願意跟他一起歸順華夏國，卻也不希望自己拖累了子嗣，讓關平跟隨在張飛的身邊，張飛將關平看做自己的兒子，對關平十分的溺愛。

「叔父，你找我，到底是為了什麼事？」關平見張飛表現出從未有過的緊張以及目光中流露出來的不捨，忍不住問道。

張飛當即將事情說給關平聽，道：「平兒，你願意和郭軍師一起出征嗎？」

「既然是軍令，侄兒不敢違抗，叔父只管下令便是。」關平想都沒想便答應了下來。

「可是，你可知道此去的危險性嗎？」張飛擔心地道。

「大丈夫當提三尺劍，立不世功勳，就算戰死沙場，也是死得其所。叔父，你對侄兒一向愛護有加，侄兒心裡明白，不過，侄兒不想一直在叔父的護佑下生活，總有一天，侄兒還是要自己面對挑戰的，**難道叔父不希望侄兒有朝一日能夠成為獨當一面的大將嗎？**」關平反問道。

張飛聽後，知道自己是留不住關平了，正如關平所說的一樣，他也希望關平能夠借這次機會一展雄才，論武力，關平絕對堪稱一流，只是一直沒有得以展示的機會。

此次去救援大將軍王，如果被大將軍王相中，納入大將軍王的王府作為禁衛將軍，也算是關平的造化，說不定以後會越走越高。高麟雖然有些跋扈，但是不可否認，大將軍王的名聲在邊陲一帶是赫赫有名，威震八方。

「好吧，既然你已經做出決定，叔父也不攔你了，你明日就隨郭軍師一起啟程吧，以後的路，要靠你自己去走了。」張飛語重心長地道。

「是，叔父！」

荊州，江夏府。

「啟稟知府大人，吳國水軍未得我國允許，公然駛入我國水域，沿江巡船前去制止，反被吳國水軍用船撞沉，巡船上二十一人，除了艄公得活之外，其餘全部溺水而亡。」

府衙大廳裡，高麒端坐在知府的位置上，聽到跪在下面的人的報告，擺了擺手道：「知道了，下去吧。」

「可是大人……」

「下去！」高麒怒道。

「是……」斥候唯唯諾諾的退了出去。

「虎牙大將軍到！」

這時，府衙外面傳來一聲高呼，喊聲響徹整個大廳。

高麒聽後，立刻走到府衙大廳外面，剛好和虎牙大將軍張遼撞個正著。

高麒抱拳拜道：「下官江夏知府高麒參見虎牙大將軍！」

張遼的嘴唇上方多了一撇小鬍子，顯得很是成熟，他披著一身的盔甲，見高麒參拜自己，當即說道：「大皇子不必如此，大皇子這樣真是折殺文遠了。」

高麒道：「華夏國律例，下官參見上官，這是正常的禮儀，如今我是知府，正二品的官，可大將軍位高權重，是國之中流砥柱，已經不能用品級去衡量了，下官自然要參拜大將軍，禮數可不能廢。」

張遼切入正題道：「這個……大皇子，吳國水軍撞沉我國巡船一事，想必大皇子已經聽說了吧？」

「剛剛接到的情報，大將軍親自造訪，定然是為這件事來的，不知道大將軍是何看法？」高麒虛心地問道。

張遼忿忿地道：「吳國實在太過囂張了，連年惹事，月月滋事，皇上令我等一再忍讓，可是再這樣下去，我擔心手下的將士們會被吳國給逼瘋了。論國力，我軍實力在吳國之上，論軍事力量，我軍早可以將吳國滅之，可是……大皇子，這件事發生在江夏境內，你打算如何處置？」

高麒道：「吳國水軍撞沉我國巡船一事，想必事出有因，吳國和我國是盟國，應該不會做出這種事情來，想必這其中是個誤會，我準備出面調停此事，和吳國的大都督周瑜面談。」

「大皇子……你這樣做，只怕是有損我國國威啊！」張遼不敢苟同地道。

「呵呵，我這也是遵循聖旨啊，聖旨上是這樣寫的，無故不得滋事，一切以忍讓為先。皇上如此說，自然有皇上的道理，大將軍，你說對不對？」高麒反問道。

張遼重重地嘆了一口氣，什麼都沒說，轉身走了。

當他快要走出大廳時，忽然停住腳步，扭頭對高麒說道：「大皇子，有件事我必須要提醒你一下，任何事都有個限度，一味的忍讓就是懦弱。我的軍隊就在下雉，如果大皇子需要調兵的話，儘管派人通知我，我定當竭盡全力，給吳國一個下馬威。」

高麒呵呵笑道：「大將軍的好意我心領了，只是，我想大概用不到兵戎相見。」

張遼皺起了眉頭，不知道高麒為什麼要這樣做，只是無奈地搖搖頭，很快地便消失在知府衙門外。

高麒看著張遼離去的背影，暗暗想道：「張將軍，早晚有一天你會明白我這樣做的苦衷的……」

潯陽江上，一葉扁舟輕帆卷，高麒坐在船頭，輕輕的吹奏出一曲笛音，那笛音清脆悠揚，傳出了好遠好遠。

薄薄的霧，淡淡的曲，一切都顯得那樣的平和和自在。可是，**誰會想到，這一葉扁舟不久便會陷入萬人的包圍之中**。

船上只有艄公和高麒兩個人，高麒吹奏完一曲之後，便將笛子插在腰間，他穿著一襲白色的長袍，緩緩地站立在船頭，雙手背朝後面，雙眉緊蹙，白皙俊朗的臉龐上帶著一絲淡淡的哀愁。

小船乘風破浪，緩緩地向著潯陽江的岸邊駛去。

快要抵達岸邊時，掛著吳國軍旗的戰船便從四面八方包圍了過來，將這一葉扁舟圍在窄小的水域中。

「來者何人？」一艘大型戰船的甲板上，一員身披鎧甲，頭戴銀盔的將領朗聲問道。

高麒環視一圈，目光中夾雜著一襲鄙夷和輕蔑的味道，道：「沒想到，歡迎我這個手無縛雞之力的人，居然也用得著這麼大的排場，你們大都督也真是太看得起在下了。」

「你是……我們大都督請來赴會的江夏知府？」戰船甲板上，那員將領聽到高麒的話後，問道。

高麒點點頭道：「正是。」

那員將領當即將手一揮，戰船緩緩駛離，在高麒的正前方排成一排，之後戰船便擊起隆隆的鼓聲。

那員將領站在船首抱拳道：「在下吳國橫江將軍**呂蒙**，見過高知府。」

「原來是呂將軍，久仰久仰。」高麒拱手道。

「我聽聞江夏知府是個半百的老叟，今日一見，沒想到卻是如此年輕，謠言真是不可輕信啊。」呂蒙打量著高麒，道。

「呵呵，呂將軍聽得一點沒錯，之前的江夏知府的確是個半百的老叟，我只是剛剛上任而已。呂將軍，這裡既非貴軍大營，在這潯陽江上談話，未免有失待客之道吧？」

呂蒙笑道：「大人勿怪，在下這就帶大人去見我家大都督。」

呂蒙轉過身，喝道：「讓開一條路，讓大人過去！」

於是，吳國的水軍分成兩邊，艄公撐船，載著高麒便從中而過。

呂蒙一直注視著高麒，看到此人臉上沒有一點懼意，覺得很是奇特，暗暗想道：「小小年紀，竟然有如此膽量，敢隻身一人前來赴會，未免太不將我們吳國人放在眼裡了……」

於是，呂蒙喚來一個親隨，在親隨耳邊輕聲說了幾句，那名親隨便快速離開了。

潯陽城中。

周瑜坐在一座江心的小亭上，正在撫琴，琴聲悠悠，讓每一個聽到琴音的人都覺得周圍彷彿是一片世外桃源，如此的寧靜。

不多時，一陣急促的腳步聲打亂了琴音，木質的地板傳來咚咚咚的響聲，很是刺耳，聽琴的人紛紛側目。

但見一名斥候跑得飛快，一溜煙的功夫便跪在周瑜面前，報告道：「啟稟大都督，橫江將軍呂蒙傳來消息，說江夏知府隻身一人前來赴約……」

琴音戛然而止，周瑜微閉的雙眼緩緩張開，道：「徐盛、丁奉！」

「末將在！」

「即刻準備酒宴，安排歌舞，本府要親自宴請這個江夏知府……」周瑜淡淡地吩咐道。

「諾！」

周瑜站起身子，看了一眼周圍站立的將領，道：「凌操、朱然，將戰艦盡數開到江中，陳列在下雉的江邊，陳武、潘璋、蔣欽率領陸軍向前逼近，靜候本府的命令。」

眾將齊聲答道：「諾！」

周泰在周瑜身側，見眾人都有差事，唯獨他沒有，便問：「大都督，那我呢？」

「你跟隨在本府的身邊，隨我一起去宴請江夏知府。」周瑜道。

「是，大都督。」

潯陽城的北門外，吳國的儀仗隊伍整齊的排列著。

周泰騎著一匹高頭大馬，率領身後五十騎兵靜候在那裡，看到正前方的大路上有吳國的隊伍翩翩駛來，為首的是一個白衣少年，面如冠玉，目若流星，顯得是那樣的英俊，瀟灑。

「不是說江夏知府是個年過半百的老頭子嗎，怎麼來的是個俊俏少年？」周泰見後，狐疑地轉身問道：「斥候的消息是不是有誤？」

「將軍，不會的，斥候的消息一向很準的。」

周泰摸不到頭腦了，便不再問了，等到高麒被吳國的部隊送到近處時，他便策馬向前，在馬背上朝著高麒拱手道：

「吳國鎮北將軍周泰，見過江夏知府大人。」

高麒也很客氣地回應道：「華夏國荊州知州帳下，江夏知府見過周將軍！」

周泰見高麒沒有說出姓名，臉上便有不喜之色，問道：「不知道大人如何稱呼？」

「呵呵，見到周大都督時，在下自會告知。鎮北將軍雖然位高權重，可是在我華夏國，卻是正三品的官，我這個知府還是正二品呢，你見到我，應該禮遇才是，最起碼也要下馬參拜一下。」高麒笑著說道。

「你……」

周泰雖然心中不喜，可是高麒說的是事實，鎮北將軍在華夏國的將軍體系中，確實是正三品。

華夏國文武體系非常的明確，而且軍政分離，所以一般情況下，即使將軍很有權，見到了高於自己的上司，也要行參拜之禮，這是禮數問題。

「將軍，大都督說了，千萬不能惹出什麼岔子來……」身邊的人見周泰要發怒，當即勸道。

周泰強忍住心中的怒火，十分不情願的跳下馬背，朝高麒道：「在下周泰，見過知府大人！」

「嗯，這樣就對了。我們是盟國，兩國之間最重要的就是禮儀問題。你這樣做，才不失為大國禮儀嘛！」高麒得了便宜還賣乖地說道。

「大都督等候知府大人多時，請知府大人隨我一起入城。」周泰臉上一寒，板著臉對高麒說道。

高麒笑道：「那有勞周將軍了。」

從始至終，高麒從未下馬，在周泰的帶領下，來到潯陽城的縣衙裡，這時，他才下馬，跟著周泰進入縣衙。

縣衙的大廳裡，周瑜見到周泰帶著高麒進來，當即眼前一亮，沒想到江夏知府竟是如此的年輕，單從外貌、身形和氣質上，周瑜便不難猜出，高麒是個養尊處優的富貴之人。

他想起以往和華夏國的種種，似乎聽斥候說過，華夏國的皇長子高麒一直在荊州，便試探性地問道：「閣下莫非就是最近盛傳已久的燕侯？」

高麒笑了笑，又打量了一下周瑜，見周瑜儒雅異常，氣質非凡，面目俊朗，便抱拳道：「江夏知府高麒，見過吳大都督！」

周瑜聽到高麒的名字，證明自己沒有猜錯，又仔細打量了一下高麒的相貌，發現他的眼睛和鼻子確實和高飛很相像。

他笑了起來，道：「燕侯好眼力，只是，我沒想到，燕侯居然會隻身一人前來赴約，難道燕侯就不怕我使出什麼奸詐的手段，不放燕侯回去，藉以要脅貴國嗎？」

高麒笑道：「如果這樣的話，那我正好可以欣賞一下江南風光，聽說吳國的美女不少，或許我還可以納個妻子。」

周瑜見高麒絲毫沒有畏懼之色，便道：「燕侯果然有膽略，居然敢對我說出這樣的話，頗有乃父之風。燕侯，請坐！」

高麒客氣地拱拱手，算是回應了周瑜。

周瑜待高麒落座後，便道：「燕侯能夠如約而至，確實讓我刮目相看。不過，事情歸事情，交情歸交情。前日我軍水軍無意間撞沉貴軍巡船一事，只是一場誤會，當時江面上霧大，我軍水軍看不清楚，誤撞了貴軍巡船，還請知府大人海涵。」

高麒道：「這件事我已經知道了，我軍和貴軍是盟國，想來貴軍必然不會做出損傷兩國盟好的事。我已經做了妥善的安排，大都督無需多慮。今日我如約而至，是想和大都督談論另外一件事……」

周瑜見高麒本意不在此，問道：「哦，是什麼事？」

「我們兩國雖然是盟國，但是兩國的體制不同，所管轄的地方也不同，貴軍多次以訓練水軍為名，恣意在我國水域境內來回穿梭，嚴重地干擾了我軍沿江漁民的正常生活，所以，我希望大都督能夠有所制止，以免日後衝突升級，上演不必要的爭端，到時候，只怕是真的有損我們兩國的盟好了。」高麒不卑不亢地說道。

「燕侯說這話不對吧，我軍水軍明明是在江中捉拿水賊，水賊流竄到貴國水域，我軍出於盟友的關係，這才決定駛入貴國水域境內，替貴國捉拿水賊，以免貴國漁民有所損失。貴國應該感謝我軍才是，怎麼反過來說我軍的不是？」周瑜反駁道。

高麒笑道：「周大都督，你可真會說話啊……」

「彼此彼此……」周瑜也笑著說道。

高麒收起笑容，看著周瑜充滿睿智的雙眸，心裡不禁多了一層壓力。

面對這樣的人，他只怕很難從吳國那裡討回什麼好處。之前在荊州協助荀攸處理這些問題，一直未曾以真面目示人，而且還有荀攸、司馬朗、諸葛瑾三個人的意見，現在他自己單獨面對周瑜，唯恐力不從心。

「難怪父皇一直讚譽周瑜，**這傢伙確實很難對付，一再用水軍試探我軍的實力，目的究竟何在？難道華夏國和吳國的戰爭真的要爆發了嗎**，可是西北戰事未平，如果東南再起爭端，便會陷入兩線作戰的境地……」高麒暗暗地想道。

周瑜見高麒沒說話，便問道：「燕侯，你在想什麼？」

高麒搖了搖頭，說道：「我在想，我是不是應該見一見你們的皇帝陛下！」

「呵呵，我看沒那個必要，我們陛下已經將這裡的事全權委託給我了，你和我說是一樣的。」周瑜笑道。

高麒聽後，目光中迸出一絲光芒，反駁道：「只怕不一樣吧，你是臣，皇帝是君，怎麼可能會一樣呢，**如果一樣的話，那到底是皇帝是臣呢，還是你是君呢？**」

周瑜一時失語，沒想到被高麒抓到了話柄，當即解釋道：「我和陛下雖然不是親兄弟，卻勝似親兄弟，陛下的事就是我的事，請燕侯不要歪曲了意思……」

「短短一個月來，吳國和我軍就在江中發生多次衝突，此次撞沉巡船之事，我可以既往不咎，但是我希望以後這樣的事不要再出現，否則的話，我華夏國並非浪得虛名，三十萬海軍也並非只是擺設！」高麒厲聲道。

周瑜倒是一臉的和藹，說道：「燕侯莫生氣，這件事咱們慢慢談，只是潯陽道下雉一帶的水域一直未作定論，所以才會成為我們兩國的爭端，如果能夠將下雉歸還吳國，或許就不會有這種事情出現了。」

高麒道：「當年下雉縣令叛亂，你們吳國久攻不下，後來邀請我們華夏國出兵相助，並且約定誰攻下城池，下雉縣城就是誰的。後來我國虎牙大將軍率軍攻克了下雉縣，一舉奪得了下雉城，我軍按照約定占領下雉縣城，這有何不可？難道你想毀約？」

「有過這樣的約定嗎？我怎麼不曾聽說？」周瑜向後看了眼周泰，道。

周泰回道：「好像沒有！」

「只是好像？」周瑜問。

「確實沒有，末將以命擔保。」周泰斬釘截鐵地說道。

高麒見周瑜耍賴也莫可奈何，因為當時只是個口頭約定，並未白紙黑字的書面協議，直到現在，高麒總算知道了吳國的用意何在，連續一個月來的不間斷騷擾，原來是想要回失去的下雉縣。

「呵呵呵，大都督，原來你的用意在此啊，你為何不早說，早說的話，何必如此勞神費時，只需本府一句話，下雉縣城便可歸還給吳國。」高麒笑道。

周瑜將信將疑地問道：「你說這話，可當真嗎？」

高麒點點頭道：「君子一言，駟馬難追。」

「口說無憑！」周瑜欣喜地道。

「我願意立字為據！」高麒當即伸手要來紙筆，洋洋灑灑地寫下一紙文書，然後交給周瑜。

周瑜見字據上並無任何差池，當即便熱情地招待了高麒。

傍晚，酒宴散去之後，周瑜命人親自將高麒送回對岸，之後，便快馬狂奔，帶著親隨直奔下雉縣，以高麒的一紙文書來逼迫張遼交出下雉縣。

深夜，下雉城上燈火通明，虎牙大將軍張遼率軍駐守此地，一連接到數道軍報，都是吳軍在一步步進逼下雉的消息。

一時間，下雉城中陰雲密布，停歇了一個月的緊張氣氛又再次萌發。

張遼矗立在城樓上，望著城下的吳國將士，只見周瑜騎著一匹白馬，穿著銀甲，在萬眾簇擁下緩緩駛來，便道：「周大都督，你陳兵下雉城下是何道理？難道你要破壞我們兩國的邦交嗎？」

周瑜嘿嘿地乾笑兩聲，道：「張大將軍，我可是來收回下雉的，倒是你張大將軍占著我國的下雉城不還，才是真正的破壞邦交呢！」

張遼反駁道：「周大都督未免開玩笑太過了吧，這下雉縣乃我華夏之地，怎麼成了你們吳國的地方了？」

周瑜當即從懷中取出一紙文書，亮在那裡，朗聲道：「這是江夏知府，你們的大皇子、燕侯親筆所寫的信箋，上面一字一句寫得清清楚楚，張大將軍一看便知！」

說完，周瑜將書信交給周泰，周泰將信拴在箭矢上，朝下雉縣城城樓的門柱上射去，一箭便釘在門柱上。

張遼的手下取下箭矢，然後將箭矢上的信拿下來，交給張遼。

張遼打開一看，上面確實是寫了讓出下雉縣城給吳國的字眼，當下只覺得怒火攻心，火冒三丈，急忙將那封信揉成一團，大罵道：「大皇子安敢做出如此悖逆的事情來，實在是可惱！」

張遼將紙團狠狠地扔了出去，隨即看到周瑜一臉洋洋得意的樣子，忽然又覺得不對，立刻讓身邊的人把那封信給找了回來。

重新打開看了之後，見信箋上白紙黑字寫得清清楚楚，可是沒有開頭的稱謂，也沒有落款，更沒有高麒加蓋的印綬，當即哈哈大笑了起來。

張遼突然的發笑，讓周瑜感到有些狐疑，急忙道：「張將軍，你笑什麼？難道你連你們大皇子的親筆信也不認識了嗎？」

「大都督，對不起了，這筆跡確實很像我們大皇子的字，只可惜沒有稱謂、落款以及大皇子的印綬，這分明是你們吳國人造的假信，就憑這個，就想讓我退兵嗎？做夢！」張遼哈哈笑道：

「再說，我華夏國一向是軍政分離，即使這封信是真的，大皇子不過是個正二品的知府，所管轄的無非是江夏一些民事，根本無權調動軍隊，更無權插手軍務。何況，他的官位在我之下，又如何來命令我?!這封信分明是假的，周大都督，念在我們兩國是盟友的基礎上，我對這件事可以睜一隻眼閉一隻眼，只希望大都督以後不要再做出這等有損兩國邦交的事情了。」

周瑜聽後，忽然有種上當受騙的感覺，指著張遼叫道：「張文遠，你當真不撤出此城？」

「沒有皇上的聖旨，張遼恕難從命！」張遼也板著臉道。

周瑜怒道：「三軍聽令，攻城！」

周泰聽到周瑜下達這個命令，遲疑道：「大都督，真的要攻城嗎？」

「攻城！」周瑜瞪著兩隻眼睛，生氣地說。

周泰唯命是從，當即拔出腰中所佩戴的兵刃，將腰刀向前一揮，大聲喊道：「攻城！」

聲音剛喊出，一騎快馬迅速地駛到周瑜的面前，急忙勒住馬匹，一臉慌張地道：「大都督，不好了，華夏國虎烈大將軍黃忠率軍二十萬，水陸並進，已經抵達潯陽城下，還說大都督如果不撤下雉之圍，就一城換一城……」

「什麼？黃忠老匹夫是從什麼地方冒出來的，二十萬的大軍又是從哪裡來的？」周瑜驚訝地說道。

「大都督，現在怎麼辦？」周泰急忙問道。

周瑜望著下雉城上的張遼，恨得牙根癢癢，忽然看到一張熟悉的面孔出現在張遼的身後，**那張臉讓周瑜一輩子都無法忘記，正是今天傍晚他派人送走的高麒。**

突然間，周瑜只覺得氣憤填膺，整個人氣得全身發抖，指著下雉城城牆上的高麒，恨恨地說道：「你……我居然中了你的奸計……」

「噗！」周瑜只覺得胸中熱血翻湧，張嘴便吐出一口鮮血，氣得直接昏厥過去，整個人從馬背上掉落下來，重重地摔在地上。

「大都督……」

周泰見狀，疾呼一聲，伸手要去拉周瑜，卻已經來不及，只得從馬背上跳下來，將摔在地上的周瑜給扶了起來，眾將都圍了過來。

周泰見周瑜昏迷不醒，自己也不可能指揮這麼多的隊伍，生怕兩國真的挑起戰端，只得下令道：「鳴金收兵！」

隨著撤退的命令下達，吳軍迅速退走，朝潯陽城而去。

張遼見周瑜退兵了，鬆了一口氣，下雉城小，只有五千軍兵，如果吳軍真的攻城，只怕張遼毫無勝算。

他擦了把汗，轉過身時，看到高麒在自己身後站著，吃了一驚，咋舌道：

「大……大皇子？」

高麒笑道：「張將軍，下官要恭喜張將軍了，單憑一席話便讓周瑜退兵，還氣得吐血昏厥了過去。」

張遼思前想後了一番，又聯想到斥候慌張的來找周瑜，便明白了其中道理，問道：「大皇子，**這是不是一直在大皇子的計畫之中？是大皇子故意氣周瑜的？**」

高麒笑了笑，並沒有回答，只淡淡地說道：「一會兒嚴顏將軍歸來，還請張將軍好生款待，沒有嚴將軍的話，周瑜也不會輕易退兵。此事已了，但是吳軍肯定不會善罷甘休，大將軍還需在下雉城多添些軍兵才是。」

話音一落，高麒轉身便走，邊走邊說道：「我離開江夏已久，也是該回去了，大將軍保重，以後我們會有聯手作戰的一天的。」

張遼看著高麒遠去的背影，在心裡暗暗說道：「論武力，大皇子根本不是二皇子的對手，可是論謀略，二皇子要遜色大皇子許多，麒黨、麟黨已在朝野中暗暗生根，如果皇上處理不好太子之位的人選的話，只怕兩黨爭權的局面很快便會到來……」

周泰帶著昏過去的周瑜以及數萬大軍，很快返回潯陽城。

當周泰抵達城下的時候，連一個華夏國的軍兵都沒有，不禁感嘆道：「華夏軍進退竟然如此神速？」

進了城，周泰安置好周瑜後，這才問潯陽令，原來是潯陽令截獲了華夏軍的一則機密軍信，說虎烈大將軍黃忠正秘密率二十萬軍隊來到潯陽城，潯陽令信以為真，當即便派人給周瑜傳遞消息。

周泰聽完潯陽令的解釋後，當下氣憤異常，以禍亂軍心之罪將潯陽令給斬首了，然後尋訪城中名醫來給周瑜醫治。

「大夫，大都督的病怎麼樣了？」周泰見找來的醫生給周瑜把完脈，趕忙問道。

醫生道：「大都督怒火攻心，氣憤填膺，才吐血昏厥了過去。我開個藥方，你們熬好餵他喝下，不消半月即可痊癒。不過，大都督不可再受到刺激，否則只怕病上加病，重症難治。」

周泰聽後，對周瑜甚是擔心，當即讓人跟醫生回去抓藥，然後又取來藥給周瑜熬上。

「高麒小兒，欺我太甚……咳咳咳……」

周瑜一睜開眼睛，已是第二天清晨了，他從床上坐起來，嘴裡還不斷叫著。

周泰陪侍了周瑜一夜，聽到周瑜的叫聲，立刻驚醒過來，見周瑜醒了，歡喜地說道：「大都督，你醒了，真是太好了。」

說著，周泰便將熬好的草藥端給周瑜，說道：「大都督，請慢用。」

「這是什麼？」周瑜聞到一股濃厚的藥味，問道。

「這是藥啊，是大夫給大都督開的藥，吩咐大都督一定要按時喝藥，只有這樣，大都督的病情才能好轉。」周泰道。

「你才有病呢，本府一點病都沒有，要喝你喝，我才不喝。對了，昨夜黃忠兵馬退去了沒有？」周瑜忽然想起這件事，問道。

周泰思來想去，還是將事情隱瞞了下來，淡淡說道：「大都督，黃忠一聽到我們撤軍，也就撤退了，大都督請安心休養，半個月內，切勿再受到任何刺激，否則的話……」

「幼平，你我相識多年，你老實告訴我，昨夜黃忠到底有沒有出現？」周瑜打斷周泰的話，他不是傻子，自然能夠看出其中端倪。

周泰單膝下跪，抱拳說道：「大都督恕罪，末將並非有意隱瞞，只是……」

「呵呵呵，無妨，你且起來，事情已經發生了，我不會追究，如果要追究的話，責任在我，是我太輕易相信高麒了。這個小子，跟他父親一樣奸詐，他又是皇長子，一旦被立為太子，以後成了皇帝，那我們吳國肯定不會落到什麼好處。幼平，高飛一共有幾個兒子？」

周瑜忽然想出了一條妙計，目光中閃過一道利光。

「據末將所知，高飛一共有五子三女，大都督，你問這個幹什麼？」周泰不解地道。

周瑜臉上露出一抹陰笑，說道：「派人到華夏國打聽一下高飛五個兒子的情況，記住，此事一定要秘密進行，我要知道高飛五個兒子的詳細情報。」

周泰抱拳道：「是，大都督，末將這就吩咐下去，只是，這碗藥還請大都督喝下去，對大都督的恢復有幫助。」

「我壓根沒病，喝什麼藥？」

「可是昨天大都督吐血墜馬……」

「呵呵，連你都被騙到了，更別說是高麒和張遼了，他們肯定會以為我周瑜是心胸狹窄之人，如果昨天我不那樣的話，我豈不是成了眾多將士的笑柄？**我只是給自己找個臺階下罷了**。」

「大都督，你真的沒事？」周泰又瞅了瞅周瑜，見周瑜面色蒼白，狐疑地道。

「去吧，我真的沒事。」

「那……幼平告退！」

周泰若有所悟，抱了一下拳，便退出房間，順帶著把門給關上了。

周泰退走之後，周瑜急忙咳嗽幾聲，捂著胸口：臉色十分難看。

他端起藥，咕嘟咕嘟的將藥給喝了下去，喝完，一臉苦笑道：「**周公瑾啊周公瑾，枉你聰明一世，沒想到卻被一個黃口小兒騙得如此不堪……**」

第二章

進退兩難

「如果就此退兵，只怕王爺和大將軍的臉上都會沒有光彩。更重要的是，一旦退兵，鮮卑人追過來，那麼那些沒有馬匹的士兵必然會成為鮮卑人的刀下亡魂。所以，強攻升龍城是不智，而撤退則是不利，進退兩難……」

漠北。

高麟、太史慈、司馬懿等七萬大軍駐紮在這座無名的小山上已經差不多兩天了，兩天來，大軍休整的差不多了，傷兵也得到了很好的醫治，鮮卑人更是沒有再來打攪過他們。

可是，情況卻不容樂觀，司馬懿所押運的糧草已經所剩無幾了，最多還只能維持一頓飯，另外，這裡還嚴重缺水，在這種環境之下，寧可沒有吃的，也決計不能沒有喝的。人畜都需要水源來維持生命，沒有水，那麼離死也不遠了。

中軍大帳裡，高麟焦急地踱著步子，他幾乎每隔一段時間就會派出斥候，可是那些斥候卻沒有一個回來的，陸陸續續算下來，已經差不多派出三百名斥候了。

大漠、戈壁、孤山，華夏軍第一次碰到這樣嚴峻的難題，以前征伐西羌的時候，至少還可以掠奪羌人種植的穀物，可是這裡只有一片不毛之地，食物、水都相當的匱乏，加上遠離華夏國的本土作戰，深入鮮卑境內長達八百里，即使從國內運來糧食，也不可能會即刻抵達。

「什麼時候了？」高麟如同熱鍋上的螞蟻，每隔一段時間就會問一下自己的親兵。

「啟稟王爺，已經快午時了。」

「兩天了，整整兩天了，為什麼派出去的斥候一個都沒有回來？情報部到底是幹什麼吃的，鎮國公是怎麼選拔這些斥候的，真是一群廢物！」

高麟盛怒之下，一巴掌拍在面前的几案上，由於用力過大，那個小几案被拍成了兩截，擺在几案上的東西全部灑落下來，弄得一地狼藉。

華夏國的情報部向來以情報準確出名，是高飛最忠誠的嫡系部隊，專門負責搜集情報。自從第一任情報部的尚書卞喜死後，賈詡卸任樞密院太尉一職，降為情報部的尚書，情報部在賈詡手中經過一連串改革後更加的完善，也更加的快捷、保密。

加上有宗預從旁協助，賈詡做起來更加的得心應手。事實上，情報部自從賈詡接手後，從未有過此種情況發生。

此次西征，賈詡還專門為高麟挑選了最為精銳的斥候部隊，可以說，此次征西域能夠取得勝利，一半的功勞都在這些斥候部隊身上。

但是今天，三百名斥候卻沒有一個人返回，那麼這其中只有一種可能，那就是這三百名斥候已經全部身亡，否則，按照情報部的一貫做法，必會在短時間內傳回消息。

親兵看到高麟如此的生氣，都不敢吭聲，靜靜地矗立在那裡。

「去把情報部左侍郎宗預叫過來！」高麟思來想去，覺得情況不妙，在這樣的危險地帶上，如果失去了情報，那麼自己就只能做聾子、瞎子，甚至無法摸清鮮卑人的下一步動作。

不多時，身為情報部左侍郎的宗預跨進了大帳，見到高麟後，跪拜道：「微臣宗預，叩見大將軍王。」

「免禮！宗侍郎，本王已經派出去三百名斥候了，兩天時間內，竟然沒有一個人返回，這種情況甚是少見。你是斥候出身，論功夫，也是隨軍斥候中最厲害的一個，不到萬不得已，本王不會讓你輕易涉險，然而現在已經到了關鍵時刻，本王想請你出去走一遭，你可願意？」高麟問道。

宗預抱拳道：「微臣萬死不辭，必竭盡全力為王爺辦好這件事，徹底查明此事的來龍去脈，搞清楚微臣部下去而不歸的真相。」

高麟道：「很好！你騎著本王的汗血寶馬去，可日行千里，我軍糧草只能供一餐飯，天黑之前，必定要回報給本王。」

宗預道：「諾！」

高麟讓親兵牽來他的坐騎，那是一匹從大宛來的汗血寶馬，日行千里，夜行八百，耐力十足，全身通紅，四蹄健壯，身材高大，奔跑起來宛如一條游龍，故高麟賜名「赤龍」。

宗預騎上赤龍，快馬加鞭。時值正午，烈陽高照，宗預騎著赤龍一經離山，便快速的駛進戈壁。

整個戈壁經過一上午的烈陽曝曬，地面溫度極高，熱氣蒸騰，熱浪撲面而來。不多時，宗預已經是汗流浹背，赤龍更是汗如雨下，汗水像是鮮血一樣，汗血寶馬確實並非浪得虛名。

宗預騎著赤龍向升龍城方向奔馳而去，大約行了二十里，只覺口乾舌燥，嗓子冒煙，赤龍也伸著舌頭以便散熱。

宗預放慢速度，四下裡張望，但見周圍是一片無垠的戈壁，連個取水的地方都沒有，只能繼續忍耐著向前走。

又陸續走了十里多地，宗預瞅見前面有一座小山丘，山丘呈現弧形，周圍有幾棵仙人掌，還有幾株茂盛的樹，他久在野外，求生本領高強，按照過往的野外求生本領，知道那附近一定有水源，否則樹木怎麼會如此茂盛。

於是，宗預策馬揚鞭，快速奔去。

快要抵達時，果然看見一處小小的水溝。

他興奮不已，急忙奔到地點，翻身下馬，跑到水邊，正要用手捧水喝時，忽然聽見一聲箭矢破空的聲音從背後飛來，他情急之下，急忙躲閃過去，一支黑色的羽箭射進了水裡。

箭矢剛一入水，宗預便見箭矢被裡面的水給腐蝕了，瞬間化為烏有，當下心中一陣膽寒，冷汗沿著背脊滾滾而下。

宗預回過頭，看到後面戈壁上趴著一個人，身上被黃土所埋，手中拿著連弩，目光呆滯，已經是奄奄一息了，身上露出來的衣衫，正是華夏軍的服飾，而且那張臉他也認識，正是他的同鄉李大牛，他趕忙跑了過去。

李大牛見宗預跑了過來，露出笑容，用盡全身力氣，嘶啞地道：「終於等到了……」

宗預將李大牛攙扶住，問道：「到底發生了什麼事？其他人呢？」

李大牛奄奄一息地道：「大人……其他人都死了，鮮卑人……在方圓七十里內的水源裡全部投放了毒藥，其毒厲害非常，人畜只要沾著即死，不消一個時辰便化為烏有……屬下僥倖沒有碰那水源，但也快不行了，只是屬下回去時遭到鮮卑人的暗算，拼死才躲過一劫……屬下……已經探明此地暗河，只需在暗河上掘地三尺，便可取得水源……」

「大牛，你堅持住，我這就帶你……」宗預抱起大牛，話還沒說完，那名斥候就咽氣了。

「大牛！」宗預悲憤不已。

傍晚時分，晚霞漫天，高麟站在帳前，仰望著寂寥的天空，靜靜地等候著宗預的歸來。

過了大概一個時辰，暮色四合，天地間已是一片朦朧，高麟仍不見宗預歸來，心裡不禁擔心起來。

正在他焦急地來回走動時，來人報宗預回來了，高麟親自出迎，趕忙將宗預迎入大帳中，道：「宗侍郎，辛苦你了。」

宗預揮汗道：「王爺，微臣幸不辱命，已經探明地下暗河的走向，只要掘地三尺，便有泉水湧上來。另外，那三百名斥候全部遭到不測，鮮卑人到處投毒，是想把我們逼死在這裡。」宗預拿出暗河的走向圖，獻給高麟。

高麟動容道：「宗侍郎放心，你的部下不會白死的，等援軍一到，我定然要讓那些鮮卑人血債血償！」

左軍營寨裡。

太史慈還在安心的養傷，看到太史享端來一碗清涼的水，不禁問道：「哪裡來的水？」

「父親，大將軍王已經找到水源，我軍再也不用愁沒有水喝了，只是現在沒有糧食，恐怕要挨餓一段時間，待援軍抵達後，我軍便可以反擊。」太史享端著那碗水對太史慈道。

太史慈喝下那碗水，一解燥熱的心情。

「大將軍，王爺派人傳喚大將軍，說有要事相商。」侯成從外面走了進來，抱拳說道。

太史慈點點頭道：「享兒，扶我起來，王爺傳喚，必然是要商議如何對付鮮卑人，看來王爺是等不到援軍抵達了……」

太史享攙扶著太史慈，一路走到中軍大營，見大帳裡聚集了諸多將領，便知道將有大事發生了。

太史慈走到帳前時，高麟親自出迎，攙扶著太史慈入座，對太史慈顯得甚為恭敬。

之後，高麟回到座位上，朗聲道：「現在，戰前軍事會議正式……」

「等一等……」

太史慈遍覽諸將，唯獨沒見軍師司馬懿，不由得產生一絲疑惑，問道：「王爺，請恕臣冒昧，怎麼不見司馬仲達？」

高麟聽到司馬懿的名字，臉上便顯得有些不悅，但是太史慈是軍中宿將，又是華夏軍的一大中流砥柱，他又怎麼能不給面子呢。想了想說道：「司馬仲達有病在身，未能親至，會後再派人傳達會議內容即可。」

「司馬仲達參見王爺，見過各位將軍！」

哪知說曹操曹操便到，司馬懿突然出現在大帳外，一襲墨色的長袍，看上去極為儒雅。

高麟微微變色，臉上有些掛不住。

司馬懿的出現，讓他大吃一驚，因為他根本沒有派人通知司馬懿。原因很簡單，他一直認為司馬懿是高麒的老師，上次問計司馬懿，司馬懿說了等於沒說，讓他很不高興。

一個人要是討厭起另外一個人來，無論對方做什麼事，他都會看不順眼，恰恰高麟就是如此的討厭司馬懿，認為司馬懿是故意不幫他，讓他不得不寫信給郭嘉，催張飛等人快點抵達這裡。

「仲達不是有恙在身嗎，怎麼還親自到來？」太史慈不知其中緣由，以為高麟說的是真話，便問道。

司馬懿笑笑道：「仲達昨日有恙，夜晚睡了一覺，現在已經好多了。王爺，既然我的病好了，請問是否可以參加軍事會議？」

「你是巡檢太尉，軍師，軍機要事自然要參加。來人啊，給司馬大人看座！」高麟雖然心中不喜，但是臉上還是表現出一副歡迎的樣子說道。

手下人立刻抬出一個胡凳，放在高麟的右手邊，司馬懿大搖大擺地走進大帳，然後一屁股坐在凳子上，一臉和氣地對高麟道：「多謝王爺賜座。」

高麟白了司馬懿一眼，道：「既然人都到齊了，那麼會議開始吧。如今我軍雖然解決了水源問題，但是糧食依然相當匱乏，大家都在餓著肚子，滋味想必不好受。鮮卑人全部龜縮在升龍城內，對外堅壁清野，一個牧民都沒有，更別說成群結隊的牛、羊了，**現在擺在我們面前的只有兩條路可以走，一是趁著大家還有體力時強攻升龍城；二是迅速撤離此地，以待援軍。**大家有什麼看法，儘管說出來。」

太史慈首先道：「我軍兵行險地，久戰不宜，不如暫時退去，然後再另作打算。」

高麟點點頭，沒說話，犀利的目光卻一直在注視著司馬懿，這個一直被他父皇所器重的青年，到底會有什麼樣的想法。

司馬懿迎合著高麟的目光，緩緩地說道：「微臣以為，此時此刻，我軍已經到了進退兩難的地步。升龍城是鮮卑人花了十年心血才建造出來的城池，城池堅固無比，而且城中尚有二十五萬鮮卑人的大軍，我們才七萬，就算強攻，也是以卵擊石，自取滅亡。」

「司馬懿，請注意你說話的方式，不要長他人志氣，滅自己威風！」高麟不滿地道。

司馬懿絲毫不讓地道：「王爺，微臣說的都是實話，微臣也只會實話實說。其實，**要攻克升龍城，最簡單的方法就是圍城**。不過，要圍城的話，必須要有等量的兵力，甚至是三倍以上的兵力才可以奏效。如此看來，即使援軍抵達，要圍城的話也是萬難。

「可是退兵的話，那就更加不行了，且不說王爺在皇上面前打了包票，就連大將軍也是如此，說一定會讓鮮卑臣服於我華夏國，如果就此退兵，只怕王爺和大將軍的臉上都會沒有光彩。更重要的是，我軍馬匹已經死去大半，一旦退兵，鮮卑人追過來，那麼那些沒有馬匹的士兵必然會成為鮮卑人的刀下亡魂。所以，

強攻升龍城是不智，而撤退則是不利，進退兩難……」

高麟聽後，不禁皺起了眉頭，此次西征，動用大軍三十萬，分兵三路，高麟更是在高飛面前誇下海口，**作為此次西征的總指揮，他不能敗，也不可以敗。**

太史慈和其他人聽完司馬懿的一席話，皆頗為贊同，同時眾人也陷入深深的思考中，面臨如此進退兩難的地步，難道這七萬大軍就要在原地活活餓死嗎？

終於，太史慈忍不住道：「仲達，你能分析的如此透澈，必然有解決辦法吧？當日我未曾聽你的建議，以至於淪落到此地步，使三萬多將士慘死在鮮卑人的鐵蹄之下，你要是有什麼好計策，儘管說出來，我想王爺一定會聽取你的建議的。」

司馬懿看了高麟一眼，問道：「王爺，如果仲達真有辦法解此尷尬局面，王爺是否會用仲達的建議？」

高麟沒好氣地道：「你是我華夏國的人，如果有好計策，本王自然會用。」

司馬懿笑道：「有王爺這句話，仲達就像是吃了一顆定心丸一樣了。」

「別賣關子，快說你的計策！」高麟催促道。

司馬懿當即說出自己的計策，在場的人聽後，都覺得這是一個妙計，紛紛贊同。

高麟卻板著臉道：「此計雖妙，卻是**一步險棋**，萬一失策的話，大軍將陷入萬劫不復之地。司馬仲達，如果這中間出了什麼岔子……」

「如果此計不成，司馬仲達願一力承擔罪責，以死謝罪天下！」司馬懿知道高麟的意思，抱拳說道。

「既然你這樣說了，本王還有什麼可疑慮的?!不過，此計要是不成功，就算你死一萬次也不夠賠罪的。」

高麟尋思眼前也沒有更好的辦法，決定冒然一試，於是下達命令，趁夜拔營起寨，大軍向升龍城挺進。

升龍城內，燈火通明。

大單于軻悟能正在欣賞著曼妙的歌舞，周圍坐著的全是鮮卑的王公貴族，每個人的懷中都抱著一名美女，正在盡情的褻玩。

「啟稟大單于，華夏軍有消息了……」

軻悟能聽後，立刻便將身邊的女子趕走，面容嚴肅地道：「都退下！」

歌姬、舞姬以及奏樂的人立即退下，本來祥和的氣氛一下子變得緊張起來。

軻悟能道：「講！」

「啟稟大單于，華夏軍突然兵分兩路，一路由大將軍王高麟率領，共一萬騎兵，一直朝西北方向去，不知道意欲何為；另外一路由虎翼大將軍太史慈率領，正在緩緩後退。」

軻悟能聽完，不禁自言自語地道：「華夏軍這是要撤退了嗎？」來不及細想，軻悟能當即站了起來，厲聲道：「左大都尉！」

「在！」一個身材魁梧的漢子向軻悟能施禮道：「大單于有何吩咐？」

「即刻率領三萬騎兵為前部，火速追擊太史慈所部，千萬不能讓太史慈走出戈壁，要讓那六萬華夏軍活活的餓死、渴死在這大戈壁上！本單于率領大軍隨後就到，到時候採取合圍之勢，一舉殲之。」軻悟能的眼裡露出森寒的光芒，下令道。

左大都尉聽後，立刻出了大帳。

在軻悟能右手邊站起一個人，自告奮勇地說道：「大單于，我願意率領兩萬騎兵去追擊高麟所部……」

軻悟能不等那個人說完，便擺手道：「不必了，右大都尉隨我一起出征，華夏軍無糧無水，一萬人又能跑到哪裡去？先盡全力消滅太史慈所部的六萬軍隊，剩下的那一萬人就不足懼了。饒是他是大將軍王，在這戈壁、高原、大漠之上，也必然會被我打敗。傳令下去，集結所有兵力，猛撲太史慈所部，傍晚的時候要結束戰鬥。」

「諾！」

高麟騎著赤龍，快速的奔馳在一望無垠的戈壁上，身後的騎兵都是精銳之士，從那座不知名的山一路向西北急速奔馳了大約五十里，這才停下來暫時歇息一下。

他翻身下馬，喚來身邊護衛，問道：「有多遠了？」

「啟稟王爺，大概有五十里了。」

「把暗河的走向圖拿來，就地掘水，讓將士們先解解暑氣，然後再啟程。」

高麟命令道。

「諾！」

將士們都是汗流浹背，如果再走下去，只怕會人畜皆倒地不起了。

此時，所有的人都下馬休息，一隊士兵按照暗河的走向開始掘地，大家都迫切地等待著水源。

過了許久，暗河中的泉水噴湧而出，高麟同將士們暢飲一番後，又痛快地沖

了個涼水澡，連同馬匹也清洗了一下。

暑氣消除後，高麟翻身上馬，向部下喊道：「上馬，殺敵的時刻就要到了，今天晚上一定要在升龍城裡吃上一頓飽飯。」

一聲令下，萬名騎兵迅即騎上馬背，折道向東北方向奔馳而去。

高麟騎在赤龍的背上，暗暗想道：「希望司馬懿的計策不會出錯，否則，本王絕饒不了他！」

與此同時，太史慈正指揮大軍緩緩後撤，由於沒有馬匹，徒步前行，行進十分地緩慢。

但是，不管再怎麼艱難，太史慈都要做出昂揚的姿態，只有如此，才可以讓自己的部下充滿信心。

「大將軍，軍師抽調走所有的騎兵，只留下我們這些老弱病殘，如果鮮卑人大舉殺來，那我們豈不是無路可退嗎？」宋憲擔心地道。

太史慈怒視宋憲一眼，反問道：「如今你還有別的辦法嗎？」

「沒有。」宋憲如實的回答道。

「那就姑且死馬當活馬醫，再說，司馬懿才智過人，之前我沒有聽從他的建議，以至於弄得如此田地，現在就應該充分的相信他。司馬懿本來可以走，可是他沒有走，這就足以證明司馬懿不會拋下這麼多的軍隊坐視不理；再說，以司馬懿的智慧，他必然知道一榮俱榮，一損俱損的道理。」太史慈坐在一輛敞篷馬車上，對身邊騎著馬的宋憲說道。

宋憲想了想，似乎有點懂了，便道：「大將軍的意思是……」

「不錯，西征大軍兵分三路，兩路凱旋，唯獨我們這一路受了點波折，縱使本將有錯，可是司馬懿是這路軍的軍師，我們敗了，他也脫不了干係，所以，他想扳回一局，而我也想依靠他扳回一局，如果這個計策能夠奏效，那麼在皇上面前，至少不會受到太重的懲罰。」太史慈緩緩說道。

宋憲道：「大將軍，我明白了。」

「明白了最好，傳令下去，加快行軍速度，在鮮卑人追上之前，務必要抵達天狼山。」

日落西山，晚霞滿天。

天狼山下，清一色是盡顯疲憊之狀的華夏軍，太史慈首先上山，在高處眺望著自己走過的路線，但見還有些許士兵落在後面，但是在夕陽下，一隊隊鮮卑人

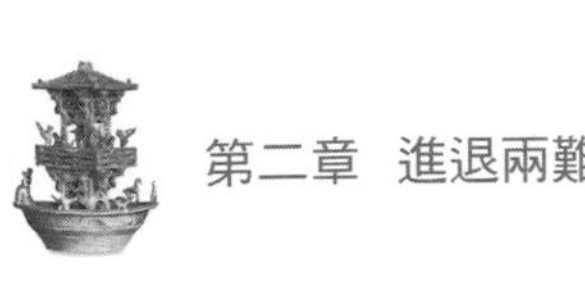

的騎兵隊伍已經快速奔馳了過來。

「快做好防禦，堅守天狼山！」太史慈見狀，大聲喊道。

宋憲負責指揮戰鬥，帶著兩千多連弩手護衛在山道兩旁，望著外面戈壁上拼命奔跑的華夏軍士兵，大聲地喊道：「快跑啊……快跑啊……」

鮮卑人已經逼近華夏軍，在老遠的地方便開弓放箭，一些落在後面的士兵紛紛被鮮卑人的箭矢射死。

滾雷般的馬蹄聲在戈壁上響起，鮮卑人的鐵蹄無情的踐踏著落後的華夏軍士兵，馬刀出手，一顆人頭滾落地上，鮮血噴湧而出，在夕陽下渲染著整個戈壁。

「殺，給我殺，哈哈哈……」

左大都尉一馬當先，手中馬刀已經斬落五個人的人頭，身上也濺上了鮮血，卻抵擋不住他瘋狂的吶喊。

所有的華夏軍將士眼睜睜地看著自己的戰友被鮮卑人無情的殺戮，卻沒有一個人衝出去，都躲在天狼山入山的道路旁，或挽長弓，或端著連弩，只等鮮卑人進入射程範圍內，便予以射殺。

落在隊伍最後面的一千多華夏軍士兵很快便被茫茫的鮮卑鐵騎給淹沒，屍體被鐵蹄踐踏得血肉模糊，他們沒命似的向前狂衝，看到天狼山上的華夏軍，像是惡狼一般猛撲了過去。

太史慈站在高處，大聲地喊道。

「放箭！」

剛才的那一幕讓他心血澎湃，如果不是他的傷勢未癒，只怕他也要用自己的弓箭多射幾個鮮卑人下來。

隨著太史慈的叫喊，天狼山上萬箭齊發，射向鮮卑人，奔馳中的鮮卑騎兵隊伍瞬間人仰馬翻，左大都尉更是身中兩箭，在強大的箭陣面前，不得不宣布後撤。

太史慈所部四萬人全部都是徒步前進，除了拉著太史慈的那輛馬車外，其餘的馬匹全部貢獻了出來，組建了一支騎兵隊伍，盡數交給司馬懿指揮，在撤退的時候，便已經秘密離開了大部隊。

現在，全是步兵的太史慈所部必須堅守此地，只有堅守下去，才可能抵擋住鮮卑人成千上萬的鐵蹄。

但是，讓太史慈擔心的還有一個問題，那就是軍隊所攜帶的箭矢到底能夠撐多久，因為每一次射出去的箭矢都在一萬支以上。

看到鮮卑人暫時退卻了，太史慈下令道：「傳令下去，所有人都要珍惜自己

手中的箭矢，爭取一支箭矢射死一個敵人，不要浪費箭矢，堅持到底，我們最終會勝利的。」

暮色四合，軻悟能率領鮮卑大軍抵達天狼山下，見左大都尉久攻不下，又死了那麼多人，便下令放火燒山，想要將華夏軍全部燒死在天狼山上。

鮮卑人多達二十多萬，軻悟能分出十萬大軍圍繞著整個天狼山，然後點燃天狼山上的荒草，火勢瞬間便燒了起來，在落日的餘暉下，天狼山周圍濃煙滾滾，火光沖天。

太史慈見鮮卑人放火燒山，便下令士兵用岩石、沙土、沙礫堆成一道戰壕，使戰壕內不受火勢的侵擾。

天狼山是荒山野嶺，周圍植被多是戈壁上的耐旱作物，一經大火燒著，便燒得很旺，所以要想構建一道壁壘極為不易，不少士兵仍被大火燒傷。

「哈哈哈……這樣你們還不死?!沒有吃的，沒有喝的，又被大火包圍，我看你們究竟能堅持到什麼程度。」軻悟能開心地說道。

大火籠罩著整個天狼山，滾滾的濃煙沖天而起，遮擋住炙熱的烈陽，像是一層厚厚的烏雲壓在了天狼山上一樣。

天狼山上三萬八千多名的華夏軍將士被濃煙熏得猛烈的咳嗽，不得不伏在地上，掩住鼻子。眼睛已經被煙熏得睜不開了，構建起來的壁壘雖然有效的阻擋了火勢的蔓延，但是卻無法阻擋滾滾的濃煙，濃煙任意地在天狼山上空恣意飄散著。

圍住天狼山的十萬鮮卑人都樂得屁顛屁顛的，這又是火燒，又是煙熏的，足夠讓他們不費一兵一卒便可以懲治這些華夏軍將士。

軻悟能騎在馬背上，眺望著前方的大火，冷笑一聲，下令道：「傳令下去，所有圍山的族人全部朝山上放箭！」

左大都尉的胳膊上纏著一根繃帶，聽到軻悟能的話後，立刻快馬奔至天狼山下，興高采烈地對鮮卑將士們下令道：「大單于有令，全軍放箭！」

話音一落，鮮卑人便吹響嗚咽的號角聲，悠揚而又深遠的號角聲一經傳開，圍住天狼山的鮮卑人便開始紛紛挽弓射箭，也不管有沒有射到人，只管朝濃煙裡放箭。

太史慈等人正伏在地上，忽然從濃煙中落下來無數的箭矢，落在甲衣上倒是沒什麼大礙，可是將士們的盔甲只能護住前胸和後背，卻護不住胳膊和腿，箭矢並未長眼，許多將士的腿部和胳膊都盡皆中箭，一時間慘叫連連，疼痛難忍。

「狗日的鮮卑人，居然玩陰的？」

太史慈僥倖沒有中箭，但是身邊的將士卻多數都中箭了，有的直接被射成刺蝟，疼痛難忍，竟然直接昏死過去，有的則被射中脖子，一箭穿喉，在地上掙扎片刻便一命嗚呼了。

「保護大將軍！」

宋憲的腿上中箭，一瘸一拐的走了過來，左手持著一面盾牌，後面跟著一群盾牌兵，依靠岩石架起一堵防護網，同時讓其餘沒有盾牌的將士全部到盾牌下面躲避，若從空中俯瞰，宛如一隻趴在天狼山上的巨龜。

其他人有樣學樣，紛紛用盾牌架設起防護網，但是盾牌畢竟較少，不是人人都有，以至於僧多粥少，還是有許多人無處躲閃，其他人也只能眼睜睜地看著他們垂死掙扎。

「大將軍，為什麼援軍還不到？軍師不會是帶著騎兵隊伍跑了吧？」

宋憲看到這種情況，心中很是著急，鮮卑人多勢眾，每次射箭都是十萬人在射，一波箭矢就是十萬支箭，這麼強大的箭陣，他還是頭一次見到，加上鮮卑人不停地射箭，地上已經落滿了箭矢，密密麻麻的，多不勝數。

「不會的，司馬仲達不會棄我們於不顧的，再堅持一下，仲達很快便會來的，天色已經黑了，這個時候剛好和仲達說的一樣，現在的屈辱，以後要加倍的討回來！」太史慈因為上次強行作戰，傷上加傷，現在就連說話也是在忍著疼痛。

四萬的華夏軍做出了六萬多人的陣勢，一路後撤了足足三十里，抵達天狼山後，又被鮮卑人的大軍包圍，現在承受著火燒、煙熏、暗箭三重煎熬，四萬的華夏軍光在這一次鮮卑人突然放出的箭矢中陣亡的就有一萬多人，代價實在是太大了。

天色漸漸轉黑，夜幕逐漸拉了下來，鮮卑人已經開始在射擊第八波箭矢了，以一次十萬支箭來算，七十萬的箭矢全部射到天狼山上，如此強大的箭陣，如此密集的箭雨，讓鮮卑人感到異常的興奮。

當第八波箭矢射出去之後，軻悟能便下令暫時停止射擊，他雖然看不清山上的情況，但是按照他的猜測，山上應該已經沒有活口了。八十萬支箭矢足夠華夏軍喝一壺的了。

「待火勢減弱後，讓人上山搜索，若還有沒有死的，全部予以格殺。華夏軍深入我鮮卑腹地作戰，本單于要讓華夏國知道一下厲害，我不惹他們，他們也休

想惹我。」軻悟能抬起手，對身邊的傳令兵道。

右大都尉聽後，讚道：「大單于英明神武，此戰之後，只怕華夏國不會再小覷我們。不如乘勢而下，劫掠華夏國的並州、幽州等地，搶回我們之前所失去的大草原，讓並州、幽州都淪為我們鮮卑人放牧的地方……」

「蠢材！昔日我鮮卑正值強盛之時，我兄長率大軍入關，被華夏國的狗皇帝用計謀打敗，以至於全軍覆沒。當時我鮮卑人才濟濟，強盛一時，尚且不能攻入中原，如今我們鮮卑人才凋零，控弦之士不過二十多萬，又如何能夠擊敗強大的華夏國？此事以後不要再多說了，若不是這次我們借助有利的地理優勢，只怕也很難擊敗這股強敵。」

軻悟能雖然雄心壯志，可是也有自知之明，他暗自慶幸當年並未跟隨兄長軻比能一起征伐中原，否則早就死了。

右大都尉臉上一陣羞愧，但是對於軻悟能的話有些不解，問道：「大單于，那我們這次擊敗華夏軍，惹怒了華夏國，華夏國的狗皇帝若是再派遣更多的軍隊來攻打我們，那怎麼辦？」

軻悟能道：「人不犯我，我不犯人，我鮮卑人退居漠北，一直與華夏國保持中立，此次華夏國大兵壓境，是他們先挑起戰端的。就算華夏國派遣更多的軍隊來，只要他們進入這大戈壁和荒漠當中，我就有辦法擊敗他們。如果實在不行了，大不了向華夏國稱臣便是。越王勾踐臥薪嚐膽二十年，之後一舉平定了吳國，我現在還年輕，有的是時間。」

「有大單于在，我鮮卑就永生不滅！」右大都尉諂媚地道。

軻悟能道：「好了，先讓族人們好好休息一會兒，吃飽喝足之後，等到火勢一滅，就立刻上山，一定要全殲這夥敵人。之後，再開始搜索大將軍王高麟的所在，只要擒住了他，我就可以讓華夏國的狗皇帝歸還屬於我們的大草原。」

「諾！」

於是，軻悟能下馬休息，屬下人搭起了帳篷，就地歇息，鮮卑人升起篝火，喝著馬奶酒，烤著攜帶來的羊肉，有滋有味的。

夜，漸漸深沉，天狼山上的大火已經有了熄滅之勢，只剩下一些餘火還在燒著，黑暗中，山上是一片的寂靜，聽不到任何聲音。

軻悟能從帳中走了出來，披著一件較為厚的衣服，眺望了一下山上的情況後，便喚來了右大都尉，吩咐道：「大軍開始上山搜索，不要放過任何一個活口，另外，將太史慈的人頭取來給我。」

右大都尉得了命令，開始傳達命令，一時間靜謐的夜晚開始變得喧囂起來，人畜嘈雜的聲音在天狼山下沸騰起來。

一些鮮卑人慢慢地朝山上走去，所過之處都是被燒焦的黑土，他們懷著愉悅的心情從四面八方向山上湧去。

天狼山上。

太史慈及華夏軍沒有任何動靜，靜靜地等待著上山來的鮮卑人，兩萬八千多將士秘密地分散在各處，在屍體堆裡假扮著死人，任由鮮卑人從自己身邊經過。

鮮卑人一路上沒有遇到什麼危險，見到的都是倒地不起的死人，有的被大火燒焦，有的則是被煙熏死的，所有的人都朝山頂而去，去尋找這支部隊的首領太史慈。

遠處，無數雙深邃的眼睛在緊緊地盯著天狼山一帶的動靜，他們隱匿在這黑暗的夜裡，靜靜地盯著鮮卑人的一舉一動。

司馬懿拿著望遠鏡，觀察完整個鮮卑大營後，了然於胸，淡淡地道：「果然不出我之所料。」

太史享、侯成、宗預等人環繞在司馬懿的身邊，宗預道：「軍師，卑職以為可以開始行動了。」

司馬懿點點頭，從腰中抽出佩劍，然後轉身，望著身後排成一排戎裝待發的兩萬名騎兵，朗聲道：「成敗在此一舉，將士們都應該盡心盡力，拿出我們華夏天軍的威勢，徹底的送這些鮮卑人下地獄……」

兩萬名將士牽著手中的馬匹，聽了司馬懿的話，每個人都是熱血沸騰，他們知道，**這是關鍵的一戰，他們將是力挽狂瀾的一支雄師**。

司馬懿話不多說，直接翻身上馬，然後大聲喊道：

「繫上駝鈴，去掉馬蹄的裹腳布，太史享從西方進攻，侯成從東方進攻，宗預隨我從南方進攻，上馬！」

話音一落，兩萬名將士翻身上馬，動作迅速一致，就等司馬懿一聲令下。

司馬懿調轉馬頭，長劍向前一揮，用盡所有的力氣，大聲地喊道：「此戰必勝！」

「必勝！」兩萬名將士一起喊了出來，聲音雖然不大，但是聽起來卻鏗鏘有力。

「衝啊！」司馬懿雙腿一夾馬肚，一馬當先，率先奔馳而出。

於是，兩萬名將士瞬間分成三隊，朝著天狼山下的鮮卑大營直接衝了過去。

軻悟能正在大營裡眺望著天狼山上的動靜，忽然聽到黑暗中傳來陣陣的馬蹄聲，那滾雷般的聲音，讓他大吃一驚，聽馬蹄聲，人數絕不在少數，最少也是萬馬奔騰才能製造出這種效果。

他來不及問，便見一名鮮卑人過來報道：「大單于，不知道哪裡來的華夏軍，騎兵多不勝數，已經殺入了大營，請大單于速速回避！」

軻悟能聽後，當即拔出腰中的彎刀，怒道：「我乃堂堂的大單于，周圍族人多達二十多萬，難道還怕這些人不成？快吹響號角，召集所有人迎戰，我就不信，華夏軍數量會比我們還多！」

話音一落，號角聲尖銳地響起，許多鮮卑人從夢中驚醒，急忙穿戴起來。

但是，華夏軍三面齊攻，所過之處，盡皆放火燒營，遇到鮮卑人便殺，從不多言一句，每個人都是冷面寒槍，這邊鮮卑人剛出帳，便被華夏軍一槍捅死，有的則是被大火燒死，弄得整座大營一片混亂。

鮮卑人本來就沒有防備，這次被華夏軍三面突入，放火燒毀營寨，以至於亂上加亂，加上黑暗中華夏軍高喊援軍抵達了，弄得鮮卑人不知道到底來了多少華夏軍，有的則是不戰而退。

與此同時，山上的太史慈、宋憲等人也立刻發動攻擊，隱藏在死屍堆裡的華夏軍暗中下殺手，讓那些上山搜索的鮮卑人都措手不及。上山的鮮卑人不過才兩萬多人，其餘的人忙碌了一天，都在山下休息，被太史慈等人伏擊之後，損失慘重，只得下山去了。

太史慈雖然不能殺敵，卻坐鎮指揮，分遣小隊追殺鮮卑人，一路向山下殺去。華夏軍早就窩著一股怒意，此時戰鬥起來後，個個奮勇向前，無不以一當十。

第三章

反敗爲勝

太史慈被人抬了過來，興高采烈地對司馬懿道：「仲達妙計，絕境逢生，使得我軍反敗為勝，實在我軍之福啊。」

司馬懿道：「大將軍過獎了，現在請大將軍下令，就地休整，天亮之後，還有更加殘酷的戰鬥等待著我們呢。」

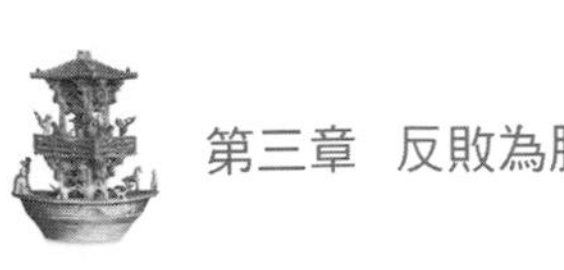

天狼山周圍，山下的鮮卑大營接連失火，鮮卑人大部分都逃離營寨，而天狼山上則是鬼哭狼嚎，鮮卑人被華夏軍從山上趕下來，一路追殺的屁滾尿流。

鮮卑人平時本來就紀律不嚴，此時被華夏軍衝撞一番，早已亂作一團了，各部族的鮮卑人紛紛向北撤退，輒悟能止都止不住。

司馬懿、宗預、太史享、侯成等人都奮勇殺敵，一經衝進營寨後，便開始肆無忌憚的瘋狂殺戮。

司馬懿更是手刃數人，身上的長袍沾滿了鮮血。他長劍揮出，招招都帶著一股凌厲之勢，雖然招式極少，卻都是很實用的殺人技巧。

直到現在，他才知道當日鄧翔教授自己的刀法，為什麼砍來砍去只有那麼幾招，原來這些都是戰鬥中最實用的招式。

他一邊殺敵，一邊想起了鄧翔。

正走神間，忽然一支冷箭朝司馬懿飛來，讓司馬懿吃了一驚，眼看箭矢即將飛到，他卻無法躲閃，畢竟不是武人出身，遇到這樣的事還是不夠淡定，眼神竟然布滿了恐懼之色。

「軍師小心！」宗預大叫一聲，揮出手中的長劍，恰如其分的斬斷了那支箭矢，看到面如土色的司馬懿，二話不說，伸手便將司馬懿按在馬背上。

「嗖嗖嗖！」

三支箭矢從司馬懿的背後射了過來，幸虧司馬懿被宗預強行安在了馬背上，不然的話，只怕這會兒已經成為一隻死螞蟻了。

危險過後，司馬懿心有餘悸，臉上還是恐懼之色，看了一眼宗預，略微定了定神，感激地道：「多謝救命之恩。」

宗預只淡淡地笑了笑，然後對身邊的部下說道：「保護軍師，若有什麼閃失，拿你們是問！」

話音一落，宗預縱馬狂奔，提著長劍，帶著一隊親隨，便朝鮮卑人的中軍大帳殺了過去，那裡才是此次行動的主要目標，只有殺了鮮卑的大單于軻悟能，才能結束這場戰鬥。

呼啦一聲，數百名騎兵將司馬懿團團圍住，保護得如同銅牆鐵壁一般。

司馬懿僥倖不死，現在臉上也恢復了血色，看到周圍圍得人太多了，而宗預帶的人又少，立刻叫道：「不要管我，快去支援宗侍郎，斬首行動不能出現任何差錯！」

於是，一名都尉留下幾名精幹的騎兵保護司馬懿，便帶著大部分人馬跟隨宗預而去。

太史享有其父之風，勇猛異常，殺伐果敢，所帶五千名騎兵盡皆精銳，從西方殺入之後，便勢如破竹的透入鮮卑人的腹心地帶，正好遇到軻悟能的禁衛親軍，便混戰了起來，一時間腥風血雨。

侯成是軍中老將，膽略亦很過人，一杆長槍在手，帶著五千將士任意驅趕著鮮卑人，並且乘勢掩殺。經過一番殺戮，終於透入中軍，見太史享已經和軻悟能的親衛軍混戰起來，立刻上去支援。

宗預帶的人也不是無能之輩，紛紛向前衝馳，遇到敵人便殺，殺得鮮卑人哭爹喊娘，司馬懿則在後面掠陣，撲捉那些漏網之魚，並且負責放火燒毀營寨。

於是，三方兵力盡數突入中軍，軻悟能的禁衛親軍只有數千騎兵，此時遭受到三面夾擊，不禁有些吃力。

軻悟能萬萬沒有想到自己本來在勝利的基礎上，卻在短短的半個時辰裡轉勝為敗，鮮卑人亂做一團，太史慈指揮的部下正在追殺著鮮卑人，大部分鮮卑人已經向北逃散，左大都尉被太史享斬殺，右大都尉見勢不妙，早已逃之夭夭，反倒將他這個大單于撂在這裡不管了。

「頂住，都給我頂住！」軻悟能一邊大喊，一邊放箭，射殺著華夏軍的士兵。

可是，他的禁衛親軍遇到了同仇敵愾的華夏軍，加上人數基本持平，毫無任何優勢。

「大單于，快走，這裡由我擋住！」左大當戶策馬來到軻悟能的身邊，大聲喊道。

軻悟能忽然醒悟過來，自己自大亂開始，就一心想穩住陣腳，以至於錯過了撤退的時間，此時經過左大當戶的提醒，自己看到周圍已經被華夏軍包圍了，便扭臉對左大當戶說道：「你若不死，回去我就升你做左大都尉。」

「謝大單于！」

軻悟能掉頭便走，帶著親隨百餘騎兵朝北邊移動。

宗預見軻悟能撤走了，立刻叫道：「休要走了軻悟能！」

左大當戶帶人攔住去路，大聲地喊道：「保護大單于離開！」

於是，軻悟能的親衛軍無不死死守住這裡，給軻悟能的離開製造時間。

司馬懿從後軍趕來，看到軻悟能離開了，不禁有些沮喪。

此時，天狼山上的華夏軍殺了下來，和司馬懿等人會合在一起，斬殺了剩餘的兩千多餘鮮卑人。

「軍師，軻悟能跑了，現在追還來得及。」宗預道。

司馬懿搖搖頭道：「此戰勝之不易，鮮卑人人多勢眾，我軍雖然獲勝，不過純屬僥倖，若鮮卑人再凝結在一起，只怕我軍必然會全軍覆沒。我們逼得越緊，鮮卑人越團結，不如不追，在此休整，待天亮之後再做打算。」

「那軻悟能……」

「就交給大將軍王來收拾吧，以大將軍王的精銳騎兵部隊，必然會殺得鮮卑人屁滾尿流，這會兒，只怕升龍城已經在大將軍王的手裡了。」司馬懿道。

太史慈被人抬了過來，興高采烈地對司馬懿道：「**仲達妙計，絕境逢生**，使得我軍反敗為勝，實在我軍之福啊。」

司馬懿道：「大將軍過獎了，現在請大將軍下令，就地休整，等到天亮之後，還有更加殘酷的戰鬥等待著我們呢。」

軻悟能等人一連逃了約莫十里地，沿途看到自己的族人一個個如此的狼狽，心裡面十分不是滋味，捶胸頓足地哭道：「天不佑我大鮮卑啊，天不佑我大鮮卑啊……」

左大當戶率領殘軍追了上來，來到軻悟能身邊，道：「大單于，華夏軍沒有追來，我們可以放心了。」

軻悟能道：「先回升龍城，再作打算，一定要為死去的族人報仇，這個恥辱，我一定要討回來。」

「是，大單于。」

一行人迤邐而進，連續奔走了一夜，在天明的時候才抵達升龍城。只見升龍城城門緊閉，城牆上更是沒有一個鮮卑人，顯得甚是古怪。

「叫人把城門打開，見到本單于回來，為什麼沒有人歡迎！」軻悟能怒道。

左大當戶當即去叫人打開城門，那人策馬奔馳到城門下面，大聲地朝上面喊道：「大單于回來了，快快打開城門，否則……」

「嗖！」一支冷箭突然射出，一箭便射中那人的額頭，那人立刻墜馬身亡。

「怎麼回事？」軻悟能大吃一驚。

突然間，城樓上出現的都是華夏軍，高麟更是威風凜凜的站立在那裡，朝軻悟能大聲笑道：「哈哈哈……軻悟能，本王在此等候你多時了！」

軻悟能看到高麟在城樓上站立著，心裡十分的難受，這升龍城是他一手打造的塞上名城，城牆的堅固自然不用說了，連牆磚都可以拿來磨刀。這樣一座城池，怎麼會如此輕易的就被華夏軍給攻占了呢。

「你們……你們是怎麼進去的？」軻悟能不解地問道。

高麟哈哈大笑道：「軻悟能，升龍城確實是一座非常堅固的城池，我可以明確的告訴你，是你的屬下畢恭畢敬的打開城門，放本王進去的，有什麼怨言，你可別找我！」

軻悟能氣得差點背過氣去，惡狠狠地望著高麟，一怒之下，抽出腰中所佩戴的彎刀，向前一揮，大聲喊道：「攻城！給我把升龍城搶回來！」

鮮卑人聽到軻悟能的命令，如同螞蟻一般蜂擁而至，可是這升龍城高九丈，城牆的牆壁也非常的光滑，一幫人只能站在遠處用弓箭朝裡面射箭。除此之外，鮮卑人根本沒有辦法對付這緊閉著的城門。

高麟看到鮮卑人做著無用之功，露出一抹譏諷的笑容，見鮮卑人箭矢射來，便持著盾牌退了下去。

城門的門洞裡，早有一千騎兵嚴陣以待，高麟拿著方天畫戟，跨上赤龍的背，厲聲叫道：「打開城門！」

「王爺，這個時候如果打開城門的話，只怕敵人會蜂擁而至，爭先恐後地朝城門這裡過來，我們終究人少，只怕不能力敵啊。」高麟身邊一個年輕的都尉出面阻止道。

高麟怒視那個都尉一眼，喝道：「郭淮，莫非你要阻攔本王不成？」

那個被喚作郭淮的都尉當即翻身下馬，跪在高麟的面前，叩首道：「王爺息怒，郭淮並無此意，只是我們奪了升龍城，升龍城是鮮卑人的一塊心頭肉，是軻悟能以及所有鮮卑人的根基，一旦城門打開，只怕後果難以想像。」

高麟皺起眉頭，將方天畫戟伸到郭淮的脖子上，呵斥道：「退下！」

郭淮仰著頭顱，做出引頸就戮的姿態，無懼地說道：「能死在王爺的手上，末將也算值了，但是末將就算死，也要力勸王爺不要打開城門。」

高麟看著郭淮一臉的剛毅，收回手中的方天畫戟，道：「你不怕死，本王殺你沒用。既然你勸本王不要打開城門，那麼你必然有退敵之策，且說給本王聽。」

郭淮一臉的迷茫，他只知道不能在這個時候打開城門，要說退敵之策，還真沒想過，此時他細細地想了想，當即道：「啟稟王爺，末將以為，**可以以其人之道還治其人之身……**」

高麟好奇道：「怎樣的以其人之道還治其人之身？」

「鮮卑人的物資都在這座城裡，方圓二百里內，再也沒有任何鮮卑人的城池，戈壁上白天熱，晚上冷，沒有食物也沒有水，我們可以堅守不戰，餓死他們，渴死他們。現在鮮卑人歸心似箭，如果打開城門的話，必然會奮不顧身的竄進城裡，如果先晾他們一會兒，等到他們又累又餓又渴的時候，我軍再出其不意，必然可以達到意想不到的成效。」郭淮答道。

高麟聽後，哈哈大笑道：「誰說本王的部下都是粗人，你就是一個心思縝密之人啊，就按照你的意思辦，先晾他們一會兒，本王倒要看看，他們能堅持多久。」

升龍城外。

烈日的曝曬下，軻悟能等鮮卑人早已是汗流浹背，連續走了一個晚上的路，如此狼狽的逃了回來，沒想到老窩卻被端掉了，這些鮮卑人沒有不氣憤的，都恨不得進去殺光這些華夏軍。

箭矢還在射著，可是射箭的人卻越發疲憊，最後見城裡一點反應都沒有，大部分都無疾而終，便靜靜地坐在地上歇息。

人渴馬躁，鮮卑人心裡很明白，正午的陽光是最厲害的，如果到時候還沒有地方躲避陽光的話，只怕許多人都會被曬得中暑。

軻悟能嗓子都要快冒煙了，讓屬下人拿來最後一袋水囊，咕嘟咕嘟的喝完後，還嫌不夠解渴，便問道：「還有嗎？」

「啟稟大單于，這是最後一袋水了。」

「再去其他地方找找，看看誰還有誰獻給本單于的，等進了城，本單于賞賜他十名美女，封他為大當戶。」

軻悟能相信重賞之下必有勇夫這個道理，但是他卻沒想到，在這樣的條件下，水成了寶貴的東西，每個人都寧願自己留著，誰也不願意貢獻出來。人性都是自私的，鮮卑人更是將自私演繹的淋漓透澈。

半個時辰後，衛兵回來了，耷拉著腦袋，跪在軻悟能的前面說道：「啟稟大單于，全軍沒有一個人有水了。」

「一群廢物！」軻悟能罵道。

戈壁上，二十萬鮮卑人像是一盤散沙一樣，零星地分散在那裡，紛紛用自己的衣服遮擋陽光，有的甚至搭起臨時的帳篷，大家聚在一起，沒精打采的望著近在咫尺的升龍城，他們昔日的棲息之地，現在卻成了他們的噩夢。

整個升龍城只有一個城門，而且這座城是圓形的，城內的居民相當少，準確的說，這座城是一座軍事堡壘，是鮮卑人的前線，同時也是單于庭所在的地方。但是鮮卑的老百姓都生活在更遠的北方，分散在各處水草肥美的地方，過著舒心的生活。

高麟之所以能夠進入升龍城，還有一個非常重要的原因，那就是城內關押著數萬的漢人百姓，是鮮卑人抓來的奴僕，為他們製造戰鬥時用的盔甲、武器。

昨夜高麟所部假扮鮮卑人，騙開城門後，便殺了城內所有的鮮卑武裝分子，打開囚牢放出了被羈押的漢人工匠，所以高麟才如此有恃無恐。

正當升龍城外面的鮮卑人像是一盤散沙時，高麟命人端著水桶出現在城樓上，水桶裡面裝滿了乾淨的清水，排在城牆上。

高麟朝城外的鮮卑人吹著響哨，然後大聲喊道：「鮮卑的將士們，我看你們那麼渴，心裡實在很難受，也不忍心看到你們再這樣下去，只要你們願意投降，我就給你們水喝，給你們吃的，讓你們填飽肚子。你們覺得怎麼樣？」

城外的鮮卑人聽到後，卻沒有人動彈，但是有不少人開始用舌頭舔著他們的嘴脣，有的則是用手放在脖子間，用手指撓著快要冒煙的嗓子。

軻悟能看到高麟用心理戰術喊話，生怕自己的人會堅守不住，便道：「傳令下去，敢有投降者，格殺勿論！」

「諾！」

這時左大當戶走了過來，說道：「大單于，再這樣下去，只怕對我軍不利，不如暫時撤退吧，到別處找個地方休息，離這大約三十里的地方有暗河，只要挖出水來就能喝了。」

「你怎麼不早說？」軻悟能興奮地道：「你知道暗河的走向嗎？」

左大當戶點點頭道：「回大單于話，我知道的一清二楚。」

軻悟能道：「很好，你即刻帶著有馬的人去找水源，那些沒馬的人就留在這裡，繼續跟華夏軍耗著，千萬不能再有什麼差錯了，另外帶上所有人的水囊，裝滿水囊後，回到這裡，然後換下一波人去喝水，等到夜裡，我們就對升龍城發動進攻。」

「為什麼要等到夜裡？」

「笨蛋，白天那麼熱，你想熱死他們嗎？」

「是，大單于。我明白了，我這就帶人去找水源。」

軻悟能和左大當戶商議完畢，左大當戶便帶著有馬的人離開了這裡，這一走，便走了大約七八萬人，剩下沒馬的人只能乾坐在這裡耗著。

高麟見鮮卑人走了七八萬人，自言自語地道：「司馬懿那傢伙果然猜得一點都沒錯，要想擊敗鮮卑人，只能如此。」

他也不去理會，只叫人大聲地喊著，並且讓人用水澆在自己的身上，洗了一個涼水澡，看得那些鮮卑人望眼欲穿。

又過了半個時辰，終於有鮮卑人忍不住了，丟下手中的兵器，跑向升龍城的城門，叫道：「我投降，給我水喝，我不想死在這裡……」

可是，不等這個鮮卑人跑到地方，便被人從背後一箭穿心，直接斃命。其餘鮮卑人看到後，紛紛不敢動彈了。

高麟見狀，讓人用繩索將裝滿水的水桶故意放到城牆外面的戈壁上，並且讓人繼續喊著招降的話。

一些意志不堅的人紛紛跑向擺放水桶的地方，但是跑過去的人，沒有一個抵達目的地，都被從背後用箭射死，鮮血染紅那片戈壁。

高麟嘿嘿笑道：「有意思，自己人開始殺自己人了，再過一會兒，看來就是我軍出擊的時候了……」

城外的鮮卑人開始分崩離析，高麟瞅準時機，集結五千精銳騎兵在城門口，讓人繼續在城樓上大喊著，等待最佳的出擊時機。

「大單于有令，任何人不得靠近城牆半步，違令者，格殺勿論！」軻悟能派出哨騎在鮮卑人中來回奔馳，喊著自己下達的命令。

大家都敢怒不敢言，只好眼睜睜地看著那些水被熱浪一點一點的蒸發掉。

短時間內或許還能忍受，但是時間一長，求生欲望強烈的鮮卑人就忍受不住了，與其這樣渴死，不如豁出性命大幹一場。於是，鮮卑人的陣營中，起先一片了無生氣的人群紛紛交頭接耳起來，商量著如何求生。

軻悟能坐在臨時搭建的帳篷裡，身上的鐵甲已經被烈日曬得發燙，不得已才脫了下去，看到熱浪蒸騰，撲面而來，不由得心裡也是一陣驚慌，只盼望左大當戶帶人趕緊回來。

他掃視一圈，見部下議論紛紛的，便喚來親衛，問道：「他們在說什麼？」

「不太清楚，我去聽一下。」

「嗯，去吧，順便告訴他們，左大當戶快回來了，一會兒就有水了，讓他們再忍耐一會兒，千萬不能上了華夏軍的當。」

軻悟能生怕出什麼亂子，因為鮮卑人向來以利益為先，忠誠度卻很低，加上他這個大單于的位置來路不正，心裡不免有諸多擔心，除了他身邊的千餘親衛外，其餘的人都不值得相信。

軻悟能的親衛走向人群中，可是一當他走近時，議論聲便停止，換來的是鮮卑人帶著憤怒的眼神。

親衛見這些人仇視自己，心中很是不爽，拿著手中的馬鞭抽打在一個擋住他去路的鮮卑人身上，並且趾高氣揚地道：「你們這些賤民都給我仔細聽著，左大

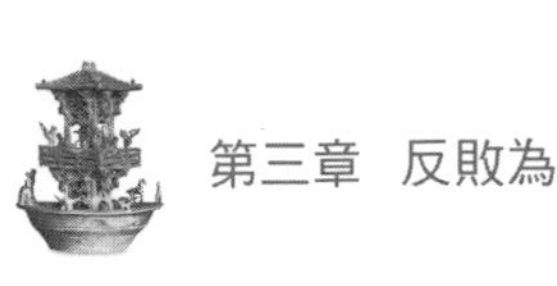

當戶帶人去取水了，很快就會回來，你們在這裡耐心等著，誰敢亂動，我就殺了誰！」

被親衛抽了一馬鞭的鮮卑人氣憤難當，突然暴走，拔出腰中的馬刀，以迅雷不及掩耳之勢一刀將那名親衛砍翻在地，人頭滾落下來，被那名鮮卑人用腳踩住，舉著手中的馬刀，高聲叫道：「大單于不拿我們當人看，我們憑什麼還要為他賣命，殺了大單于，然後公推出一位接任大單于之位，反了！」

這個鮮卑人當眾一呼，身邊的鮮卑人成群成群的站了起來，紛紛抽出馬刀，朝軻悟能的親衛部隊便衝了過去。

一呼百應，圍坐在最前面的鮮卑人都舉著馬刀竭力嘶喊著，朝軻悟能衝了過去。

怕什麼，偏來什麼，不過軻悟能倒也不懼這些賤民，迅速翻身上馬，大聲喊道：「鐵騎兵何在？」

在離軻悟能不遠處的地方，一支沒精打采的騎兵隊伍立刻變得緊張起來，騎士們紛紛翻身上馬，一排二十騎，揮舞著馬刀，驅趕著馬匹來到軻悟能的身邊。

雖然因為天氣炎熱而卸去了諸多戰甲，但是鐵索依然鎖著二十匹戰馬，整齊地排列著，在軻悟能的一聲令下後，立刻衝向叛亂的鮮卑人中，無情地踐踏著這些賤民。

這支鐵騎兵是軻悟能最後的家底，雖然只有千餘騎兵，卻足以抵擋住這波發動叛亂的鮮卑賤民。

在軻悟能的背後，還有許多沒有發動叛亂的人，這些大多是軻悟能的親族，此時見前方有人叛亂，立刻前來支援。

於是十餘萬鮮卑人瞬間便分成了兩撥，一波是由低賤的牧民組成的叛軍，一波則是由身分尊貴的人組成的貴族軍，兩軍就在升龍城的外面展開了廝殺，那場面真叫一個壯觀，一時間血流成河，屍橫遍地。

高麟透過城門的門縫望去，笑了笑，然後喊道：「郭淮！」

「末將在！」郭淮策馬而出，抱拳應道。

高麟開心地道：「你給本王出的這個計策十分有效，如此一來，我軍壓力減少了不少，為了彰顯你的功勞，本王現在提升你為龍鱗軍的左軍校尉。」

郭淮聽後，歡喜地跳下馬背，跪在地上拜謝道：「多謝王爺抬愛，末將必定肝腦塗地。」

龍鱗軍乃是高麟帳下的精銳，共五千騎兵，分別設立前、後、左、右、中五營校尉，雖然只是校尉，但是地位卻相當的尊崇，是高麟嫡系，所享受的待遇與

將軍等同。

平時高麟打了勝仗，所獲的功勞，戰利品，大部分都分給龍鱗軍，郭淮被受封為龍鱗軍的左軍校尉，又怎麼能夠不高興呢。

高麟抬起手，對郭淮道：「上馬，做好準備，等他們打得差不多了，我軍再出擊，要一戰而定勝負。」

「諾！」

郭淮翻身上馬，靜靜地護衛在高麟的左右。

說來也巧，龍鱗軍的左軍校尉在上次戰鬥中不幸陣亡，正好缺少一位主事的人，此時高麟發現自己的軍中有郭淮這樣的人才，自然要留心和提拔了。

龍鱗軍其他四個校尉都是年輕的將領，也多是華夏國名將的親屬，前軍校尉馬岱乃是馬超的堂弟，右軍校尉甘小寧乃是甘寧的兒子，後軍校尉臧艾乃是臧霸的兒子，中軍校尉張雄乃是張郃長子。

除此之外，尚有九個都尉，或是名將之後，或是與名將有親戚關係，可以說，龍鱗軍就是子弟兵，不是將門虎子就是名將的親屬，所以在華夏國所有的軍隊中，龍鱗軍最為知名。

唯獨郭淮是一刀一槍拼殺出來的，是龍鱗軍中五大校尉、十個都尉中唯一一個出身行伍的人。

高麟等人從中午等到傍晚，外面的鮮卑人殺得是昏天暗地，起初還不是如此的激烈，大家還有言語交談，有些不忍，可是殺到最後，情況完全失控，兩班人戰鬥的越發激烈起來。

傍晚時分，晚霞滿天，城外的戈壁也是一片淒慘的紅色，地上像是鋪上了紅地毯一樣，與天邊的紅霞形成了統一的映照。

高麟注視著敵人的一舉一動，見叛軍有潰敗的跡象，立刻大叫道：「打開城門！」

一聲令下，城門被打開了，高麟舉著方天畫戟，騎著赤龍馬，身先士卒，一馬當先的衝出城池，像一支離弦的箭矢一樣。

馬岱、甘小寧、臧艾、張雄、郭淮等五個校尉也紛紛帶著部下的騎兵向前衝去，喊聲如雷。

軻悟能見叛軍已經被自己的軍隊包圍住了，正在興頭上，忽然看到高麟率軍從城中殺出，急忙喊道：「殺進城去，殺進城去！」

龍鱗軍在高麟的帶領下，如同一個巨大的重錘一般，轟的一聲便衝撞上以軻

悟能為主的貴族軍，來勢洶洶，加上養精蓄銳，貴族軍根本抵擋不住，別說殺進城，就連抵擋這波攻擊都很困難。

「馬岱、甘小寧、臧艾、郭淮，散開！」高麟大聲喊道。

馬岱、甘小寧、臧艾、郭淮都熟知高麟的一貫打法，紛紛帶著一千騎兵分散在四處，衝進對方陣營後，便是一陣胡亂衝撞，所過之處屍橫遍野。

高麟帶著中軍校尉張雄及一千騎兵，如同尖刀一般直接插入鮮卑人的心臟，衝毀了包圍叛軍的人牆，然後大聲喊道：「凡是投降我華夏者，須當竭力奮戰，與我們一起斬殺軻悟能，戰後必有重賞。」

叛軍聽後，都表示願意投降，得到華夏軍這股力量的支援，所有的叛軍更加顯出了勇略。

鮮卑人本來就是疲憊之師，軻悟能只是仗著人多而已，此時混戰了半天，死傷過半，而且又疲憊不堪，一遇到龍鱗軍便不能力敵，只得向後退卻。

軻悟能見龍鱗軍來勢凶猛，不敢抵擋，立刻策馬帶著親隨向後撤退。其餘鮮卑人見狀，也放棄了抵抗，紛紛逃命。

高麟見軻悟能逃跑了，二話不說，衝著張雄喊道：「中軍跟我來！」

張雄「諾」了聲，帶著部下跟隨高麟而去，龍鱗軍其他四個校尉則留在原地追殺鮮卑人。

與此同時，城內的華夏軍紛紛策馬而出前來助戰，給予鮮卑人最後致命的一擊。

軻悟能向後望去，但見高麟率軍緊緊追來，慌忙地喊道：「擋住他們！」於是一半親衛騎兵留下抵擋高麟，一半保護著軻悟能離開此地。

高麟方天畫戟過處，血染一地，眼見軻悟能就要跑遠了，大怒道：「張雄，你率領一半人馬在此廝殺，本王率領另外一半去追軻悟能。」

話音一落，兵力一分為二，高麟率領五百騎兵火速追擊過去，揮動著方天畫戟，喊道：「軻悟能休走！」

軻悟能聽到背後傳來喊聲，此時早已是心驚膽戰，左大都尉帶著九萬騎兵去找水源了，結果去了整整一天還沒有回來，此時軻悟能多麼希望左大都尉能夠帶著大軍回來，這樣的話，他就有獲勝的希望了。

「軻悟能休走！」

高麟還在快馬狂追，他坐下的赤龍奔跑如風，不一會兒便將身後的五百龍鱗軍撇得遠遠的，距離鮮卑人越來越近。

軻悟能聽到聲音又近了許多，回頭一看，高麟居然快要追上來了，倉惶之間，急忙喊道：「射死他，射死他！」

於是，部下挽弓射箭，朝高麟便是一通亂射。

高麟緊握手中的方天畫戟，快速地舞動起來，擋下許多箭矢。緊接著，方天畫戟向前一揮，便刺死了一名鮮卑人。

「啊——」

高麟大喝一聲，猶如滾滾天雷，讓鮮卑人覺得震耳欲聾，方天畫戟更是舞動得異常詭異，像是一把無形的利刃，讓那些鮮卑人還沒有看清楚武器從何處而來，身上便多了一個血窟窿，一連墜馬數人。

鮮卑人留下百餘騎兵擋住高麟，高麟一陣亂殺，刺死十餘個，說話間，白己身後的五百親隨龍鱗軍騎兵便追擊而來，一番亂殺，將那些鮮卑人殺得片甲不留。

高麟奮起直追，軻悟能也很聰明，以一百人為一個梯隊，每隔一段距離便留下一百人負責抵擋，漸漸地和高麟拉開了距離。

「殺！」

高麟血染戰甲，滿身通紅，整個人如同神助，殺得鮮卑人盡皆膽寒，最後連抵擋都不敢抵擋了，紛紛做鳥獸散。

「駕！」高麟騎著赤龍，殺散擋住自己的鮮卑人後，見軻悟能孤身一人，奮力大喝一聲，加快速度向前奔馳。

軻悟能早已是嚇破了膽，眼看夕陽將要沉入到地平線，背後還有一尊瘟神緊緊追逐，正暗自叫苦，忽然看見正前方駛來大批騎兵。放眼望去，來的都是鮮卑騎兵，左大當戶更是一馬當先朝這裡奔馳而來。

他驚喜地揮臂高呼道：「救我！」

然而，話音剛剛落下，軻悟能便見左大當戶的背後並不全是鮮卑騎兵，而是身穿統一軍裝的華夏國騎兵，一員小將手持大刀正在後面追趕而來，使得左大當戶沒命的向前疾奔。

只見左大當戶臉上是一陣驚恐，背後華夏國的騎兵追得他無處躲閃，此時又見大單于從對面奔馳而來，身後也被華夏國的軍隊追著，便知道大勢已去。

軻悟能不敢再向前奔馳，急忙調轉馬頭，朝別處奔去。可是他這樣一調轉馬頭，卻放慢了速度，不想背後一團火紅色的戰馬飛馳而過，森寒的方天畫戟直接從背後刺進他的身體，將他整個人給挑了起來，然後重重的扔在地上，立刻摔得腦漿迸裂。

無獨有偶，與此同時，左大當戶等百餘騎兵也被身後的華夏軍追上，箭矢無

情的貫穿了他們的身體，一個個全部從馬背上墜落下來。

高麟勒住赤龍，手持著方天畫戟，望著前方來的騎兵，並非是太史慈所部，為首一人，竟是張飛的侄子關平，不禁一陣狐疑。

關平率軍奔到高麟的面前，來不及下馬，就在馬背上拱手道：「末將叩見大將軍王。」

高麟問道：「關將軍從何而來？」

「末將跟隨鎮國公前來支援大將軍王，沿途遇到虎翼大將軍所部，便按照原先的計策消滅了前來取水的鮮卑人，斬首兩萬，俘虜七萬，一路追擊殘軍到此，不想遇到了王爺。」

高麟聽後，知道援軍抵達了，便道：「鎮國公何在？」

關平答道：「鎮國公和大將軍合兵一處，正在朝升龍城趕來，共帶來援軍五萬騎，剩餘的援軍還在行進途中，估計幾天後能夠趕到。」

高麟點點頭道：「辛苦關將軍了，既然來了，就隨本王一起去升龍城，此戰鮮卑人大敗，只怕會從此一蹶不振，待所有援軍抵達後，我軍兵分四路，直取鮮卑腹地，定要一戰而平定鮮卑。」

「諾！」

升龍城一戰，高麟利用郭淮所獻之計，先使鮮卑人內訌，然後又出兵攻擊疲憊的鮮卑人，以少勝多，大獲全勝。

此戰鮮卑人因內訌而戰死的高達四萬多人，被華夏軍斬首的只有區區數千人，其餘的俘虜的俘虜，逃走的逃走，十數萬鮮卑人潰不成軍。

隨後，高麟派出輕騎，四處擊敗逃走的敗軍，失去了馬匹的鮮卑人又累又餓又渴，跑不多遠便被華夏軍給追上，也沒有了戰心，甘願當俘虜，被華夏軍給驅趕進升龍城羈押著。另外一部分參與反叛的鮮卑人卻受到了禮遇。

當夜，高麟將參與反叛的兩萬多鮮卑人全部聚集起來，給予吃的喝的。

當鮮卑人酒足飯飽之後，高麟便帶著一個身材魁梧的鮮卑人登上了高臺，對台下的鮮卑人喊道：

「今日你們為了自己的自由而戰，才是鮮卑人的大勇之士。我華夏國向來有極大的包容心，只要你們不再和華夏國為敵，我們就是兄弟。站在我身邊的這位勇士，想必你們都認識，今日正是他第一個砍了單于衛士的腦袋，率領你們奮起反抗的，你們誰能告訴我他的名字？」

「莫虎羅！」

其餘的鮮卑人看到和高麟站在一起的勇士後，大聲地叫道。

「沒錯，他就是莫虎羅，是一個驍勇善戰的勇士，本王也非常的佩服。軻悟能已經被本王斬殺了，再過幾日，我華夏國數十萬的援軍便會抵達這裡，到時候會對鮮卑腹地發起進攻。可是本王知道，你們與華夏國為敵，也是實屬無奈，你們生活的地方條件惡劣，沒有草原和水流，只守著這大戈壁，能有什麼出路?!不過，只要你們願意各自回去勸降你們的族人，本王可以保證，將使你們數十萬的鮮卑人從此以後過上豐衣足食的幸福生活，本王會給你們土地耕種，會留出一片大草原來給你們牧馬，還會收購你們的馬匹、羊毛、羊皮等物，只要你們願意，你們可以成為我華夏國的一分子。來吧，投進我華夏國的懷抱吧！」高麟慷慨激昂地道。

莫虎羅聽後，第一個便跪在地上，朝高麟施了一個最為尊貴的禮節，朗聲道：「大王，我莫虎羅受夠了這個鬼地方，願意誓死追隨大王，願意帶著我的族人一起投靠華夏國，想過著那豐衣足食的生活，請大王成全。」

其餘的鮮卑人聽後，先是面面相覷，之後便陸續跪在地上，紛紛乞求歸附華夏國。

高麟聽後，哈哈笑了起來，直接將莫虎羅給攙扶起來，說道：「有你這樣的勇士歸附我華夏國，是我華夏國之福，我華夏國秉著一顆包容的心，歡迎任何人加入我華夏國，成為我華夏國的一分子。莫虎羅勇士，請起來吧。」

莫虎羅被高麟親自扶起後，當即振臂高呼道：「為了不讓我們的族人再受到戰爭的摧殘，為了我們以後能夠過上好日子，明日我們就回去勸說自己的族人，然後一起歸附華夏國。」

其餘的鮮卑人紛紛點頭，振臂高呼響應莫虎羅。

高麟隨即便封莫虎羅為護鮮卑校尉，並且廢除鮮卑人一直存在的奴隸制，得到了鮮卑人極大的擁戴。

當夜，鎮國公郭嘉、虎翼大將軍太史慈、左軍師司馬懿等人率領大軍抵達升龍城，並且將俘虜全部羈押一處，和高麟勝利會師。

次日清晨，高麟給莫虎羅等兩萬多人馬匹、食物和水，將他們遣返回去，讓他們回鮮卑駐地說服族人前來歸降，並且按照鎮國公郭嘉給出的意見，派出軍隊四處搜捕軻悟能餘黨，讓人勸說那些俘虜的鮮卑人，剩餘的大軍，則在升龍城徹底休息，統計戰果和陣亡將士。

數日後，張飛率領援軍抵達升龍城，高麟熱情迎接，莫虎羅等人也各自帶著部族來到升龍城，要求歸附華夏國，少數抵擋的部落紛紛被華夏軍擊敗，在華夏

軍強大的軍威面前，被迫要求歸附，而俘虜則全部歸順。

八十多萬鮮卑人徹底臣服於華夏國，高麟便寫捷報讓人送達帝都。鮮卑之敗，也迫使烏孫、北匈奴不敢再與華夏國為敵，紛紛要求內附，併入華夏國的版圖。

而在西域留守的魏延大軍，一直風平浪靜，貴霜帝國也未曾派兵在西域進行攪亂。至此，**歷時三個月的西征徹底告一段落**，華夏國加強了西北邊疆的威懾力，使得周邊小國正式納入華夏國的版圖之中。

然而，華夏國的西征勝利，卻給一直覬覦西域的貴霜帝國埋下了復仇的種子，一場兩大軍事強國之間的較量，也即將正式上演……

六月的天，就像是孩子的臉，說變就變。起初還是豔陽高照，只一小會兒工夫，便已經是彤雲密布。

高飛接到一連串西北的戰報，最後一次是說太史慈所率領的大軍被包圍在一座無名的小山上，再後來，一連數日皆是杳無音信。

他在皇宮裡坐立不安，騎馬來到洛陽的西城門那裡，剛剛登上城樓，向外眺望，但見烏雲壓頂，如同他的心情一樣陰鬱。

向外望去，曠野裡是一片黑暗，天地彷彿融合在一起，什麼也看不見。遼闊的平原上，沒有一星燈光，大地似乎沉沉入睡了。

然而，雷卻在西北方向隆隆的滾動著，好像被密密層層的濃雲緊緊地圍住，掙扎不出來似的，聲音沉悶而又遲鈍。

閃電在遼遠的西北天空裡，在破棉絮似的黑雲中呼啦呼啦的燃燒著。

入夏以來，高飛還是第一次見到這樣雷電相間的天氣，不禁有些擔心起來，心中也是惴惴不安，暗暗想道：「難道西征軍出什麼事了？」

此次西征，對華夏國來說，是一次空前規模的大戰，因為要征伐的地方和民族是有史以來最多的一次。

然而，這次大戰卻也是高飛首次沒有御駕親征的一次，而是將整個西征大軍全權委託給了自己的次子高麟，所調集的軍隊，皆是精兵強將，謀士也都是一流的。他這樣做，**目的在於鍛煉高麟指揮大軍的能力，同樣也是極為冒險的一次。**

「恩師，這天就像是要塌下來一樣，很是反常。西征軍已經一連數日沒有音信了，你說會不會是遇到什麼不測？」高飛力作鎮定地問道。

祝公道站在高飛的身側，聽到高飛如此說，急忙安慰道：「皇上儘管放心，

這次西征，皇上調集的多是精兵強將，大將軍王雖然年輕氣盛，但是有鎮國公跟隨，大將軍王又對鎮國公言聽計從，有鎮國公在，大將軍王必然能夠凱旋而歸。何況巡檢太尉司馬懿、龐統兩個人也一起前去，這幾日沒有消息，說明是好消息，不像前幾日那樣所報的都是壞消息。也許，明天就有結果了。」

高飛輕嘆了口氣，說道：「但願如此吧。」

片刻之後，天空降下瓢潑大雨，只一小會兒功夫，地上便徹底濕透了。

高飛正準備轉身離去，忽見遠方的雨幕當中翩翩駛來一騎，那騎士的背後斜插著兩面鮮紅的小旗，是情報部的八百里加急。

他瞅見後，急忙喊道：「快，攔下那名斥候，一定是西北的急報。」

祝公道當即凌空而起，直接從城樓上踩著城牆便飄落而下，雙腳正好落在那名騎士所騎的馬頭上，輕輕一點馬頭，那匹馬便轟然倒地，直接摔在地上，將那名斥候給掀翻在地。

與此同時，高飛也迅速地下了城樓。

他可沒有祝公道那樣的身手，東漢末年第一劍客王越確實是名副其實，不僅劍法超群，就連輕身功夫也是一流。

高飛師承王越，但是還沒有達到青出於藍而勝於藍的境界，對武學之道的窺探終究不如王越。王越自從斷手之後，便成為了祝公道，後來和高飛再次相遇，師徒遂不再分開。

城門下面，斥候從泥水中翻身爬起來，指著祝公道怒道：「大膽！天子腳下，帝都門前，你竟然敢行凶？將華夏律法置於何地？」

此時，城門校尉從城中帶人衝了出來，快速地移步到祝公道的面前，畢恭畢敬地拜道：「侯爺，你沒事情吧？」

祝公道擺擺手道：「無事，只是事出有因，衝撞了特使而已。」

那斥候見城門校尉叫祝公道侯爺，非但沒有害怕，反而更加理直氣壯地說道：「王子犯法與庶民同罪，何況你是個侯爺，知法犯法，罪加一等，華夏律法寫得清清楚楚，任何人衝撞了特使都要問罪，你……」

「算了，是朕一時心急，才讓都亭侯有這種行為的，特使快將所帶密信呈上來，給朕一覽。」高飛從人群中擠了出來。

在場的人一見到高飛出現，紛紛跪在地上，高呼道：「吾皇萬歲萬歲萬萬歲！」

高飛道：「都起來吧。」

紅旗特使從懷中掏出一封用羊皮包裹著的密件，獻給高飛，道：「微臣衝撞了皇上，死罪！」

「免了。」

城門校尉讓人拿來華蓋，舉在高飛的頭上，為高飛遮風擋雨，殷勤萬分。

高飛拿著急件，轉身進了城門，一邊走一邊拆開，然後吩咐道：「好生招待紅旗特使，不得怠慢。」

城門校尉「諾」一聲，吩咐手下送紅旗特使去驛館休息。

紅旗特使是情報部傳送加急文件的重要力量，享受極高的特權，一般情況下，在華夏國境內，無論是官還是民，見到紅旗特使經過都要避讓，以免耽誤了送急件的時間。

而紅旗特使一路上都騎上等的良馬，沿途設有驛站，日夜不息，換馬換人，以接力方式將急件以最快的速度送達，這樣就能省去很多時間，所以華夏國的斥候大軍多達十萬，一點也不足為奇。

高飛拆開急件後，匆匆流覽了一遍，提到嗓子眼的心終於可以落下去了，因為這是一封捷報，是高麟親筆所寫，西征取得了勝利，但是其中也有是非，高麟皆能秉公書寫。

「都亭侯。」高飛合上急件，喊道。

祝公道聽到高飛喊他，道：「皇上有何吩咐。」

「回宮，召集內閣議事。」高飛道。

「諾！」

第四章

略施小計

諸葛亮道：「皇上，臣以為，要攻伐吳國也未嘗不可，只需略施小計，讓吳國先撕破盟約即可，這樣一來，我軍便可順水推舟，以雄師南下，公然吃掉吳國，完成未竟的統一大業。」

高飛道：「說得簡單，可是談何容易？」

洛陽的皇宮大殿中。

賈詡、荀攸、蓋勳、田豐、邴原、管寧、諸葛亮靜靜地坐在那裡等候著，加上郭嘉、司馬懿、龐統，這十個人皆是高飛的內閣大臣。

內閣起到上通下達的作用，如果涉及重大軍事，便會提前通知十大將軍，然後參加內閣擴大會議。此次的西征，便是如此。

賈詡雖然從樞密院中退出，但是高飛依舊十分重用，加上他肩負著情報部尚書一職，對於重大事情也有知情權和發言權，而且他是華夏國的元老級人物，在華夏國的官僚體系上，他更是唯一一個以尚書職位官居一品的大員，而且和郭嘉、荀攸一起受封鎮國公，待遇頗為尊崇。

過了許久，高飛從殿外趕來，此時的他已經換了一身衣服，身穿龍袍，頭戴皇冠，一副威嚴的樣子，充滿了皇家的氣派。

「諸位愛卿，我喚你們來，是想告訴你們一件好消息，那就是西征大軍在高麟的率領下，已經取得了重大的勝利，不日便可凱旋歸來。」

「吾皇萬歲，華夏國威武！」群臣一起高呼道。

「西域平定，北方大定，我準備留下兵馬守備西域，以免貴霜帝國又乘虛而入。諸位以為留誰較為合適？」高飛問道。

「非大將軍王莫屬。」田豐首先說道。

高飛點點頭，然後緩緩地道：「他本來是最佳人選，可是東南未竟，和東吳連年出現摩擦，如今收拾了西域之後，便可以騰出手來徹底的對付東吳。東吳已經在我華夏國的臥榻之側酣睡多年，我扶持東吳也已經很多年，但是孫伯符和周公瑾卻並不領情，總是時不時的來找麻煩，我華夏國如今已經是雄兵百萬，在國力上也已經達到了空前的規模，統一的腳步，誰也無法再次阻擋，**下半年我準備對東吳下手**，調兵遣將，排兵布陣，迫使東吳投降。如果東吳不投降，唯有用武力解決，屆時，大將軍王便有了用武之地，所以，你們必須另外選出一位人選。」

諸葛亮想想，道：「征西大將軍張翼德勇冠三軍，此次西征更是不曾折損一兵一卒，若留他鎮守西域，足可以使得四方蠻夷為之震動。」

邴原道：「臣以為，虎翼大將軍太史慈可擔當此任。」

「鎮遠大將軍馬孟起也可擔當此任。」蓋勳舉薦道。

高飛聽後，扭臉問道：「國丈，你以為呢？」

賈詡道：「靖遠大將軍魏延身受皇恩，多年來更是兢兢業業，況且他現在就在貴山城，與飛衛大將軍安尼塔．派特里奇一同率軍五萬留守，臣以為靖遠大將

軍可擔當此任，至少不用再來回調度了。」

高飛同意道：「魏延一直是我很器重的一員大將，如今已經磨練成一員得力幹將，確實可以擔當此任，只是五萬兵力太少，外有貴霜帝國虎視眈眈，內有西域諸國剛剛歸附，不如再調撥二十萬大軍，全部統屬於魏延，留在西域和當地人雜居，教授當地人一些農耕技術，一旦有變，也可以迅速做出反應，不至於再有失地。」

「皇上明鑒。」賈詡道。

高飛笑道：「那就這樣定了，**封魏延為西域安國侯**，位居侯位一等，並賜金幣百枚，統領二十萬大軍駐守西域，外防貴霜，內安西域；**安尼塔為靖邊侯**，統屬於魏延帳下，高麟、張飛、太史慈等人盡皆班師回朝，另做安排，有功將士一一官升一品，賜銀幣百枚。秘書長，即刻擬寫聖旨。」

「臣遵旨。」陳琳立即草擬聖旨。

等聖旨擬寫好後，便捧著聖旨讓高飛過目，高飛看完，蓋上玉璽，道：「那麼，接下來就該說說東南的事情了，諸位愛卿以為當如何取東吳？」

荀攸最具有發言權，七年的荊州知州不是白當的，便道：「啟稟皇上，臣以為，現在取東吳只怕還為時尚早。」

「哦？說說你的意見。」高飛聽到一個不同的意見，倍加重視。

荀攸緩緩說道：「臣久在荊州，對吳國知道的要比各位多一點。吳國皇帝孫策委任周瑜為大都督，專事華夏國，所以多年來，周瑜經常以各種手段挑起和我國之間的摩擦。但是無論怎麼樣摩擦，從未出現過真正的交鋒，前次燕侯以下雉為餌，一氣周瑜，虎牙大將軍更是讓屬下射死了吳兵數百，但事後又對死者做出了慰問，並且給出了撫恤金。按照周瑜的一貫做風，必然會抓住這個把柄，對我華夏國進行步步緊逼。」

高飛點點頭，道：「周瑜確實如此，此人文武雙全，智略過人，若受到此辱，必然不會善罷甘休……你接著講下去。」

荀攸接著道：「可是，如今差不多半個月過去了，周瑜卻一反常態，毫無動靜，臣以為，**周瑜必然在暗中謀劃著什麼**，而我華夏國和吳國處在盟友關係，如果公然撕破這個聯盟，只怕天下人會說我華夏國背信棄義。」

「統一大業近在咫尺，吳國得寸進尺，屢次製造邊境恐慌，早已經沒把同盟放在眼裡。」高飛怒道。

賈詡勸道：「話雖如此，可是這確實於理不合，一旦公然撕破盟約，必會被天下所唾罵，請皇上三思啊。」

諸葛亮道：「皇上，臣以為，要攻伐吳國也未嘗不可，**只需略施小計，讓吳國先撕破盟約即可**，這樣一來，我軍便可順水推舟，以雄師南下，公然吃掉吳國，完成未竟的統一大業。」

高飛道：「說得簡單，可是談何容易？」

諸葛亮請命道：「微臣願意去荊州走一遭，協助燕侯共同對付周瑜。皇上只需給我三個月的時間，三個月內，臣必然要讓吳國先撕毀盟約，受到天下人的唾罵。」

高飛想了想，道：「好，朕就准你走上一遭。三個月的時間，朕也可以進行軍事調度，將兵力部署在東南一線。陳琳，擬寫聖旨，擢升江夏知府高麒為荊州知州，全權負責東南之事，封諸葛亮為江夏知府。」

「臣遵旨。」陳琳便立刻提筆開始寫。

諸葛亮則拜謝道：「謝主隆恩。」

潯陽城。

半個月來，周瑜一直按照醫囑吃藥，好好的養傷，看似平靜無奇，實則在他的內心裡，卻深深牽掛著一件事。

吃過早飯，周瑜便去潯陽江上檢閱水軍，看到吳國的將士熱火朝天的操練，心裡十分慰藉，但是更多的是一種莫名的擔心。

華夏國疆域廣大，東吳不過才占著其中一小部分，加上華夏國近年來在國力上可謂是蒸蒸日上，無論是在經濟還是軍事上，吳國都落後於華夏國，長期以來，吳國一直和華夏國展開軍備競賽，但最終的結果卻帶給吳國一連串的經濟危機。

吳國地處江南，此時的江南人口還不及北方人口的一半，另外就是耕地面積少，水利工程也很少，吳國的每年賦稅收入，才是華夏國的五分之一，這樣一個國力衰弱的國家，真不知道能夠撐到什麼時候。

周瑜閒庭信步的走在軍營裡，目視那一張張他熟悉的臉龐，越發地感到肩上擔子的沉重了。

近年來，孫策窮兵黷武，大肆徵召士卒入伍，擴軍至三十萬，將兵馬一分為二，交付給周瑜一半，自己統領一半。七年前開始遠征夷州，結果這場戰爭一打便是兩年，多少青壯年喪生在這場戰爭中，可是打下夷州後，卻發現這裡還是個未曾開墾過的原始之地，甚至連山越都不如，民眾都過著原始的生活，可謂是茹毛飲血。

直到孫策親自進入夷州的腹心地帶，才知道他被高飛給騙了。從那以後，孫策便發誓，一定要討回這筆賬。夷州雖美，吳人卻不願在此居住，最後吳軍還是退出了夷州，讓夷州的居民每年給吳國納貢完事。

付出的多，收回的卻少，為了攻下夷州；孫策耗費了數以億計的軍費，戰士死亡還要給安家費，這是最不值當的交易。

無獨有偶，吳軍在朱崖州也待不下去，最後還是把地方讓給了當地的土人，名義上朱崖州和夷州已經納入吳國的版圖，實際上卻還是孤懸海外。

周瑜已經一連三年沒有回京城建鄴了，孫策也長達三年的時間沒有和周瑜見過面，周瑜只是聽說孫策在搗鼓著怎麼樣研製出更加厲害的戰爭武器，整日沉迷其中，也效仿華夏國，建立了一座翰林院，聚集大批的工匠在裡面，每日錘錘打打，並且將朝事全部委託給其弟孫權，自己就常住在翰林院裡。

「也不知道皇上怎麼樣了？」周瑜走著走著便停了下來，在沿江的小亭裡坐了下來，心中是一陣的惆悵。

不多時，外面下起了濛濛細雨，江南已經進入了雨季，周瑜就靜靜地坐在亭子裡眺望著外面，看到雨幕中翩翩走來一位美女，那張嬌豔美麗的臉，他一輩子都不會忘記。

美女撐著一把油紙傘，走起路來婀娜多姿。

美女徑直走到周瑜所在的亭子裡，收起油紙傘後，便向周瑜微微施了一禮，隨後便露出一個甜美的微笑，道：「夫君，你怎麼在這裡啊，讓我一陣好找……」

「夫人找我有事嗎？」周瑜伸出手，輕輕地將美女攬入懷中，讓美女坐在他的雙膝上，一臉笑意地問道。

美女不是別人，正是周瑜的妻子歐陽茵櫻，她嫁給周瑜已經快十年了，昔日還是個懵懂的少女，現在已經是一個貴婦了，無論怎麼看，都充滿著華貴之氣。

她嫣然一笑，道：「周將軍來了，說有要事找你，我只道你在書房中讀書，一直沒敢打擾你，等到周將軍來的時候，去書房一看，才只道你並不在那裡，這才出來尋你。夫君，還是趕快回去吧。」

周瑜笑著點點頭，道：「嗯，我和夫人一起回去。」

於是，周瑜和歐陽茵櫻夫妻二人相互攙扶著，撐起那把油紙傘一起回去了。

潯陽縣衙裡。

周泰焦急地等待著周瑜，左等右等始終不見周瑜回來，在縣衙的客廳中踱著

步子，不時還長吁短嘆著。

與周泰同來的凌操看了，起身將周泰給拉住，喝道：「周將軍，你這樣走來走去的，弄得我頭都暈了！」

周泰嘆道：「你以為我想啊，此事事關重大，大都督一直遲遲不歸，我著急啊。」

凌操端來一碗茶水，遞到周泰的面前。

周泰不解其意，問道：「幹什麼？」

「當然是給你喝啊，你著急就容易上火，喝點茶降降火，然後坐在那裡耐心的等著，大都督又不是不回來，你急什麼急？」凌操道。

周泰道：「我沒那閒工夫，大都督若是再不回來，我就……」

「你就怎樣？」凌操抱著膀子問道。

「我就……」

周泰忽然伸手接過茶水，咕咚咕咚的喝了下去，然後一屁股坐在那裡，衝著縣衙中的衙役便喊道：「上茶上茶快上茶，你們怎麼一點都不勤快啊，想渴死我嗎？」

於是，縣衙裡負責打雜的雜役火速拎著水壺上來，剛給周泰倒了一碗，周泰一揚脖子便咕咚咕咚的喝了下去。雜役只好再次倒滿，周泰又是一揚脖子喝了下去。

如此反覆數次，周泰一連喝了好幾碗茶，這才壓住內心的火氣，朝雜役擺擺手，示意雜役離開。

凌操看後，哈哈笑了起來，說道：「大都督說你是個急先鋒，一點都不假……」

「你也好不到哪裡去！」周泰瞥了凌操一眼。

凌操的年紀比周泰要略大，看著周泰此刻的樣子，就像是看到了年輕時的自己，呵呵地笑了起來，說道：

「等你到了我這個年紀，你就知道什麼叫做心靜自然涼了，現在，就坐在這裡等大都督回來吧，外面下著小雨，大都督肯定不會走太遠的，況且夫人已經去尋找了，你就耐心的等吧。」

周泰點點頭，可是等了沒有一會兒，又開始坐立不安了，最後實在受不了啦，叫道：「大都督，你怎麼還不回來啊……」

「幼平！」周瑜的話音立刻從廳外傳了進來。

周泰聽到周瑜的聲音後，急忙朝外面看去，但見周瑜和歐陽茵櫻一起從雨中走來，他便和凌操一起站了起來，朝著周瑜拜道：「大都督。」

周瑜進入大廳後，便道：「免禮，你找我可是為了我交代你的那件事？」

周泰道：「那件事暫時還沒有回音，是另外一件事。」

周瑜「嗯」了一聲，攙扶著歐陽茵櫻，說道：「夫人，你且回去休息，我與兩位將軍有要事商議。」

歐陽茵櫻點點頭，轉入後堂後，她的腳步卻停了下來，側耳傾聽著。

周瑜示意周泰、凌操坐下，道：「說吧，究竟是什麼事，讓你如此心急火燎的？」

周泰道：「大都督，江北剛剛傳來消息，說華夏國的皇帝擢升高麒為荊州知州，更是讓巡檢丞相諸葛亮出任江夏太守一職；同時屬下還獲悉虎牙大將軍張遼又再度增加了下雉的兵力，還有虎烈大將軍也增加了汝南的兵力，這種種跡象，似乎並不太妙啊。」

周瑜道：「幼平能看出其中的奧秘？」

「我看不出來，可是**我能嗅到戰爭逼近的味道**，大都督，是不是華夏國要對我們吳國採取行動了？」周泰問道。

周瑜笑道：「放心，這個是自然不會的，華夏國不會蠢到這種地步，如果公然撕破聯盟，必然會受到天下人的唾罵，而且出師無名。」

「可是他們為什麼要這樣做？那諸葛亮原先就與我們吳國為敵，現在出任江夏太守，對我們必然也是極大的敵意。別忘記了，他可是被大都督打敗過的人，我想他一定會記恨在心，想找到機會對大都督下手。」周泰道。

「幼平跟在大都督身邊數年，想不到這腦袋瓜也變得聰明了！」凌操插嘴譏笑道。

「笑什麼笑，別以為你比我年長，我就不敢把你怎麼樣，惹毛了我，我去打你兒子的屁股。」周泰回嘴道。

「你有種！」凌操豎起拇指道：「有本事打我，你打我兒子算什麼？」

「好了好了，別吵了。高麒出任荊州知州，總比荀攸出任荊州知州要好，荀攸老奸巨猾，多年來，我與他暗中較量數次，均未討到便宜。高麒年輕氣盛，上次雖然騙過了我，也是我一時心急，中了他的奸計。這一次，我不會那麼輕易的上當了，而且還要讓高麒身敗名裂。」周瑜恨恨地道。

周泰問道：「那諸葛亮呢？大都督打算如何對付？」

「諸葛亮嗎？以前他就是我的手下敗將，現在依然是，此人不足為慮，你去柴桑，把子敬請來，子敬之才不亞於我，足以抵擋諸葛亮。」周瑜道。

歐陽茵櫻側耳傾聽，聽到周瑜在大廳裡與周泰、凌操所說的每一句話，待周

瑜送周泰、凌操出去時，她偷偷地溜回房間，然後簡明扼要的寫好一張字條，徑直朝飼養信鴿的地方走了過去。

歐陽茵櫻來到縣衙東側的一個角落裡，看到負責飼養信鴿的老奴正在那裡給鴿子餵食，輕聲喚道：「老胡！」

老胡約莫五十多歲，數年前長沙郡發洪水，周瑜負責調度，當時歐陽茵櫻隨周瑜一起去救災，在途中救下被洪水所困的老胡，從此以後，老胡便作為周府的管家跟在周瑜夫婦的身邊，對歐陽茵櫻更是言聽計從。

「夫人。」老胡轉過身子，看到歐陽茵櫻，便道：「是不是大都督有什麼事要安排？」

歐陽茵櫻搖搖頭，四下看了看，見四周都沒有人，便從袖筒裡拿出一張字條，交給老胡。

老胡接過字條，心中便明白了，當即伸手去籠子裡抓了一隻灰色帶斑點的鴿子。

歐陽茵櫻道：「不，這次換白色的那隻。」

老胡聽命，將白色的信鴿給抓了出來，然後將字條拴在信鴿的腿上，道：

「夫人，怎麼這次改地點了？」

「不該問的別問。」歐陽茵櫻說話的聲音雖然不大，卻給人一種極大的威懾力。

老胡連忙閉上嘴，不再問了，一揚手便將信鴿給放飛了出去。

歐陽茵櫻看著信鴿飛向高空，心裡面卻十分的糾結，自從嫁給周瑜以來，她一直在暗中偷聽周瑜和眾多大臣所談及的重要機密，一方面是她的丈夫，一方面是有恩於她的結義兄長，她夾在中間做間諜，對她來說，是一種煎熬。

「這是打賞給你的。」歐陽茵櫻拋出一塊金子，扔給老胡。

歐陽茵櫻回到房間時，周瑜已經坐在裡面了，她見周瑜一臉的煞氣，急忙問道：「夫君，是不是出什麼事了？」

周瑜盯著歐陽茵櫻，質問道：「夫人剛才去哪裡了？」

「哦，沒去哪裡，只是肚子有些不舒服，去了下茅廁。」歐陽茵櫻臉不紅心不跳的說道。

周瑜站起來，將手放在歐陽茵櫻的小腹上輕輕地揉著，問道：「有沒有舒服點？」

「嗯，有夫君的關心，肚子就不會疼了。」

歐陽茵櫻依靠在周瑜的胸口上，雙手緊緊握著周瑜的手道。

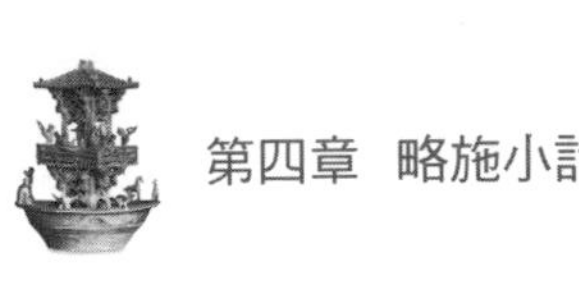

周瑜道：「如果再不舒服的話，就找大夫來看一下吧。」

「大夫來了難道就能替我受過了？每個月都有那麼幾天，這是正常的，夫君不用擔心，我會自己處理好的。夫君每天為國事操勞，今日周將軍這麼急著找夫君，想必也是非常重要的事情，夫君可不能只為了國事，而把身體給累壞了啊。」歐陽茵櫻深情款款的看著周瑜道。

周瑜在歐陽茵櫻的額頭上印上一吻，然後緊緊地把歐陽茵櫻抱在懷裡。

歐陽茵櫻靜靜地依偎在周瑜的懷裡，兩人自從成婚以來，總是舉案齊眉，相敬如賓，夫妻之間也甚是恩愛，可是在歐陽茵櫻的心裡，她一直在擔心著一件事，她為高飛當細作，竊取吳國的重要情報，哪天被周瑜發現了，真不知道周瑜會如何看她。

一想到這裡，歐陽茵櫻的臉上便現出憂色，眉頭也皺了起來。

周瑜見狀，不禁道：「夫人，你天天不讓我皺眉，怎麼你現在卻是眉頭緊鎖，是不是你有什麼心事？」

歐陽茵櫻忙道：「還不是因為擔心你嘛？你身為大都督，在吳國是一人之下萬人之上，陛下更是分出一半兵馬讓你統領，現在陛下整日在翰林院裡，將所有國事盡皆交給了宋王，論權力，你比宋王還要大，我擔心哪天宋王要是聽信了讒言，只怕你會……」

周瑜打斷歐陽茵櫻的話，道：「夫人多慮了，我與陛下雖非骨肉兄弟，可是卻情同手足，之間的情誼非一般人能比。我對陛下忠心耿耿，對吳國也是赤膽忠心，宋王也是知道的，誰會閒著沒事亂放厥詞呢？」

歐陽茵櫻憂心道：「話雖如此，可是眼紅的人多不勝數。陛下已經三年未曾召見過你了，三年來國事盡皆取決於宋王。宋王是陛下的骨肉兄弟，更兼有丞相張昭、太尉程普輔佐，夫君和張昭、程普之間無甚來往，和那張昭還有過嫌隙，就怕有人看著夫君位高權重，在宋王面前獻讒言。有道是**功高震主**，一個人說或許宋王不信，但是三人成虎，只怕宋王久而久之就會對夫君產生動搖，萬一夫君有個什麼閃失，你讓我們母子該怎麼過啊……」

周瑜哈哈笑道：「夫人多慮了，宋王是陛下的親弟弟，我和陛下義結金蘭，按理說，我也是宋王的兄長，宋王雖然替陛下處理國家大事，但是宋王必然不會受到外人離間。至於說我和丞相之間有嫌隙嘛，那就更是無稽之談了，我和丞相不過是政見不和而已。程普的那個太尉是個虛職，沒有什麼實權，我周瑜為吳國盡心盡力，位高權重也是應該的。只要陛下信我，誰也不敢把我怎麼樣。」

歐陽茵櫻聽了，眼睛骨碌一轉，繼續說道：「可是夫君，陛下已經三年未曾

召見你了，你們三年未見，陛下終日在翰林院中不出來，難道夫君就不想去見陛下嗎？」

「想是想，可惜陛下不召見，我也無法回京啊。」一說起孫策來，周瑜的心裡便有了牽掛，三年未見過孫策一面，還挺想念的。

歐陽茵櫻看出了周瑜的心思，便道：「再過一段時間，剛好是先王的忌辰，夫君何不利用此時回京一趟？一來和陛下敘敘舊，二來祭拜先王，可謂是一舉兩得啊。」

周瑜聽後，說道：「夫人言之有理。只是此地也非常緊要，我若離去，這一來一回只怕需要耽擱許久，這期間如果有什麼事，只怕我也擔待不起啊！」

「夫君一直說魯大人之才並不在夫君之下，夫君若去了京城，這裡之事可以盡皆暫時委託給魯大人，相信魯大人定然不會辜負夫君的重託。」

「哈哈，夫人真是我的賢內助啊，我已經派人去請子敬了，明日就會到來，到時候我安排妥當之後，便可以放心回京了。」

第二天，魯肅從柴桑趕來，周瑜設宴款待。

酒過三巡，周瑜便道：「子敬，你我一別也有數月，今日一見，子敬比之前要顯得消瘦了。」

魯肅笑道：「為國事操勞，柴桑更是四通八達之地，位置十分重要，魯肅敢不盡心盡力。不過，我就算太操勞，也沒有大都督操勞啊。前些日子聽說大都督有恙在身，今日見大都督氣色正常，面色紅潤，看來是已經無恙了，只是不知道大都督此次喚我來這裡有何要事？」

周瑜道：「華夏國改立高麒為荊州知州，讓諸葛亮出任江夏太守，高麒就在荊州，走馬上任也是尋常事，但是諸葛亮只怕還未曾抵達這裡。我讓子敬來，無非是想讓子敬駐守潯陽、柴桑兩地，應付諸葛亮。不過，近來先王忌日快要到了，我多年未曾回京祭拜，這次想先回京一趟，一來祭拜先王，二來與陛下會晤，當面稟告這裡的事情，讓陛下能有所知。所以，此次讓子敬來，是想將荊、越全權委託給子敬，待我回來之後，子敬再卸職即可。」

魯肅聽後，急忙擺手道：「不不不，我怎麼能夠替代大都督呢，子敬才疏學淺，恐怕不足以擔當此任。」

「子敬，你之才華，並不在我之下。放眼吳國，能夠做我副貳的人，也只有你魯子敬。」

「大都督，此事事關重大，大都督再考慮考慮吧？」魯肅還是不願意替代周瑜，一味推搡道。

周瑜臉上有些不高興了，將手中酒杯朝桌前一推，便道：「莫非子敬看不起我周公瑾？」

「不不不，我絕無此意……」魯肅急忙擺手道。

「既然如此，子敬為何推三阻四？」周瑜狐疑地道。

魯肅頓了頓，這才說道：「此地甚為重要，三軍皆服大都督，卻不服我；再者，華夏國若是知道大都督不在這裡，只怕會蠢蠢欲動，製造什麼麻煩。大都督帳下的那些大將，恐怕都會沉不住氣，沒有大都督，我怕無法壓制他們，一旦兩國之間生出什麼事端來，我難辭其咎啊。」

周瑜想了想，覺得魯肅說得也對，周泰、凌操、蔣欽、陳武、潘璋、徐盛等將領都是脾氣一個比一個臭，除了他，還真沒人能夠壓住他們。

他看了一眼魯肅，道：「子敬，你看這樣如何，我將眾將聚集過來，當面移交權力，這樣一來，他們也不敢造次了。」

「這個嘛……」魯肅有些為難地道。

「子敬，你就不要再推脫了，就這樣定了。」周瑜拍案道。

於是周瑜聚集眾將，當眾將權力移交給魯肅，讓魯肅暫代大都督之職，自己便帶著兩名親隨趕赴京城去了。

江陵城裡，新上任的荊州知州高麒率領部下剛剛抵達，江陵知府諸葛瑾親自迎接高麒，並將高麒送到知州府中。

荊州自華夏國統治以後，便將荊州的知州治所放在江陵，一來是離荊南四郡較近，二來與江夏遙相呼應，並且位於漢水和長江的交匯處，便於控制水路交通。

高麒進入知州府後，諸葛瑾親自宴請，酒足飯飽之後，高麒送走諸葛瑾，待人接物顯得極有風度。

酒宴過後，一班女婢便湧入大廳收拾一切，這些女婢個個長得一個比一個水靈，在經過高麒面前時，皆為高麒的相貌所折服，忍不住會偷偷看他幾眼。

待酒宴撤後，高麒便喚來知州府的老管事，問道：「這府中共有多少人？」

老管事答道：「啟稟知州大人，府中一共有一百九十九人，其中婢女四十八人，雜役三十人，廚子二十人，衙役一百人，還有老朽一人。」

高麒聽後，道：「沒想到一個知州府中居然有這麼多人……老管家，你把那些婢女全部遣返回家吧，府中不需要女婢……」

「大人，這……這恐怕不妥吧？」老管家吃了一驚。

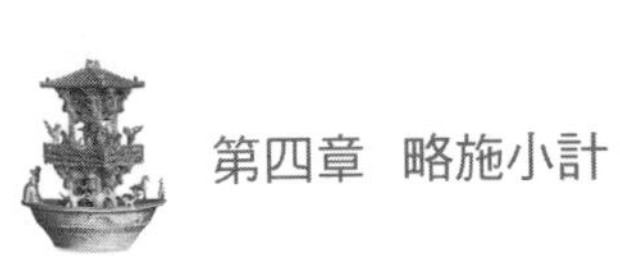

「有什麼不妥？」高麒道：「這些女婢一個比一個漂亮，肌膚更是白皙異常，她們雖然穿著婢女的服飾，可做起事情來，卻一點都不俐落，如果真是女婢的話，她們常年做的都是粗重的活，手怎麼會如此細白？你實話說，這些美女可是原先府中就有的？」

老管家急忙道：「大人，這些女婢確實是知州府中原先就有的……」

「胡說！鎮國公一向清正廉明，潔身自好，怎麼會在府中養這麼多的美女？」高麒厲聲喝道。

老管家「撲通」一聲跪在地上，叩頭道：「大人息怒，小的知錯，小的不該有所隱瞞，小的無意詆毀鎮國公，這些女婢確實不是府中原有的，而是日前從城中精挑細選來的，是專門安排在府中伺候大人日常起居的……」

高麒怒視著老管家，板著臉道：「你若再不說實話，休怪本府手下無情！」

老管家看著高麒森寒的目光，不禁全身發怵，道：「大人息怒，小的說實話便是。這些女子都是城中富商家的千金，他們知道大人尚未婚娶，所以特意送女進來……」

高麒聽後，問道：「你一個小小的知州府管事，諒你也不敢如此大膽隨意在府中安排人。告訴我，這件事是經過誰人之手？」

「是主簿大人讓小的這樣做的……」

「傳主簿來這裡見我，就說我召見他。」高麒轉身對身邊的親衛說道。

「諾！」

高麒親自扶起老管家，道：「老丈，剛才讓你受驚了，現在，你按照我的話去做，將那些女婢全部遣返回家，另外高掛避客牌，除了江陵知府諸葛大人外，這三天裡，任何貴客一概不見。」

「是，大人。」老管家擦拭了一下額頭上的汗水，急忙照高麒吩咐的去做。

知州府這邊高高掛起避客牌，那邊就有貴客登門造訪，乃是城中第一富商蔡磊。

蔡氏的十名家丁在前面開道，中間是一頂八人抬的大轎，轎子兩邊分別跟著四名婢女，婢女也都個個婀娜多姿，再後面便是清一色穿著黑衣，腰中佩帶著鋼刀的護衛，排場看上去很是盛大。

轎子抬到知州府門口後，蔡磊從轎子裡走了出來，抬頭看了眼知州府的匾額，嘴角露出一抹淡淡的笑容。

蔡磊跨著步子向知州府走去，剛到門口，守門的兩個衛士便攔住了蔡磊的去

路，喝道：「幹什麼的？」

蔡磊朝身後的管家使了個眼色，管家急忙走了過來，從懷中摸出兩枚銀幣，遞給守門的衛士，笑道：「兩位大哥辛苦了，這點意思，不成敬意。」

兩個守門衛士是高麒的親衛，看都沒有看那銀幣一眼，臉上更是沒有一點表情，冷冷道：「沒事就一邊待著去！」

蔡府的管家吃了閉門羹，蔡磊的臉上更是沒有一點光彩，以為是衛士嫌少，一把將管家給拉了回來，從懷中掏出兩枚金幣，還沒有遞出手，便聽到其中一名衛士道：「別來這一套，我們從不受賄！」

蔡磊笑道：「這不是行賄，這是給哥幾個喝茶的錢，哥幾個當班辛苦了，這些錢……」

「你是誰？有什麼事嗎？」衛士打斷了蔡磊的話。

蔡磊道：「哦，我姓蔡，單名一個磊字，是城中的商人，我想見一下新上任的知州大人，還請哥幾個行個方便。」

「對不起，我家大人有令，三日之內，一律不見客。看！避客牌都掛起來了，你還是請回吧。」

「真的不能通融一下嗎？」

「抱歉。」

蔡磊無奈之下，轉身剛好看到西側的大路上來了一頂官轎，那官轎他認得，正是荊州商業廳的官轎。

蔡磊見到後，急忙讓自己的手下讓開道路，然後靜靜地等候在那裡，等到那頂官轎落地之後，他便急忙湊了上去，低聲下氣地說道：「小的恭迎傅大人。」

轎子裡，坐著荊州商業廳的廳長傅巽，他從轎子裡走了出來，看到蔡磊在側，便道：「原來是蔡先生啊，你也是來見知州大人的？」

「不不不，我是路過此地，剛好遇見大人的轎子，便先行下來，怕衝撞了大人。」蔡磊矢口否認，擔心讓傅巽知道自己連門都進不去。

傅巽「嗯」了一聲，便道：「蔡先生，本官是來見知州大人的，既然你也在這裡，不如一起進去吧。你是江陵的首富，在整個荊州也是屈指可數的富商，荊州的商業繁榮，離不開你們的大力支持。」

蔡磊道：「蔡磊就恭敬不如從命了。」

傅巽抬起手道：「蔡先生請！」

「大人先請！」

傅巽便不再客氣，大搖大擺的向前走去。

剛走到門口，便被衛士給攔住了，他拱手道：「下官乃是荊州商業廳的廳長，特地來拜見新任的知州大人，煩請通報。」

「知州大人有令，三日內，任何來客一律不見！」

傅巽這才注意到門口掛上了避客牌，笑臉問道：「真的不能通融一下嗎？」

「知州大人的命令，我們只管執行，不能違抗，大人還是請回吧，請三日後再來。」

傅巽無奈之下，只好放棄。

這邊傅巽吃了閉門羹，那邊又有許多荊州的官員陸續到來，官轎一頂頂的停在知州府的門前，將整個大街給堵得水泄不通。

前面的出不去，後面的也進不來，一時間擁擠不堪，但無論是誰，均被衛士擋在了門外。

江陵主簿匆匆趕來，跟隨高麒的一名衛士來到府前大街，看到這裡擁堵不堪，好不容易才擠了進去，衛士便領著主簿進了知州府。

傅巽、蔡磊等人都疑惑不解，這裡比主簿官職大的多了去了，怎麼他們都進不去，主簿卻可以進去？最後眾人見真的沒有希望了，無奈之下悻悻而去，府前大街也恢復了通暢。

知州府內。

高麒手捧孫子兵法正在細細嚼讀，忽然衛士進來通報，說主簿到了，高麒放下手中的書本，冷聲道：「傳！」

不一會兒，江陵主簿便被帶了進來，一見到高麒，便跪在地上，叩拜道：「卑職江陵主簿丁斐叩見大人。」

「起來說話！」高麒見丁斐長得尖嘴猴腮，八字鬍，但是骨子裡卻透著一股精明，便抬起手，招呼道：「坐！」

丁斐站起身，落座後，問道：「不知道大人喚卑職前來有何要事？」

高麒道：「哦，其實也沒什麼，就是聽說知州府中的那些美女都是丁大人選送進來的，本府看著覺得很是歡喜，所以特意召見丁大人前來一敘。」

丁斐聽後，臉上露出笑意，說道：「只要大人喜歡就行，卑職不過是略盡綿薄之力而已……」

「嗯，有幾個確實不錯，只是不知道她們是何家世，管家說丁大人最為清楚，所以本府特地讓丁大人過來一趟，有些匆忙，讓丁大人勞神了。」

「大人客氣了，為大人辦事，是卑職的分內之事。」丁斐眼裡冒出一絲光

芒，試探地道：「大人，你剛才說有幾個美女不錯，不知道大人說的是哪幾位美女？」

高麒舉起手拍了拍，發出「啪啪啪」三聲的響聲，隨後，便見四名美女從廳外走了進來，然後朝高麒拜道：「參見大人。」

高麒道：「四位美人不必多禮，請坐吧。」

四位美女每一個長得都很出色，其他人都被遣返回去，高麒獨獨留下她們四個，四人的心裡別提有多高興了，此時見到丁斐在座，眼裡都向丁斐投去感激的目光。

四個美女落座後，高麒走到丁斐的面前，問道：「丁大人，這四個人的家世，想必你最清楚吧？」

丁斐笑道：「自然清楚，這四位美人的家裡都是非富即貴的人，如今能夠在大人身邊伺候，也是她們修來的福氣。」

說著，丁斐便介紹起來：

「這位是李氏、這位是唐氏、這位是蔡氏，這最後一位是毛氏。大人有所不知，這李、唐、蔡、毛四家可是江陵城裡的四大富商，其中以蔡氏最為富有。城中富商都聽說大人尚未婚娶，所以紛紛獻女供大人選擇，大人看中了哪個，就是哪家的福氣……」

高麒靜靜地聽著，然後咧嘴笑道：「丁大人一定從這些富商當中獲取了不少錢財吧？」

「這個嘛……卑職為大人辦事，怎麼會收取半點錢財呢？」丁斐心虛地道。

「是嗎？」

高麒的笑容突然收斂起來，話音也變得冷了許多，然後對四名美女道：「你們都先退下吧！」

四個美女退下後，高麒的親衛便走了進來，然後貼耳對高麒說了一些話，高麒點點頭，便讓親衛暫時先出去。

丁斐見高麒的臉色變了，趕忙問道：「大人，是不是有什麼急事？」

高麒搖搖頭道：「不不不，我一點事情都沒有。丁大人，你為本府物色了這些個美女，本府真不知道該怎麼謝你啊。」

丁斐立即跪在地上，朝高麒拜道：「大人在上，卑職為大人辦事，絕無半點要求，只要大人滿意，卑職從此以後願意盡心盡力的為大人辦事。」

高麒道：「恐怕這才是你的本意吧？」

「嘿嘿，卑職這點心思，自然瞞不住聰明絕頂的大人，只要大人能讓卑職從

此以後跟隨在大人身旁，卑職保證好好的替大人辦事，讓大人沒有一點煩憂。」丁斐諂媚地說道。

「哈哈哈哈……」高麒突然笑了起來。

丁斐聽到高麒的笑聲，心裡有些發毛，惶恐地道：「大人為何發笑？」

「丁斐！你一個小小的江陵城主簿，一年俸祿有多少，剛才我的親衛去你的府上搜過了，你府上的金銀珠寶可真多啊，你若不是貪污受賄，怎麼會有如此多的家產？還有，你擅自做主，塞進了知州府內四十八名美女，你以為本府是好色之徒嗎？」

「卑職不敢，卑職冤枉啊……」

「冤枉？你心術不正，想借獻美女來作為進身之階，並且和城中富商多有來往，本府已經查得清清楚楚，你還想狡辯嗎？來人啊！」

「大人有何吩咐？」從門外走進來幾名親衛，抱拳道。

高麒指著丁斐，怒道：「將丁斐革職，關入地牢，所有家產一律充公。」

丁斐聽後，嚇得面如土色，喊冤道：「大人，冤枉啊，侯爺，我……」

不等丁斐喊完，親衛便將丁斐給拖出了大廳。

高麒看丁斐那副模樣，十分不齒，當即奮筆疾書，寫下一則告示，然後遞給身邊的衛士，吩咐道：「將此告示傳抄百份，然後加蓋本府印綬，之後張貼到全城的大街小巷。」

「諾！」

當天傍晚，寫著主簿丁斐私自收受賄賂的事便在整個江陵城裡傳開了。高麒遣返那些美女後，同時送上一份拜帖，相約全城商賈在三日後的知州府一敘。

同時，告示嚴重聲明官商不得相互勾結的命令，一旦發現，必會嚴懲不貸，江陵城這看似平靜的湖水立刻蕩起了層層的波紋。

之後，高麒一面派人收集情報，一面揣摩著要如何整頓吏治。

荊州一帶自從納入華夏國的版圖後，農業、商業相對較為發達，比其他州府提升的速度要快得多，原因是北方經常飽受戰爭，人口多數流入荊州，而荊州相對安定，加上地域以及水利優勢，荊漢平原成為華夏國不可少的一個糧食主產區。加上南北經濟的相互流通，商人起到了一定的作用。

一些商人不滿足於現狀，開始探求另外的出路，有些聰明的商人便把視線瞄準了權力之路。

但是商人要想謀求個一官半職，就只有一條路，那就是考科舉。科舉制度已經成為華夏國選拔文武人才的重要途徑，這些商人根本考不上科舉，於是便與當

官的聯姻，這樣一來，官商結合，就會形成一種無形的保護。

江陵是整個荊州的商業中心，荀攸擔任知州時，為了活躍荊州的商業，所以只要這些商人不太過分，便睜一隻眼閉一隻眼，加上荀攸的名望高，荊州各界人士都很服他，很給荀攸面子，因而荀攸出任荊州知州時，荊州從未出過紕漏。

但是，高麒並非荀攸，他的威信不足以震懾整個荊州，於是荀攸一調走，荊州境內隱藏的頑疾便慢慢的浮現出來。

今日高麒抵達江陵城，諸葛瑾設宴款待，在席間所言的事情，便是這件事。諸葛瑾權力不夠大，所以只能請高麒出面鎮壓這股邪風。

高麒是皇長子，被封為燕侯，單單憑藉這一點，荊州各界總是要給幾分薄面，所以高麒思來想去，便選了一個不大不小的官職來投石問路。

江陵主簿丁斐和江陵首富蔡磊是姻親關係，主簿一職，說大也不大，說小也不小，正好被高麒選中，才有了今天這一幕。

第五章

冊立太子

蓋勳緩緩道：「皇上，我華夏國一年比一年強盛，如今二皇子又征服了西域諸國，值此之際，老臣以為冊立太子之事應該提上議程。二皇子勇冠三軍，老臣以為，不如封二皇子為皇太子，作為國之砥柱，豈不甚好？」

三天的時間內，諸葛瑾一直是早出晚歸，早上很早便去知州府，晚上很晚才回來，他和高麒在知州府內一直在謀劃著該怎麼樣給荊州的官員一個下馬威，既能起到威懾作用，又能讓官商正常發展。

知州府的大廳裡，諸葛瑾靜靜地坐在那裡，捋了捋下頜上的青鬚，緩緩說道：「侯爺，我忽然想到一計，不知道可行不可行？」

高麒道：「說來聽聽。」

諸葛瑾道：「荊州的官員大多都和本地商人有姻親關係，本城有四大富商，分別為李、唐、蔡、毛，其中以蔡氏最為富有，蔡氏原先祖居襄陽，蔡磊本是蔡瑁的族弟，自從蔡瑁死後，蔡磊便舉族遷徙到了江陵，在此地落地生根。蔡磊之妹已經嫁給了商業廳的廳長傅巽，傅巽也沒少幫助蔡氏，所以蔡氏一直驕橫跋扈，仗著家裡殷實，屢屢壓制住李、唐、毛三家，就是在生意上，蔡氏也是本城龍頭，就算是李、唐、毛三家的財產加一起，也未必有蔡氏多。

「卑職以為，侯爺不如暗中扶持李、唐、毛三家，借助三家財力來壓制蔡氏，另外再徹查傅巽，只要傅巽不幫著蔡氏，李、唐、毛三家便可以漸漸地壓制住蔡氏。蔡磊此人生性暴躁，脾氣也不好，然後再略施小計，便可激怒蔡氏，如此一來，蔡磊必然會咽不下這口氣，然後找李、唐、毛三家的麻煩。蔡氏豢養的有私兵，只要他們敢亂動，侯爺便可以將蔡氏連鍋端起。只要蔡氏一倒，其餘富商便會對侯爺感激不盡，必然會對侯爺言聽計從。」

高麒聽完之後，笑道：「諸葛大人所獻之策乃妙計也，與其讓蔡氏一家獨大，不如扶持另外一些商人，使其對本府感激，真是妙計啊。」

正說話間，高麒的親衛走了進來，道：「大人，這是從東吳那邊過來的密信，前兩天下雨，信鴿中途延誤了時間，請大人過目。」

高麒急忙拆開密信，見信上寫著「一切正常」四個字，皺起了眉頭，想道：「已經一連半個月都是一切正常了，難道周瑜自從上次被我氣昏過後，變了一個人？還是姑姑一直未曾探聽到虛實？」

諸葛瑾看到高麒眉頭緊皺，一副若有所思的樣子，便問道：「侯爺，是不是出什麼事情了？」

高麒將手中的紙條交給那名親衛，親衛拿著那張字條出了大廳，按照往常傳來的消息，將那密信收集起來。

高麒則一臉笑意地說道：「沒什麼，諸葛大人，咱們繼續剛才的話題。我覺得你說的計策可行，這件事就按照你說的去辦。天色也不早了，我已經讓人備下一些酒菜，諸葛大人陪我吃完再走吧。」

諸葛瑾這幾天和高麒朝夕相處，也就不客氣了，點頭答應下來。

第二天中午，知州府中可謂是賓客滿堂，凡是在江陵城中七品以上的官員，全部到齊，江陵城中的商人也來了多達五十多人，高麒先是盛情的招待了他們一番，然後通過諸葛瑾一一認識了酒席上的人。

吃飽喝足之後，高麒並未讓這些人離去，而是將他們留了下來。正好當日陽光明媚，知州府的院子也夠大，大家坐在一起，慶賀新上任的荊州知州。

其實，這些人的心裡都很清楚，高麒是皇長子，如果能夠跟高麒扯上關係，以後必然會飛黃騰達。

高麒坐在上首位置，端起一杯茶，站了起來，環視一圈，道：「諸位都是荊州的知名人士，在座無論是當官的還是經商的，都是本府應當敬仰的人，本府新官上任，初來乍到，有些地方還請諸位多多幫助才是。本府以茶代酒，敬諸位一杯，希望以後我們官商能夠合作愉快，共同為荊州的繁榮作出一份貢獻。」

諸葛瑾以及其他人都紛紛端起茶杯，畢恭畢敬的喝了下去。

放下茶杯後，高麒臉色一變，厲聲說道：「荊州乃是華夏國的最南邊，東南還有吳國，這裡既是肥沃和發達之地，同時也是兵家必爭之地，所以在這裡為官、經商，都必須要奉公守法，從今天起，如果本府知道有人不按照章程辦事，必定會嚴懲不貸。」

在座的人都不敢吭聲，靜靜地聆聽著高麒的講話，但是蔡磊的臉上已經出現了不悅。

高麒注意到了這點，但是也沒在意，繼續說道：「本府知道，你們之間都有著非同一般的關係，比如咱們荊州商業廳的廳長傅大人吧，就是城中首富蔡磊的妹夫。傅大人，本府說的沒錯吧？」

傅巽急忙起身道：「大人說得一點都不假，卑職確實是蔡磊的妹夫，不過卑職一向是秉公辦事，一點都不敢徇私的……」

「嗯，傅大人說的話本府深信不疑。所以啊，本府先把醜話說在前面，官就是官，商就是商，你若是正常經商，合法經營，當官的不會過問；若是做一些偷雞摸狗並且昧著良心的事情，本府一旦查出來，決不輕饒。今日讓大家來，不過是熟悉熟悉，還希望以後能夠和睦相處，共同致力於荊州的經濟。」高麒道。

眾人都不敢有異議，隨後高麒又說了兩句無關緊要的話，便將眾人解散了。

散會之後，官走官道，商走商道，不再像以前那樣，官商同時出入一個場所。

此後一連七天，高麒和諸葛瑾攜手整頓吏治，並且暗中扶持李、唐、毛三家商人，打壓蔡氏，諸葛瑾又暗中略施小計，借此激怒蔡磊。

七天後的一天夜裡，高麒剛剛吃過晚飯，便見諸葛瑾慌裡慌張的跑來，於是問道：「發生了什麼事？」

諸葛瑾道：「侯爺，蔡磊果然動用了私兵，豢養的二百名私兵分別包圍住李氏、唐氏、毛氏三家的宅子，揚言要放火燒毀三家的宅子。」

高麒立刻下令道：「快去城北的軍營，將此事傳達給駐守此地的將軍傅彤，讓傅彤將軍帶兵入城，絞殺蔡磊的私兵。」

諸葛瑾道：「侯爺，我已經派人去了，這會兒傅將軍應該已經率軍入城了，侯爺只管在此等候即可！」

高麒點點頭，他在策劃這件事的時候，一早便和城外的駐軍聯絡好了，傅彤也贊同這個建議，每天都在等待著這件事的到來呢。

兩刻鐘後，傅彤親自押解著蔡磊來到知州府，見到高麒後，便抱拳道：「侯爺，這個人抓來了，他的私兵盡皆投降。」

高麒朝傅彤道：「辛苦傅將軍了。」

「侯爺言重了，末將不過是舉手之勞而已，再說，這些蔡氏的私兵一見到官軍入城，便立刻投降了，根本沒費什麼功夫，也沒有人員傷亡，一點也不辛苦。侯爺，這人就教給侯爺了，軍隊在城中逗留太久，只怕會引起城中騷亂，末將先行告退。」傅彤道。

高麒抱拳道：「也好，傅將軍慢走。」

傅彤辭別高麒後，便帶著士兵離開了知州府，然後集結進城的軍隊，出了江陵城，蔡磊則由高麒的親衛看押。

高麒見蔡磊被五花大綁，而且嘴也被塞住了，正瞪著眼睛看著自己，不禁冷笑一聲，擺手道：「此人豢養私兵，意圖不軌，罪不容誅，推出去，斬首示眾！並且抄沒蔡氏所有家產，一律充公！」

可憐蔡磊只能乾瞪眼，連一句解釋的話都沒有，便被拖出去砍掉了腦袋。隨後，諸葛瑾帶著衙役去抄沒蔡氏的家產，所得財物一律充公，只留下一座空宅子和一些金幣給蔡氏度日。

第二天，蔡氏被抄沒家產的事情傳遍了大街小巷，整個江陵城震驚不已，這連續十天，高麒先是罷免了丁斐並將其打入地牢，現在又殺了蔡磊，還抄沒其家產，人人都覺得高麒的作風十分強硬，所以對他的命令不敢有絲毫違抗。

高麒殺蔡磊，無非是殺雞儆猴，加上蔡磊確實有為非作歹的事證，所以蔡磊死後，高麒便張榜公布，數落蔡磊的罪行三十六條。

其餘商人見到了蔡磊的下場，都不敢再有異常舉動，同時那些荊州的官員，也被完全震懾住，大家都知道荀攸的時代已經過去了，這位皇長子是惹不得的。

自從高麒殺了蔡磊後，荊州吏治也得到了整頓，高麒重用諸葛瑾，並寫奏摺，要求撤換傅巽的商業廳廳長一職，改由諸葛瑾兼任，然後讓快馬送到帝都洛陽城。

炎炎烈日下，高飛率領文武百官親自在洛陽的西門外等候著，遠遠地看著大將軍王率領張飛、太史慈、郭嘉、龐統、司馬懿等人凱旋而歸，便歡喜異常。

「奏樂！」賈詡喊道。

不多時，鼓吹隊奏起了凱旋的勝利之歌，高飛以及文武百官更是歡欣鼓舞。

高麟騎著赤龍馬，身披銀鎧，手持方天畫戟，頭戴銀盔，顯得威風凜凜。他一馬當先，快速狂奔，看到高飛在城門口等待，臉上便是歡喜無限。

快要抵達高飛面前時，高麟便勒住座下赤龍馬，從馬背上跳了下來，將方天畫戟隨手扔給周圍的護衛，快步奔馳到高飛的面前，然後撲騰一聲跪在地上，叩頭道：「兒臣叩見父皇！」

高飛親自將高麟給攙扶起來，看到高麟皮膚黝黑，一臉的剛毅，身材也很健壯，雖然只有十五歲，但是在軍中風餐露宿，飽經風霜，以至於看上去要略大兩三歲，更是一番錚錚鐵骨。

他的眼裡飽含熱淚，雙手拍了拍高麟結實而又粗壯的臂膀，開心地說道：「好兒子，一別十載，沒想到長得比朕還要高，身板比朕也結實許多……」

高麟自從五歲離開皇宮後，便一直沒有回來過，也未和高飛相見，掐指算來，已經是十年了。十年來，高麟無時無刻不在思念著自己的父親，但是他知道，父親在自己身上寄予了厚望，他必須取得一番成就，才能回去見父親。

此時，高麟的心情很是複雜，父親雖然還是自己兒時記憶中的模樣，但是歲月已在父親的臉上留下了痕跡，臉上出現了不少皺紋。

他抑制不住內心的激動，眼淚奪眶而出，一把抱住高飛，泣聲道：「父皇……」話到嘴邊，卻不知道該說什麼，高飛如此，高麟也是如此。

高飛為了磨練兒子的意志，早早的便將高麒、高麟送出了皇宮，高麒他並不擔心，因為高麒所在的地方都有人照顧，但是高麟不同，在西北那樣惡劣的條件下，從一個士兵做起，還要上陣殺敵，每次聽見高麟隨軍出征，高飛便擔心不已，生怕高麟出什麼意外。

如今兒子就在自己的懷中，他想說的話很多，但是當著眾多文武百官和圍觀百姓的面，他抑制住自己的眼淚，輕輕拍了拍高麟的背，柔聲道：「回來就好，回來就好……」

父子見面，場面感動了在場的群臣，讓這些人也不禁潸然淚下。

「擺駕回宮，朕要好好的宴請凱旋而歸的將士們！」高飛轉身喊道。

高飛以最為盛大的方式慶祝了高麟的凱旋，所有的文武百官都看得出來高飛對高麟的溺愛。

當晚的酒宴上，高飛讓高麟坐在自己的身邊，然後讓高麟挨個向西征軍的同僚們敬酒，如果不是他們，高麟也不會打勝仗。

酒過三巡，高飛、高麟以及所有的文武百官都在興頭上，此時但見蓋勳站了起來，舉著酒杯，畢恭畢敬地朝高飛行了一禮，之後緩緩地道：

「皇上，我華夏國開國以來，已經過了十三年，十三年間，我華夏國一年比一年強盛，如今二皇子又征服了西域諸國，使得我華夏國的版圖又擴大了，值此之際，老臣以為冊立太子之事應該提上議程。二皇子從一個最普通的士兵做起，短短四五年間便以功封王，更兼二皇子勇冠三軍，三軍為之折服，老臣以為，不如封二皇子為皇太子，作為國之砥柱，豈不甚好？」

此語一出，本來噪雜的大殿立刻變得鴉雀無聲，許多人都愣在那裡，端著手中的酒碗一動不動，將目光移到高飛身上。

高飛臉上依舊還是那副笑容，剛想張口說話，便見田豐站了起來，言辭激烈的反駁道：「太尉大人此言差矣，自古君王多是立長子，燕侯乃皇長子，而且燕侯才華出眾，智謀過人，屢次在和吳國的暗中較量中建樹頗多，若立太子，燕侯乃首選之人。自古長幼有序，如果廢長立幼，只怕天下人心有不服！」

說完，田豐便出列，向高飛叩頭道：「皇上，老臣以為若冊立太子，只能立皇長子。」

蓋勳道：「田丞相所言雖然有理，但是論功勞，燕侯怎及大將軍王？大將軍王在西北，先平西羌，後征西域，就連鮮卑、烏孫、匈奴都盡皆臣服，大將軍王在外夷人的心裡名聲赫赫，也只有大將軍王才能安撫外夷。燕侯雖然是皇長子，但是皇上乃千古一遇的明君，定然是擇優而立，豈能因燕侯是皇長子就立為太子？」

「皇上。」邴原、管寧也站了出來，跪在高飛的面前，異口同聲地道：「冊立太子之事，事關重大，關乎國家之根本。太子乃是一國之儲君，是以後要繼承

帝位的人，大將軍王雖然是勇冠三軍，名聲在外，但是若論治國之術，恐怕大將軍王不及燕侯。除了武勇之外，臣等皆以為燕侯才智和見識都超過大將軍王，燕侯若為儲君，以後如有戰爭，派遣一員大將便可，君王留朝，不必外出，專心治理國家，造福百姓，使得百姓豐衣足食，這才是長治久安的萬全之策。臣等以為，燕侯近年來功績非凡，處理事情又非常得當，近日在荊州更是整頓當地吏治，使得全州肅然，實乃是未來帝王的上上之選，請皇上三思。」

蓋勳勢單力薄，一人無法辯得過田豐、邴原、管寧三人之嘴，急得抓耳撓腮，便朝高麟黨人使了一個眼色。

於是，商業部尚書鍾繇、戶部尚書賈逵、工部尚書司馬防、兵部尚書王文君、禮部尚書國淵、刑部尚書王烈、吏部尚書崔琰及各部侍郎紛紛而起，一起跪在高飛的面前，大聲喊道：「臣等皆以為大將軍王文武雙全，當立為皇太子。」

一時間，大殿內氣氛緊張萬分，**支持高麒的人是整個參議院，而支持高麟的則是除了情報部、外交部的六部尚書和侍郎**，這麼一對比，高飛便看得一清二楚，臉上的笑容也消失不見了，換來的是一臉的愁容以及眉頭緊鎖。

高麟坐在高飛身邊，以目視馬岱、郭淮、張雄、甘小寧、臧艾等人，馬岱等人會意，紛紛跪在地上，齊聲高呼道：

「末將等皆以為大將軍王只適合帶兵打仗，並不適合治理國家，皇太子之位，還請陛下按照長幼次序冊封燕侯，末將等也必然會誓死效忠華夏國。」

這一突然的變故，讓蓋勳、鍾繇、賈逵、司馬防、王文君、國淵、王烈、崔琰等人都大吃一驚，也讓在場所有的人都驚訝不已。

太史慈和張飛一直沒有開口說話，兩個人不敢擅自議論，所以一直靜默。太史慈是因為西征的時候犯過錯，雖然高飛沒有處罰他，但是他心中卻覺得沒有臉面說話，而張飛則是因為根本沒有發言權。

除此之外，在座的賈詡、荀攸、郭嘉、龐統、司馬懿、太史享、關平等人都沒有說話。

賈詡、荀攸、郭嘉三人都是鎮國公，說話的分量極重，但是他們三個人心裡都明白，此時並不是立太子之時，更何況，如果真要冊立太子的話，高飛必然心中有數。

其實，賈詡是高乾、高坤的外公，他知道高乾、高坤肯定沒戲，所以不發表任何意見；荀攸的內心裡是支持高麒的，而郭嘉卻是支持高麟的，三個鎮國公一言不發，只是靜靜地看著。

對於龐統、司馬懿而言，這種場合下，他們不便說話，兩個人都是智者，頭腦很清醒，所以也效仿賈詡、荀攸、郭嘉，一言不發。

太史享、關平不說話，是因為兩個人根本沒有發言的餘地。

無論是太史慈、張飛，還是賈詡、荀攸、郭嘉、龐統、司馬懿、太史享、關平這些沒有說話的人，都對馬岱、郭淮、張雄、臧艾、甘小寧五個人異口同聲的話感到十分詫異。

「父皇，馬岱、郭淮、張雄、臧艾、甘小寧都是兒臣的心腹愛將，他們跟兒臣相處的最為密切，所以知道兒臣的脾氣，父皇若讓兒臣上陣殺敵還行，可是讓兒臣當皇帝，只怕兒臣當不來，還請父皇冊立皇兄為太子，也更名正言順。」高麟跪在地上，向高飛抱拳道。

高飛冷笑一聲，斜眼看了高麟一眼，然後對高麟道：

「你是朕的兒子，朕以前也不會當皇帝，真正當上皇帝之後，才懂得如何當皇帝。你不會當，可以慢慢地學嘛，如果你連想都沒有想過，你這輩子也只能是一個武夫了。你記住，**不想當皇帝的皇子，不是一個好皇子**，以後要時時刻刻把這句話記在心裡，你勇猛無匹，這是你的過人之處，但是你不懂得治國之道，這一點就是你的不足之處。**過人之處要儘量掩藏，不足之處一定要不恥下問**，以後你就和你三弟一起跟隨國丈學習治國之術吧。」

高麟聽後，便道：「兒臣遵旨。」

此話一落，在場的人心裡都是各懷鬼胎，有的暗中歡喜，有的則是擔心，這句話的言外之意，不就是想讓高麟當皇帝嘛，**看來太子之位是必然要落在高麟身上了**。

田豐、邴原、管寧等人都是一臉的哀愁，看著鐵骨錚錚的高麟，心中擔心不已。

「好了，今日大家都喝太多酒了，蓋太尉先醉，你們一個兩個的都跟著醉，難道只有朕一人是清醒的嗎？冊立太子之事，以後不要再提了，到了一定的時間，朕會主動請在座的大臣們商議的。以後誰要是敢再妄議立太子之事，一律罷官充軍！今日天色已晚，都散了吧！」

高飛說完，便站了起來，然後轉身走出大殿，留下一殿的臣子在那裡胡思亂想，大家都猜不透高飛到底是什麼意思。

群臣盡皆散去，高麟卻不知道該何去何從，一個人坐在那裡喝著酒。

馬岱、郭淮、張雄、臧艾、甘小寧聚集過來，同時拜道：「王爺！」

「你們今天表現的不錯，回軍營去吧，好好整頓龍鱗軍，不可讓龍鱗軍有任

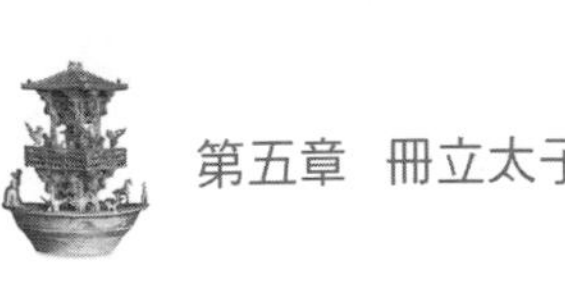

何違法亂紀之事。」

「諾！末將等告退！」

不多時，大殿上的人都走光了，高麟還是一個人坐在大殿中，在想著高飛對他說的那番意味深長的話。

高麟不走，侍衛也不敢進來收拾東西，只是在外面候著。

他又喝了兩杯酒，便聽見背後有一串腳步傳來，他回過頭看去，但見一個比自己小兩歲的人向他走了過來。

他只看一眼，便認出這個人了，呵呵笑道：「三弟，一別十年，沒想到你都長那麼高了。」

來的人正是高鵬！

高鵬此時已經不再流鼻涕了，但是看上去仍是憨厚木訥，圓圓的臉膛，一笑起來便露出兩個酒窩。

他一屁股坐在高麟身邊，倒了杯酒，對高麟道：「二哥打了勝仗，凱旋歸來，我敬二哥一杯。」

高麟喝了下去，摟著高鵬的肩膀，問道：「大哥這幾年可有什麼消息嗎？」

「聽衛尉說，大哥在荊州做了知州，其他的我就不知道了。二哥，你這次回來，有沒有給我帶什麼好玩的？」高鵬放下酒杯，拽著高麟的衣角問道。

「好玩的？讓我想想……哦，對了，我從西域帶回一些你在中原見都沒有見過的水果，一會兒我準備送去給母妃，你陪我一起去見母妃，我好久沒見母妃了。」高麟道。

「呵呵，母妃一聽說你回來了，便讓我來找你，怕你記不住回去的路，二哥，走，我帶路。」高鵬興高采烈地道。

高麟戲言道：「三弟，我記得你小時候背論語總是背不會，你現在會背了嗎？」

「二哥，我又不笨，我現在論語能夠倒背如流了，就是詩經背起來有點困難。」高鵬自豪地道。

高麟聽後，搖了搖頭，心裡想道：「三弟還是和以前一樣又笨又傻，看來不會對我造成什麼威脅，倒是大哥……」

高麟和高鵬一起去見他們的母親貂蟬，自始至終，高麟一直不知道自己並非貂蟬親生，而且這個秘密也將永遠的掩蓋下去。

貂蟬雍容華貴，雖然已是中年，仍然美貌如昔，而且還多了一份成熟。

此時，她正在後宮中焦急地等待著，一別十年，高麟雖然不是她親生，但畢竟是由她所養，而且她也將高麟視為自己的子嗣。

貂蟬的身邊，坐著一個容貌和她極為相似的少女，少女出塵脫俗，天生麗質，正是貂蟬的女兒，華夏國的長公主高傾城。

傾城看到貂蟬一臉的焦急，便安慰道：「母妃，你放心，高麟見到高鵬後，肯定會來的，你就不要再擔心了。」

貂蟬點點頭道：「十年未見，不知道你弟弟會變成什麼樣子？」

「母妃，弟弟勇冠三軍，肯定是鐵骨錚錚的大將軍模樣，一會兒他來了，肯定會讓你認不出來的。」

正說話間，宮女便進來通報，說大將軍王高麟已經抵達宮門外，這邊宮女剛報告完，那邊高鵬便興高采烈的拉著高麟的手從外面走了進來，大聲叫道：「母妃，姐姐，我把二哥給帶回來了。」

宮門口處，在高鵬的身後，一位皮膚黝黑，身高七尺的錚錚男兒出現在貂蟬和高傾城的面前，那冷峻的面孔下面是一張飽經滄桑的臉龐，乍看之下，這張臉要比其真實年齡大上許多。

「兒臣叩見母妃！」

高麟一進門，便跪在地上，朝貂蟬叩頭道：「兒臣常年在外，一直沒有侍奉在母妃的身邊，沒有盡到作為人子的孝道，請母妃多多包涵。」

貂蟬兩眼已經是飽含淚水，看到高麟這副硬朗的身體，便破涕而笑，上前將高麟扶起，欣慰地道：「兒啊，回來就好，回來就好。」

高麟站起來，個頭猶如鶴立雞群，傾城走到高麟面前，伸手摸了摸高麟的胳膊，觸感非常的結實，便舉起繡拳，猛地捶了高麟胸口一下，呵呵笑道：

「弟弟，我記得你小時候最怕我了，可是現在站在我面前，竟然沒有一點懼意，看來你真的長大了，而且也長高了。把衣服脫了，站在這裡轉一圈給姐姐看看，讓姐姐看看你身上有沒有留下什麼傷疤……」

「傾城，不可放肆！」

貂蟬對於女兒的胡鬧雖然習以為常，但是此時不是昔日，當即斥道：「麟兒已經受封王位，是大將軍王，你對他不可沒有一點禮數。」

高傾城撇撇嘴，攬住高麟的肩膀道：「母妃，不管他是不是大將軍王，他都是我的弟弟，我關心弟弟有什麼不對的？再說，弟弟經常上陣殺敵，刀劍無眼，身上肯定會有傷疤的嘛，我只是想數一數弟弟身上的傷疤，然後稟告父皇，讓父皇好好的關心一下弟弟而已。再說，他受封了王位，我也受封了公主啊，在爵位

上是等同的。麟弟，你說對不對？」

高麟笑了起來，將傾城搭在自己肩膀上的手給拿了下來，道：「大姐說得一點都沒錯，小時候我最怕大姐了，現在也不例外。只是，我現在長大了，出生入死無數次，使得我的性格不再像以前那樣膽小了。不過，姐姐儘管放心，我勇力過人，所上戰場無數，卻從未受過傷。所以，這衣服嘛，就不脫了，畢竟我們都長大了，即使是姐弟，也是男女有別嘛……」

「呵呵，你果然一點都沒有變，看來我沒有白疼你這個弟弟啊。不看就不看，你小時候光著屁股到處跑，你身上我什麼地方沒有見過啊……」

傾城性格開朗，加上深受其父思想上的傳染，所以言談舉止十分放得開，在古代女人地位十分低下的年代，算是一個另類，就連其母貂蟬都拿她沒有辦法。

「又胡說，你是堂堂公主，怎麼能夠說出如此輕浮的話來呢？」貂蟬微怒道。

傾城不值一哂地道：「公主也是人啊，父皇說了，男女平等，我這不是按照父皇的意思嘛，再說，我沒覺得我有什麼地方和弟弟不一樣的啊。哦，除了我是女的，他是男的外。」

高麟久在軍中，很少和女人打交道，此時大姐的話倒是讓他一陣臉紅。他之前雖然遇到過女人，但是女人都是很含蓄的，大姐話說的如此露骨，倒是讓他有些難為情。

「麟弟，聽說司馬懿和龐統也隨你一起回來了，對吧？」傾城突然問道。

高麟點點頭，隨即狐疑地問道：「姐姐，你問他們兩個人做什麼？」

「沒什麼，他們是我的朋友，既然回來，我該去教訓教訓他們了，母妃，你和弟弟許久沒見，你們好好聊聊，我就不在這裡湊熱鬧了，我先走了。」傾城嘿嘿笑了兩下，便朝外面走去。

「姐姐等等我，帶我一起去玩啊……」高鵬見傾城走了，急忙追了出去，行為舉止還是和孩童無異。

「母妃，大姐和三弟一向如此嗎？」闊別十年的姐弟，今日見了卻讓高麟大開眼界。

貂蟬嘆道：「哎，你大姐已經十八歲了，早到了該出嫁的年齡，可是你看看她，行為舉止一點都不像是個女孩子，整天瘋瘋癲癲的，就連說話也讓人有時候面紅耳赤的。我曾經向你父皇說過，可是你父皇卻就是喜歡傾城這個大咧咧的樣子，說這樣才不會束縛她的思想。我也提過她的婚事，也被你父皇給拒絕了，說傾城還小，再等等。其實她不小了，京城裡十三四歲的女孩便開始說媒，十五六結婚的多得是，至於你弟弟還是那樣，呆呆傻傻的……算了算了，不說他們兩個

了，我們多年未見，該好好聊聊。」

貂蟬隨即拉著高麟的手，噓寒問暖起來，高麟和貂蟬聊得不亦樂乎，母子間的相思之苦終於在今天得以釋放。

御書房內。

高飛坐在那裡回想著今天晚宴上的事，對於群臣的舉動以及高麟的話重新做了一番思考。

不知道過了多久，高飛吩咐道：「去請國丈大人到御書房一敘，朕有要事相商。」

左都護祝公平點點頭，策馬來到賈詡的府上，請賈詡到皇宮中見駕。

半個時辰後，賈詡隻身進入御書房，見到高飛若有所思的坐在那裡，參拜道：「臣叩見皇上，不知道皇上深夜傳召有何旨意？」

高飛道：「國丈請坐，我有一事不明，想請教國丈。」

賈詡坐下後，道：「皇上儘管問，臣必定知無不言，言無不盡。」

高飛擺擺手，示意護衛在自己身邊的祝公道和祝公平退出御書房，然後才對賈詡道：「國丈，今夜酒宴上的事，國丈應該是歷歷在目吧？」

「記憶猶新，不敢忘懷。」

「那麼你說，高麟為何會說出那番話？以他的實力，加上七部尚書及其侍郎的擁護，還有軍中諸多將軍的擁戴，他如果想要爭奪太子之位，簡直是易如反掌。」高飛質疑道。

賈詡皺了下眉頭，反問道：「皇上是想聽真話還是假話？」

「真話如何，假話又如何？」

「真話是大將軍王以退為進，此計用得甚妙，如果大將軍王當時不說那些話，皇上又怎麼會說出後來的那番話呢？不過，這也是老臣回到府中之後才慢慢想通的。」

「那假話呢？」

「無非是大將軍王猜測不到皇上是怎麼想的，所以昧心說了一通假話，想告訴皇上他沒有爭奪太子之位的野心。」

高飛聽後，笑道：「這小子看來並不是有勇無謀嘛，我注意到當時奉孝也極為震驚，看來此計並非奉孝所教，應該是他自己想的。」

「皇上，臣有一事不明，還請皇上示下。」

「講。」

「皇上今晚在宴會上當著群臣的面說『不想當皇帝的皇子不是好皇子』，這句話，**臣是否可以看做是皇上故意鼓勵大將軍王來爭奪儲君之位呢？**自古皇子爭位，勢必會演變成宮鬥，兄弟互相殘殺，**難道皇上是想看到兩位皇子為了太子之位爭得你死我活嗎？**」賈詡不解地道。

「呵呵，你我知心，我也不瞞你，太子之位，朕心中早已有數，之所以那樣說，是想讓他知道自己也有可能當皇帝。華夏國一旦統一，這麼大的一個王朝，必然要有一位合適的皇帝，在我死後繼承我的衣缽，繁榮國內，使百姓安居樂業，所以太子之位至關重要，我會從諸子當中擇優而立。高麒、高麟從小就出類拔萃，可是高鵬、高乾、高坤還沒有顯現出他們的優勢，天生我材必有用，我相信他們一定會有不同的能力，只是朕還未看到而已。」高飛說出心中所想。

賈詡聽了高飛這番交心的話，便道：「如此，臣就放心了。」

高飛臉色突然陰沉下來，道：「既然如此，那麼麒黨、麟黨也就沒必要存在了，你派人暗中搜集這些黨人的名單，我華夏國一定要杜絕結黨營私，今晚一事，讓朕意識到了事情的嚴重性，朕不能坐視不管，否則，國家尚未統一，華夏國就會因為兩黨爭權而陷入癱瘓。」

「臣明白，臣必定竭盡全力搜集所有黨人的名單。」

「嗯，去吧。」

深夜，整個帝都沉浸在夜幕之下，大街小巷都是靜悄悄的，賈詡乘著轎子，由轎夫抬著在回府的路上。

賈詡從皇宮出來後，便感覺到皇上交給他的任務事關重大，搜集所有黨人的名單，這是一件極為浩大的工作，既不能讓滿朝文武察覺，也不能錯漏一個。思來想去，賈詡覺得唯一值得信任的，也只有情報部的左右侍郎了。

賈詡掀開轎子的捲簾，對外面的護衛說道：「即刻傳喚左侍郎宗預，右侍郎林楚，就說本府有要事找他們商議。」

話音落下，賈詡剛要將捲簾放下，忽然間，拐角處一個黑影一閃而過，雖然只是一剎那，但是眼力毒辣的賈詡卻覺得這個黑影似曾相識，不禁道：「這背影好熟悉，難道是他？不可能的，一定是相似而已……」

雖然心中如此想，但是賈詡還是派人去拐角處尋查了一下，得到的結果卻一無所獲，於是賈詡也沒有當回事，只把那個黑影當做是一個過路人而已。

賈詡放下捲簾，坐著官轎，漸漸地消失在夜色當中。

賈詡走後不久，一個黑影便從拐角處走了出來，在清冷的月光下，他的臉龐

清晰可見，正是高飛的第三個兒子，受封為唐伯的高鵬。

他身上披著一件黑色的斗篷，犀利的目光掃視過整個冷清的大街，見四下無人，這才繼續向前走去。

剛才他無意間碰到了賈詡，便急忙翻越過牆頭，藏在一間民房內，躲過賈詡部下的搜查。此時賈詡已經離開，他才小心翼翼的走了出來，快步朝目的地而去。

皇宮在城北，高鵬要去的地方在城南，洛陽是帝都，城池之大，乃天下之最。高鵬沒有騎馬，但是走起路來卻健步如飛，雙腳著地輕盈異常，發出的聲音極為細微，常人極難分辨。

高鵬所走之路全是小巷，而且所過之處都是夜間巡邏的死角，雖然拐彎抹角，但是憑藉他的腳力，絲毫不在話下。

穿街過巷的走了足足一個時辰，高鵬才抵達目的地，此時他的額頭上已經冒出虛汗。

現在正值仲夏，夜晚天氣炎熱，他還披著斗篷，加上走了那麼長一段路，不汗流浹背才怪，可是說也奇怪，他只是出了些虛汗，並未汗流浹背。

高鵬來到一間普通的民房，抬起手，在門上極有規律的敲了三長兩短的暗號聲。

片刻功夫，房門便打開了，一個老態龍鍾的人將高鵬迎入房內，然後關上房門時，又朝外面望了望，確定沒有任何異狀，這才將房門關上。

高鵬進入房門後，徑直朝亮著燭火的堂屋走去，堂屋的門是敞開的，可以看到坐在堂屋裡正手捧著書籍在燈下閱讀的青年。

他彬彬有禮的走到堂屋門口，然後解去斗篷，朝在燈下閱讀的青年畢恭畢敬地拜道：「老師。」

青年放下手中的書籍，站起來走到門口向高鵬拱手道：「爵爺不必如此多禮，士元是臣，爵爺是主，這禮節不能亂。」

高鵬道：「恩師所言甚是，天地君親師，正因為倫理綱常不能亂，所以學生才會對恩師行如此大禮。恩師受封為侯，我不過才是伯，在爵位上，恩師也高過我一等，我拜恩師是很正常的。可是恩師拜我，卻有違倫常。」

那青年正是巡檢太尉龐統龐士元，他聽完高鵬的這句話便笑了起來，說道：「爵爺聰慧，懂得舉一反三，為師的自然開心。爵爺此來，一路上可曾順利？」

「恩師放心，學生不會讓人跟蹤的，再說學生這幾年來已經將路線印在心裡，此路線絕不會遇到任何人。加上學生跟昔日的情報部尚書卞喜學得了輕身功夫，就算遇到人，也是一閃而過，誰也不會追查到我。恩師今日跟隨大將軍王一起凱旋，歡宴上的事我都聽見了，大將軍王以退為進，是想博取父皇的歡心，這太子之位，以後或許還真會落在他的手裡。」

「那可未必，如果皇上真的想冊封大將軍王為太子的話，今日便可順勢而為，可是皇上沒有如此做，那也就是說，皇上現在還沒有想好到底立誰為太子。今日之事過後，我想皇上必然會有所感悟，以皇上的做法，絕不會希望看到自己的兒子為了一個太子之位手足相殘，所以以我推測，皇上肯定會對麒黨、麟黨下手，強行拆散兩黨。」龐統分析道。

「恩師，我們坐下慢慢詳談。」高鵬拉過來一張座椅，讓龐統坐下。

龐統坐下後，看著漸漸成長的高鵬，往事不禁一幕幕的襲上了心頭。

七年前，龐統正式在華夏國做巡檢太尉，當時高鵬才六歲，還是個孩子，京城內外到處都傳開，說皇帝的第三個兒子是個呆傻的人。可是在一次機緣巧合之下，龐統無意間遇見高鵬，當時高鵬正在朝一堆泥土尿尿，尿完便用手去和泥巴玩。

龐統出於好奇，走到高鵬身邊，問道：「皇子殿下，難道你不知道尿尿和泥巴會很髒嗎？」

第六章

深藏不露

對於高鵬的回答，龐統吃了一驚，他萬萬沒有想到，一個六歲的孩童會說出如此精闢的話來。從那次交談後，龐統便對高鵬另眼相看，他在高鵬的身上看到了高人一等的智慧，這才是真正的深藏不露。兩個人就那樣的認識了。

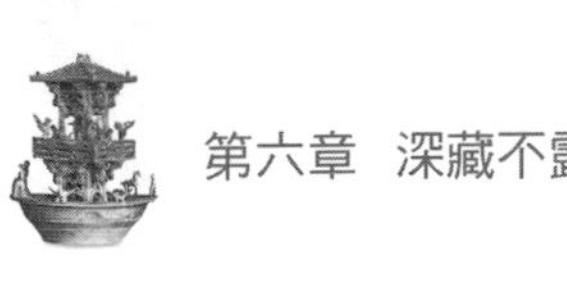

高鵬當時第一次看到龐統，立刻展現出異於一般小孩的地方。龐統是出了名的醜男，小孩子見到龐統，都會被龐統醜陋的相貌嚇哭。可是高鵬的臉上卻沒有絲毫變化，依然是波瀾不驚，回答龐統問題時，也讓龐統大吃一驚。

龐統清楚的記得當時高鵬是這樣回答的，他說：

「在別人的眼裡，大家都說我是個傻子，如果我不傻給他們看，他們就會認為我很聰明，這樣一來，老師會逼著我去背誦四書五經，父皇會逼著我學武，我不想像大哥二哥那樣，天天都那麼的辛苦，為了顯現自己有多聰明，多厲害，而不惜放棄應該有的快樂，所以，我只好以我的方式傻給他們看，只有看到我傻了，他們才會順從我的意願，讓我擁有應有的快樂。尿尿和泥巴雖然有些髒，但是只要我玩得開心，玩完之後再去洗乾淨，不就好了嗎？」

對於高鵬的回答，龐統頗為吃驚，他萬萬沒有想到，一個六歲的孩童會說出如此精闢的話來。從那次交談過後，龐統便對高鵬另眼相看，**他在高鵬的身上看到了高人一等的智慧，這才是真正的深藏不露。**

也許是巧合，又或許是天意如此，總之兩個人就那樣的認識了。從此以後，龐統便暗地裡收高鵬為徒，私下教授高鵬一些知識，但是從表面上看，兩個人完全沒有任何瓜葛。

因為高鵬經常裝傻，所以他去哪裡，根本無人關心，只要沒跑不見，基本上沒人願意跟在一個傻子的屁股後面，所以高鵬有很多機會偷偷溜出皇宮，去找龐統學習知識。這樣的日子，持續了七年。

七年來，龐統和高鵬亦師亦友，無話不談。不論是軍事還是政事，兩人都會說出各自的想法，久而久之，高鵬也變得越來越能隱藏。

高鵬問道：「恩師以為，父皇會如何對待麒、麟二黨呢？」

「麒、麟二黨由來已久，黨人無非是想爭奪權力，皇上在建國之初，便創立了三省六部制，後來又衍生出現在的九部，以分化職權，在建國之初，皇上還有一項體制，那就是參議院和樞密院，兩院的設立一直高於九部，參議院主政，樞密院主兵，當時對於籠絡有功之臣確實起到了一定的作用，但是隨著以後的發展，參議院和樞密院的設立，使得九部的幾個部有名無實，所有的實權都在兩院的手裡握著，諸如吏部、刑部、工部、兵部、禮部等等，**皇上設立內閣並沒有錯，錯就錯在內閣完全架空了其他幾部的權力，使得這些尚書心存不滿，敢怒不敢言，所以才有了今天尚書和參議院的丞相之爭。**」龐統分析道：「以我看，皇上也可能意識到了這一點，所以今晚睜一眼閉一隻眼。至於怎麼對待麒、麟二

黨，那就要看皇上的意思了。」

高鵬聽後，深深地點點頭道：「恩師所言極是，麒、麟二黨多是朝中的開國功臣，牽連頗多，如果父皇要想連根拔起，根本是不可能的，可是要置之不理，只怕兩院和九部的權力之爭會愈演愈烈。父皇英明神武，一定會有辦法處理這件難事的，希望蒼天保佑父皇。」

龐統忽然問道：「爵爺，燕侯和大將軍王一文一武，都是很出色的人物，如果他們真的有心要爭奪太子之位的話，只怕會鬥個你死我活，難道爵爺就真的沒有一點想爭奪儲君之位的打算嗎？」

高鵬只是淡淡地笑了笑，然後站起身子來，朝龐統拜了拜，道：「恩師，我出來已久，怕被人發現，先行告辭。今日與恩師一會，實在是受益良多，學生改日再來拜會恩師。」

「也好。」龐統親自將高鵬送到門口，然後等高鵬離開一會兒之後，這才帶著僕人離開此地，徑直回府。

一路上龐統都在思索著一個問題，如果高鵬真的要去爭奪儲君之位，他又該怎麼做，才能最大程度的幫到他。在他的心裡，高鵬文武雙全，是一個可以治理國家的人，如果當了皇帝，一定是個極為開明的君主，他不會看走眼的。

昨日高麟的凱旋，轟動了整個帝都，今日早朝，高飛便立刻對西征大軍做出了賞罰。

高麟因為西征之功甚大，被高飛加封為大元帥，總攬天下所有兵馬，將軍體系中的超一品官銜，並賜兵符，可以調動天下任何兵馬。張飛被加封為綏遠大將軍，太史慈因為其過，被降為鎮軍將軍，官居從一品，扣除俸祿三個月，其餘將校都提升一級。

至於郭嘉嗎，已經位極人臣，無所可加，只好賞賜金銀、布匹、綢緞了事，龐統、司馬懿因其功勞，正式成為樞密院的太尉，參贊軍事，早晚聽用。

高飛又因為高麒在荊州整頓吏治之功，加封他為燕王，順便將高鵬也提升了一個爵位，從唐伯升到了唐侯，但是為三等侯。

隨後，高飛賞賜大將軍王高麟一座宅子，也賞賜了高鵬一座宅子，當做高鵬的侯府。對於昨晚議立太子的事，諸大臣都絕口不提。

退朝後，高飛派高橫護送高鵬出宮，去他的唐侯府，讓高橫幫高鵬安排好一切。

他目送高鵬出皇宮後，才對身邊的祝公平道：「昨夜高鵬是否又出宮了？」

祝公平點點頭道：「還是老樣子，去了城南的一間民房裡，和樞密院太尉龐統會面，但是並未聊太久。」

高飛聽後，便道：「這小子從和龐統認識的那天開始，就像是變了一個人似的，看似傻裡傻氣的，其實是真正的深藏不露啊。」

「皇上此番賜他一座府邸，這樣他和太尉大人見面就更加方便了，侯爺以後要是知道皇上一直在順水推舟，一定會對皇上感激不盡的。」祝公道緩緩說道。

「多嘴！」高飛輕聲斥責道。

祝公道急忙閉嘴，不敢再說話了。

吳國，建鄴。

皇宮大殿內，身為宋王的孫權身穿著華貴的服飾，手中拿著一封密信，眼睛則緊緊地盯在那封密信上，流覽完後，急忙將密信給合上，臉上顯出了一絲不安。

「大王，您這是怎麼了？」丞相張昭看出了孫權臉上的變化，主動問道。

「周公瑾回來了……」孫權眉頭微皺地說道。

張昭聽後，質疑道：「他怎麼……敢這樣大膽，大王之前不是已經給他下過詔嗎，讓他無詔不得進京，他怎麼……」

「既然他回來了，也只好想辦法應對了。他回來後，必然會要求覲見陛下，如之奈何？」孫權問道。

「請大王即刻召見太尉、衛將軍、衛尉以及執金吾去攔住周公瑾，否則，一旦周公瑾知道了實情，恐怕將不利於我吳國。」張昭獻計道。

「丞相，公瑾不過是想見見陛下，我們這樣做，是不是太不夠仁義了？」孫權擔心地說道。

「仁義？大王，如果周瑜一旦知道實情，以他和陛下的交情，他怎麼會就此善罷甘休？吳國的和平來之不易啊，陛下殘暴不仁，這也是大王親眼所見，大王已經攝政三年，吳國境內國泰民安，百姓更是安居樂業，一旦放出陛下，只怕吳國就要遭受戰亂之苦，請大王為吳國的百姓著想，為天下蒼生著想啊。」張昭跪在孫權的面前，泣聲說道。

孫權扶起張昭，說道：「丞相大人這又是何苦呢，本王按照丞相大人說的去做便是了。」

於是，孫權即刻傳令太尉程普、衛將軍黃蓋、衛尉韓當和執金吾祖茂四人去迎接周瑜，明為迎接，實則是阻攔周瑜。

孫權下令完後，便和張昭一起去了翰林院。

翰林院位於建鄴城外的一座荒山之中，其實是一座秘密的牢獄。

翰林院外，士卒戒備森嚴，十步一崗五步一哨；院裡，所有將士都身穿鋼甲，整個牢獄裡三層外三層都是用精鋼圍護著，吳國的皇帝孫策便被囚禁在此，已經長達三年。

孫權一下馬車，負責守衛翰林院的將士們立刻參拜道：「叩見大王。」

「免禮。陛下最近情況如何？」孫權問道。

守衛的將領回道：「陛下最近食慾不錯，吃的比以前多了好幾倍，胃口大增。」

「嗯，看來比以前確實好多了，把門打開。」孫權令道。

守將剛把翰林院的外門打開，呈現在孫權和張昭面前的是一個黑暗幽深的洞穴，這洞穴深不見底，當即一股陰風吹來，使洞內火把的火光幾欲熄滅。

等孫權和張昭進入後，翰林院的門再次關上了。

「啊——」

山洞中不時傳出狂暴的叫喊聲，喊聲如同滾滾驚雷，震耳欲聾。

張昭雖然不是第一次來，也不是第一次聽見這種叫聲，但是每次來這裡，聽到這個叫聲，他的心裡都感到極為的恐懼。

他吞了口口水，試探地對孫權道：「大王，陛下能吃能喝能叫，看來是好多了，我看不如就別下去了吧？」

孫權看了張昭一眼，說道：「丞相大人怕的話，就待在外面，本王自己去便可以了，再怎麼說，陛下也是本王的兄長，陛下受到如此折磨，做弟弟的又於心何忍。如果可以的話，我倒是願意替陛下受過。」

張昭聽後，為了表示自己不害怕，急忙說道：「大王誤會了，老臣不是這個意思，老臣陪大王下去便是。」

於是孫權、張昭在山洞內守將的帶領下，一路朝洞穴深處走去，越往裡走，越覺得森寒陰冷。

走了一段長長的路，孫權、張昭才抵達底部，在火把映照的光線中，一座鋼鐵打造的囚牢便出現在孫權和張昭的面前，在那座鋼鐵般的囚牢中，坐著一個披頭散髮，身穿破爛衣衫的人，蓬頭垢面，囚牢也是髒兮兮的，到處都是屎尿，臭氣熏天，讓人不得不掩鼻而過。

孫權看到自己的兄長變成這副模樣，心裡有如刀割般難受，他見孫策坐在那裡，低著頭，耷拉著腦袋，便跑到囚牢邊，喊道：「陛下，臣弟來看你了……」

孫策聽到孫權的喊聲，抬起頭，眼睛裡布滿了血絲，目光攝人心魄，整個人

更是如同野獸般呲牙咧嘴的，整個身子猛地向孫權撲了上去，同時嘴裡還發出乖戾的叫聲。

孫權嚇了一跳，向後退了兩步，接著便見孫策「砰」的一聲，整個人撞在鋼鐵所打造的囚牢上，如同槍桿一般粗細的柱子竟被撞得出現一個弧形的彎度。

「我要殺了你！」孫策滿眼中都是仇恨，即使孫權站在他的面前，也認不出來。

孫權看到孫策如此模樣，心中是一陣悲涼。自從孫策征伐夷州回來後，知道上了高飛的當，整個人懊悔不已，長達一個月把自己關在一個封閉的空間內。平時吃的喝的都是僕人送到門口，孫策一概不讓人進去，不知道在裡面搞什麼鬼。

有一天，孫策最摯愛的皇后因為擔心孫策，進入大殿，誰知道孫策被仇恨蒙蔽了雙眼，無論見到誰，都將之看成是高飛，恨意綿綿，遂起殺心，結果誤殺了皇后。

等孫策清醒後，知道自己誤殺了皇后，整個人受到刺激太深，最後竟然發瘋，見人便殺，弄得整個皇宮雞犬不寧。

可是孫策的狀態時好時壞，清醒時像個正常人，完全記不得自己瘋癲時所做的一切，如此反覆在清醒和瘋癲之間來回遊走，加上心中積怨已深，漸漸地便徹底失去了自我。

後來，皇太后在無奈之下，便讓張昭、程普等人請出孫權控制大局，加封宋王，暫時攝政，並且派出一千精壯合力將孫策擒住，將他關押起來，一直到現在。

為了穩定民心，孫權便向外宣稱孫策沉迷於冶煉兵器，還故意在囚禁孫策的地方建立翰林院，以掩人耳目。加之孫權立即把消息封鎖住，所以知道整件事的人很少。

「大王，陛下神智還是不清啊，如果讓周瑜看到陛下這個樣子，臣擔心周瑜會有所異動。周瑜一直大權在握，手握吳國半數兵馬，加上周瑜的聲望遠遠超過大王，如果知道陛下瘋了，難保周瑜不會反叛啊。」張昭著急地對孫權道。

「公瑾乃陛下結拜兄弟，兩人情同手足，他怎麼會謀反呢？丞相大人是不是太過多慮了？」孫權半信半疑地道。

「大王，自古權力之爭，即使是至親也在所不惜，何況周瑜和陛下只是異姓兄弟？現在當務之急就是穩住周瑜，千萬不能讓周瑜知道陛下發瘋被囚的事，否則的話，只怕大王無法壓制住周瑜。」張昭告誡道。

孫權聽了張昭的話，內心確實是無比的擔心，孫策和周瑜是兄弟，他不是；周瑜大權在握，這是人盡皆知的事，**孫權對他，既要用，又要防**，本來三年前他就可以登基為帝，取代已經發瘋的孫策，但是為了顧全大局，他並沒有這樣做。

如今，周瑜回來了，他擔心的事情也不得不重新提上檯面，張昭的話像一根尖錐般刺進了他的心臟，讓他無法喘息。

正在孫權思量間，祖茂從外面趕了過來，神情顯得甚是慌張，對孫權道：

「大王，大都督已經下榻驛館，太尉大人好說歹說才將大都督暫時安撫住，只是……」

「只是什麼？」孫權問道。

「只是明日便是先王忌日，如此重要的場合，如果陛下不露面的話，大都督必然會起疑心，而且大都督此次回來，所用的藉口就是先王的忌日。」祖茂說出事情的難處。

張昭插嘴道：「大王，千萬不能讓周瑜見到陛下啊，到時候就推說陛下……」

「陛下是一國之君，又是最為孝順的人，先王忌日，陛下怎麼可能會不親自主持？」孫權打斷張昭的話。

「難道大王真的打算讓大都督知道陛下的事？」張昭狐疑地道。

孫權的臉色一陣陰鬱，扭過頭，對張昭吼道：「那以你之見，難不成把周公瑾也給囚禁起來，還是就地斬殺了？」

張昭急忙辯解道：「老臣並無此意，只是周瑜向來心高氣傲，又手握重兵，如果知道陛下現在的樣子，他若有野心的話，只怕就會謀朝篡位了……」

孫權反駁道：「就算他有野心又如何，他隻身一人前來，如果真的有半點野心的話，本王手下的兵將還會怕了他不成？陛下有萬夫不當之勇，放眼吳國可能無人能及，但是周公瑾卻沒有，他不過是個儒將，如果真有謀反之心，本王就在此時將他誅殺，省得留下後患。」

「可是，周瑜若死了，他的那些部下只怕就會造反了，到時候免不得又是生靈塗炭，而且，也會給華夏國可乘之機，說不定吳國會在頃刻間瓦解……」

張昭說出了心中的憂慮，但是話說到一半，看到孫權面色愈加陰鬱，便急忙止住話語，話鋒一轉，道：「臣該死，臣不該說這種喪氣話，臣該死……」

「好了好了，丞相大人也是為國操勞，其心可以理解。你說得也對，荊州、交州的兵馬占我們吳國的一半，如果真的殺了周瑜，那些人只怕會謀反，本王必須想一個萬全之策才好……」

孫權托著腮幫子細細地想著，然後看了眼牢中的孫策，忽然生出一計，準備鋌而走險。

「祖茂。」孫權立刻叫道。

「臣在，大王有何吩咐？」祖茂道。

「既然周瑜一直想見陛下，那就讓他見，你現在就去驛館，把周瑜帶到這裡來。」孫權吩咐道。

「大王……」張昭吃驚道。

孫權抬起手，打住張昭想要說的話，道：「丞相不必多言，本王自有分寸。」

祖茂這才應聲離開。

孫權走到孫策的面前，看著安靜下來的孫策，緩緩說道：「陛卜，你是如此的相信周公瑾，今日我也相信你一次。如果你能聽懂我在說什麼的話，請你為周瑜祈禱，但是不管結果如何，父王和陛下辛辛苦苦打下來的江山，絕對不能被人篡奪了。父王，也希望你在天有靈，保佑孩兒這次一舉成功！」

張昭聽了以後，知道孫權下了很大的決心，但是他不知道孫權要做什麼，又不好直接問，只好站在那裡，在心裡默默的祈禱。

一個時辰後，翰林院的第一道大門外，周瑜勒住座下戰馬，望了眼這裡的地勢以及周邊兵將的一舉一動，發現這裡的守衛竟是如此森嚴，一點都不亞於皇宮，立即疑竇叢生。

太尉程普、衛將軍黃蓋、衛尉韓當、執金吾祖茂，四個人不約而同的下了馬。

程普指著前面的第一道大門，對周瑜道：「公瑾，過了這道門，你就可以見到陛下了，但是，在進去之前，請你卸去全身的武器，並且下馬步行。」

周瑜懷著滿心的疑惑，雖然心中不解，但還是照做，不過他發現程普、黃蓋、韓當、祖茂四個人的兵刃並未解下，他也沒在意，跟著四人一起走到了門前。

當大門緩緩打開後，出現的景象讓周瑜大吃一驚，不由得失聲道：「這裡就是翰林院？」

「周大都督，請！」

程普身為太尉，卻沒有什麼實權，與周瑜比起來，要略微遜色一些。吳國不置大將軍，而是以大都督代之，而大都督幾乎就是皇帝的副貳，位高權重，地位遠比程普尊崇許多。

程普、黃蓋、韓當、祖茂很早就跟隨孫堅，算是吳國中元老級人物，但是自從孫策上臺後，一直重用策瑜軍的那些青年才俊，使得這些老將頗有怨言。所以，當孫策發瘋、孫權攝政後，程普、黃蓋、韓當、祖茂便一心為孫權做事，同

時也參與了囚禁孫策的活動。

周瑜跟在後面，一直朝裡面走著，他一步一步的深入到山洞內，覺得自己三年未曾踏入帝都實在是個錯誤，這裡根本不是什麼工匠彙集的地方，分明就是一個巨大的囚牢，十步一崗五步一哨，防守的這樣的森嚴，那麼囚禁在這裡的人必然是大有來頭。

忽然，周瑜有一絲不祥的預感。

繼續向前走，一路上，周瑜一句話都不說，當抵達整個山洞的最底部時，他赫然看見身為宋王的孫權和丞相張昭站在那裡，在他們面前，有一個巨大的囚牢，是鋼鐵鑄就而成的，囚牢裡面還有一個蓬頭垢面、衣衫破爛的壯漢。

當周瑜第一眼看到那個壯漢時，他的瞳孔瞬間放大了，整個人的心裡像是被重錘猛烈的敲擊過一樣。因為，他認出了囚牢中的人，那熟悉的身影，正是他的結義兄弟，吳國的皇帝孫策。

「陛下！」

周瑜快步跑了過去，直接衝向布滿層層鋼鐵柵欄的囚牢，跪在地上，雙目注視著孫策，悲憤地喊道。

誰知，像瘋子一般的孫策，這次沒有表現出暴戾的氣息，看到周瑜後，不知道為什麼，像是很害怕一樣，竟然躲到了一邊，然後以手掩面，開始狂吼亂吠，喊著任何人都聽不清楚的話語。

「陛下……我是公瑾啊，陛下……」周瑜喊著，可是孫策卻不搭理他。

「沒用的，陛下聽不懂你在說什麼……」孫權冷冷地道。

周瑜忽然扭過頭，用手指著孫權、張昭、程普、黃蓋、韓當、祖茂，悲憤地道：「你們這些亂臣賊子，竟然將陛下害成這個樣子！孫仲謀，陛下可是你的親哥哥，你怎麼可以這樣絕情，你……你……」

「大都督，你誤會了，不是宋王要這樣做的，實在是出於無奈啊……」黃蓋急忙解釋道。

「你們都是一夥的，沒想到你們竟然騙了我整整三年，也騙了整個吳國。如果這次不是我突然回來，你們還打算把陛下關到什麼時候？你們這些亂臣賊子，人人得以誅之！」

周瑜只道是孫權為了篡位才如此做，不分青紅皂白便亂罵一通。

人在憤怒時，智商都會降低，周瑜和孫策情同手足，勝似親兄弟，多年的兄弟之情早已讓兩人不分彼此了，也正是由於這個原因，周瑜一見到孫策如此慘狀，一怒之下，連想都沒有想其中緣由便破口大罵。

「亂臣賊子？如果本王真的要篡位的話，何必要如此做？周公瑾，本王知道你和陛下的情誼，正是因為如此，本王才特意讓你來的。本王是陛下的親弟弟，陛下變成這樣，你以為本王會好受嗎？你可知道本王這樣做承受了多大的壓力？你要罵，等本王把事實的真相告訴你以後再罵不遲，就算是要打本王，殺本王，本王也無怨無悔。」孫權朗聲道。

周瑜道：「好，我就聽聽你如何辯解！」

於是，孫權便將事情的來龍去脈講給周瑜聽。

周瑜聽後，不相信地道：「不會的，不可能，陛下一向寬宏大量，怎麼會變成這樣？你說謊，一定是你在說謊！」

「信不信由你，事實就是如此。」

黃蓋道：「大都督，宋王說得一點都沒錯，我可以以末將的項上人頭擔保，而且，這件事也是太后讓做的，如果大都督不信的話，可以去皇宮問太后，到時候大都督就會明白了。」

「你放心，太后那邊我一定會去問的，如果我得到的答案跟你們說的不一樣的話，我就算是死，也不會放過你們的。」

周瑜說完，轉身便跪在地上，朝孫策叩了兩個響頭，然後說道：「陛下，你再忍耐一會兒時間，等我問明情況後，一定放你出來。」

說完，周瑜站起身，徑直朝外面走去。

在和孫權擦肩而過時，那雙充滿仇恨的眼睛直勾勾地盯著孫權。在他的心裡，已經將孫權認定為是一個弒兄奪位的凶手。

張昭見孫權沒有阻攔周瑜離去，急忙道：「大王，周瑜凶相畢露，不能就此放過啊，應該立刻予以斬殺！」

孫權道：「公瑾與陛下情同手足，突然見到陛下如此模樣，自然會接受不了，此乃人之常情。如果公瑾沒有如此憤怒，那本王才不應該留公瑾一條活路。他去問太后，便會明白事情真相了，那時，本王再見機行事。」

「可是，萬一周瑜不去找太后，而是跑了呢？」

「陛下敢把吳國的半數兵馬交給公瑾，就說明陛下相信公瑾，既然如此，本王為什麼不能相信公瑾呢？」孫權道。

「大王，不怕一萬，就怕萬一啊，老臣還是覺得須小心為妙。」

「公瑾始終是一個人，若他在外，本王尚且懼他三分，可是他現在到了京城，本王還有什麼可擔心的？黃將軍！」孫權看了黃蓋一眼。

「大王有何吩咐？」黃蓋向前一步，抱拳道。

「派人暗中監視周瑜的一舉一動，在本王沒有下定決心前，絕對不能放他離開京城。」

「諾！」黃蓋應聲而去。

隨後，孫權帶著張昭、程普、韓當、祖茂也離開翰林院，徑直回了皇宮。

夜幕降臨，吳國的皇宮中一片靜寂。

孫權坐在御書房中，耐心地等待著一個人的到來。

不到一刻鐘的功夫，太監便走了進來，畢恭畢敬地對孫權道：「大王，大都督周瑜在外求見。」

「終於來了，讓大都督進來，還有，在本王和大都督談話期間，任何人不得進來，違令者斬！」孫權放下手中的書，命令道。

太監出去後，周瑜便走了進來，朝孫權拱手道：「周公瑾見過大王。」

「公瑾，快請坐！」

孫權熱情地給周瑜看座，待周瑜坐下後，他一屁股坐在周瑜的身邊，絲毫沒有一點王貴的架子。

周瑜已經被孫策封為侯，加上手中握有兵權，雖然說可以和孫權平起平坐，但是按照禮節，侯見到王，還是低了一等，所以周瑜見到孫權，立刻站了起來，說道：「周瑜怎敢和大王平起平坐？」

孫權笑道：「你是陛下的至交，陛下尚且能和你平起平坐，為何本王不能？你不讓本王坐著，難道要本王跪著？」

「臣不敢，臣不是這個意思，只是，此一時彼一時。」

周瑜去問過皇太后了，所得到的結果和孫權說的果然一樣，但是他還是不放心，於是去找太傅顧雍，得到的答案也是一樣，這才知道原來是自己冤枉了周瑜。

「此一時彼一時？在我看來，你還是我吳國獨一無二的大都督，是我吳國的中流砥柱，是陛下在軍事上的副貳。陛下雖然瘋了，可是不管怎麼樣，你還是我孫氏不可或缺的一條臂膀，公瑾，坐！」

周瑜不好再推卻，便順從地坐了下來。

在他的心裡，眼前的宋王已經是實際上的皇帝。雖然沒有正式登基，但是孫策一日醒不過來，整個國家的掌權人就是孫權了。可是他和孫權沒有一點交情，怎麼敢在未來的皇帝面前放肆！

「公瑾兄，請允許我這樣稱呼你，你和陛下同歲，又是結義兄弟，所以，請允許我以兄視之。」

「這……」

「公瑾兄不答應，莫非是嫌棄仲謀不夠格嗎？」

「不不不，周瑜絕無此意，只是……」

「別只是什麼了，就這樣定了。公瑾兄，陛下已經得了失心瘋整整三年了，三年來，我遍訪名醫，都無法將陛下醫治好。我按照母親的要求暫攝政事，可是我知道，我的才華遠遠比不上公瑾兄，公瑾兄文武雙全，才貌雙絕，乃是我吳國一大奇男子，公瑾兄和陛下又是義結金蘭的好兄弟，如果公瑾兄願意的話，我孫氏一族願意拱手將皇位讓出，由公瑾兄繼任大統，以確保我吳國的萬世基業……」

周瑜聽到孫權這番話，皺起眉頭，良久，一句話都不說。

孫權則仔細的盯著周瑜，暗暗想道：「周公瑾若有所思，眉頭緊皺，卻一言不發，**難道他真的有野心？**」

「宋王果然聰慧，**只一句話便可以殺人於無形**，這一計用的真是妙啊，只怕我要是再不說話，埋伏在御書房內的刀斧手便會立刻衝出來將我砍成肉泥……」

周瑜亦在心裡盤算著。

「公瑾兄考慮的如何？」孫權見周瑜不回答，追問道。

周瑜站起來，然後跪在地上，朝孫權叩頭道：「公瑾深受皇恩，怎麼敢做出如此大逆不道的事情來！宋王仁厚，並且有識人之能，既然陛下已經得了失心瘋，由宋王接任帝位即可，公瑾必然會向事陛下一樣對待宋王。」

「可是，本王才疏學淺，只怕難當此大任啊……」

「我和陛下情同手足，陛下的江山，公瑾就算死也要奮力保護。宋王如果想讓公瑾死，那我這就一頭撞死在這柱子上便是，何故將我推向那不仁不義的頂端？正所謂人無完人，宋王可招賢納士，只要知人善用，宋王便可以做一代明君。」

「公瑾兄的意思是……」

「當此之時，國不可一日無君，公瑾願意擁護宋王為帝，此生此世，公瑾將誓死保衛吳國，保衛宋王。」

孫權的目的達到了，內心裡會心的笑了出來，但是他的臉色並未表現出來。

「不過，我若稱帝，那陛下將如之奈何？」孫權繼續問道。

周瑜想了一會兒，緩緩說道：「事已至此，也無可奈何，臣只希望大王能夠再忍耐兩年，陛下聲名在外，華夏國並不知道這一實情，如果得知陛下得了失心瘋，大王接掌皇位，只怕會趁火打劫。如今以我國實力，根本不是華夏國的對手，一旦華夏國撕破了臉，公然進攻我東吳，我軍恐難以阻擋。臣以為，不如大王再晚幾年稱帝，爭取更多的時間，然後讓國中男子積極備戰，幾年後，或許還能和華夏國一戰。」

孫權道：「難道我們一定要和華夏國戰鬥嗎？就沒有別的方法嗎？現在這個樣子，兩國盟好，對全天下的百姓也是一個福氣啊，如果戰端一開，只怕天下蒼生又要飽受磨難了。」

「漢末天下大亂，隨後便諸侯林立，高飛逐一屠滅群雄，現在華夏國更是占據了天下的十之八九，對華夏國來說，統一勢在必行。大王，如果你是華夏國的皇帝，你會願意看到在東南一隅的地方還有不屬於自己管轄的地方嗎？」

周瑜聽後，不禁有些憤怒，孫權果然不是孫策，孫策剛勇果斷，可是孫權卻有點優柔寡斷。

孫權也清楚，江山是父親和哥哥打下來的，父親和哥哥都是武力超群的人，征戰沙場更是無所睥睨，可是他從未上過戰場，從小養育在溫室當中，就連見到殺雞都會有些害怕，更別說見到死人了。

不過，他也有他的長處，那就是宅心仁厚，知人善任，他知道用別人的長處來彌補自己的短處，做到這一點，他就足以勝任一個帝王。

如果是在太平盛世，或許他會成為一位很有作為的皇帝，可惜的是，現在是在亂世，**亂世有亂世的法則**，而他的行為和心境，都未免太過兒戲了。

「這……可是我聽說戰爭會死很多人，死去的人帶給家人的是無盡的疼痛，戰爭實在是……」

周瑜打斷孫權的話，道：「大王沒上過戰場，沒有經歷過戰爭，但大王應該清楚，史記中曾經記載過，秦家滅楚，楚人所說的那一句箴言吧？」

「你是說，楚雖三戶，亡秦必楚？」孫權熟讀史記，立即說了出來。

「正是，古人尚且能如此，我們又為何不能效仿古人呢？如今華夏國就相當於秦國，而我吳國就相當於楚國。我相信，只要讓吳國的百姓深深地懂得這句話的道理，肯定能夠對抗華夏國的。更何況，華夏國雖然號稱百萬雄師，但是南方水網密布，要想攻略吳國，必須要熟悉水戰。南船北馬，華夏國雖然有百萬雄師，也不足以懼怕。只要想法擊敗華夏國一直為之依賴的海軍，華夏國就無法渡過長江天險！」

孫權聽到周瑜如此慷慨激昂的話語，心中是一陣澎湃，但是他的臉上還是浮現出擔心之色，因為他聽說華夏國海軍強大的程度遠遠超過吳國的水軍，而且華

夏國還有一種很厲害的武器，正是有了這種武器，華夏國的軍隊才所向披靡，戰無不勝。可惜的是，吳國到現在也研究不出來那到底是什麼武器，在軍事上永遠的低華夏國一頭。

周瑜目光犀利，看到孫權還沒有堅決的信心，因為如果華夏國真的想發動滅吳之戰，根本不需要什麼藉口，所以，周瑜一直很擔心華夏國會對吳國不宣而戰，那樣的話，對一個還未曾準備好迎接戰爭的實際領導人，可能會直接導致這場戰爭的失敗。

他不敢操之過急，當即抱拳道：「大王，臣斗膽請大王明日在拜祭先王之後，隨臣去狩獵，到時候，臣有一項禮物要交給大王，有了這個禮物，大王就不必再怕華夏國了。」

孫權很感興趣地道：「現在不能拿出來看看嗎？」

「必須明日，夜深了，臣不打擾大王了，臣告辭！」

說完，周瑜轉身便走，沒回驛館，而是去了城外關押孫策的囚牢翰林院。

周瑜坐在關押孫策的囚牢邊上，看著孫策用手撿起地上的食物吃得非常開心，他的心裡如同錐刺。

「陛下，當年如果陛下肯聽臣的話，堅持拿下武陵城，不用武陵城換取孤懸海外的夷州和朱崖州，也許陛下就不會變成這個樣子了。一切的罪惡都在高飛一人，是他巧舌如簧地說服了陛下，臣遲早會找他算帳的！陛下，宋王雖然可以接任帝位，可是宋王的性格卻不夠堅強，如果和華夏國開戰，恐怕朝中那些投降派會蠱惑宋王，一旦宋王投降，那吳國就徹底完了，所以，臣準備在明日鋌而走險，讓宋王把陛下的堅決和剛毅謹記心中。陛下，如果這之間會讓宋王受傷的話，還請陛下原諒臣的做法，臣這樣做，也是為了吳國著想啊……」

說也奇怪，周瑜坐在那裡，孫策不鬧也不折騰，只是靜靜地聆聽著周瑜的話語，眼神中卻透過一絲異樣的光芒，轉瞬即逝，在和周瑜的目光短暫碰觸後，便急忙低下了頭。

蓬鬆的長髮遮住了孫策的臉，一股濕濕的液體順著孫策的臉頰慢慢地滑落下來，只是，這一細微的異樣，周瑜看不到，其他人更加的感受不到。

孫策轉過身子，斜躺在地上，背對著周瑜，心裡暗暗地想道：「公瑾，按照你想的去做吧，朕不會怪罪你的，也請原諒朕欺騙了你，更欺騙了所有人……」

滾燙的血液在孫策的體內流淌著，兩年半的時間裡，**他欺騙了所有的人**。其實，他的失心瘋早已經在兩年半前就好了，只是他心裡還存著對愛妻的愧疚，始終無法釋懷。

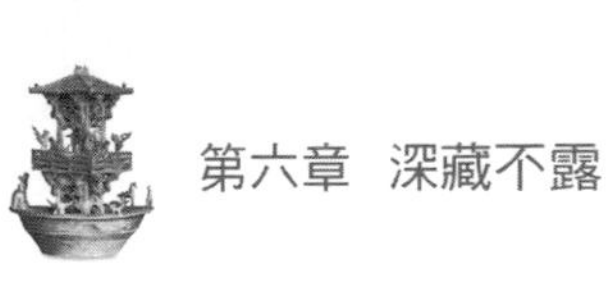

兩年半的時間裡，他一直在默默地裝瘋，在這段時間裡，也讓他思考了很多事，他想起父親孫堅的臨終遺言，想起高飛曾經和他說過的一切，慢慢地，他的心扉較之以前更加的寬廣，只是，他沒有想通最後一件事，這件事困擾了他許久，只要一想通這件事，他就可以出去了。

也許，**天下將在他想通這件事後，畫上一個圓滿的句號。**

到了三更天時，周瑜這才離去。孫策看著周瑜遠去的背影，心中也不禁多了一絲惆悵。

待周瑜離開後，孫策站了起來，雙手背在後面，恢復了正常，對守衛在囚牢邊上的一個小將喊道：「公禮。」

那個叫公禮的小將叫孫韶，身長八尺，面容俊朗，本姓俞，在征伐夷州時屢立奇功，被孫策看中，正好孫策膝下無子，便將他收為義子，並且賜姓孫。

孫策發瘋後，孫韶便自告奮勇的要求前來看護，一來照顧孫策的飲食起居，二來他的武力過人，曾經得到過孫策的肯定，所以必要時可以制服發瘋的孫策。

孫韶聽到孫策的叫聲後，立刻走了過來，打開牢籠，跪在地上，拜道：「父皇有何吩咐？」

「給我紙筆，我要寫一封密信，然後你派人送給呂範。」

孫策恢復正常的事，只有孫韶及孫韶的親隨知道，所以牢籠附近這一百名精壯守衛都可算是孫策的親信，自然會對孫策恢復神智的事守口如瓶。

孫韶點點頭，讓人拿來紙筆，然後交給孫策。

孫策提筆，洋洋灑灑的寫了一封密信，然後交給孫韶，吩咐道：「記住，親手交到呂範的手中，此事只有他可以勝任。」

「諾！」

孫韶塞入懷中，抱拳道：「陛下放心，兒臣定然會不負聖望。」說完，孫韶便站了起來，對部下說道：「好生伺候陛下洗漱，我去去便回。」

於是，孫韶出了翰林院，騎上一匹快馬，立刻朝建鄴城中而去。

孫韶是孫策養子，這是人盡皆知的事，所以所過之處無人敢攔。

孫韶順利進入建鄴城中後，已經是四更天了。他二話不說，騎著快馬便去了平南侯府。

「開門，快開門！」

孫韶雖然非孫策親生，但是脾氣和孫策非常相似，一到平南侯府，便大喊大叫的。

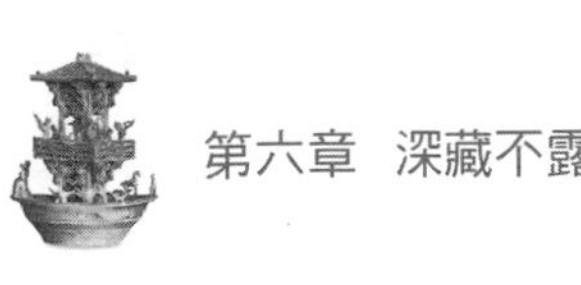

「深更半夜的，誰啊？」府中看門人打了個哈欠，不耐煩地說道。

當看門人將門打開之後，孫韶立刻闖了進去，叫道：「平南侯，平南侯……」

呂範正在睡夢中，聽到外面有人大喊大叫的，便穿上衣服出了門，剛好看見孫韶走了過來，急忙問道：「你不是在守護陛下嗎，怎麼跑到我家來了？是不是陛下出什麼事了？」

孫韶話不多說，當即從懷中掏出一封密信，交給呂範，說道：「平南侯速請過目！」

呂範二話不說，當即打開那封信，當看到那熟悉的字體時，他的心中已經隱約猜到了什麼，之後匆匆流覽一遍後，整個人感到吃驚不已，對孫韶說道：「這封信是……」

「平南侯猜測的沒錯，這封信確實是陛下親筆所寫。現在陛下有事求助於平南侯，平南侯是陛下心腹，理應為陛下保守這個秘密。」

孫韶雖然不知道心信中寫的是什麼，但是他能猜測的出來，孫策會寫這封信給呂範，就足以證明呂範是可以充分信任的人。

呂範當即將書信收了起來，對孫韶說道：「你回去轉告陛下，就說呂範將竭盡全力完成此事，定然不會辜負陛下的一番重託。」

孫韶點點頭，轉身便走，隨後呂範也開始穿衣，交代府中人一些事情後，便徑直出了建鄴城，朝曲阿趕去。

第七章

將門虎子

周瑜道：「大王，他叫凌統，是臣手下虎將凌操之子，年紀雖輕，卻極有膽略，可謂是將門虎子。另外九名也是臣豢養的勇士，今日臣便將此十勇士託付給大王，讓他們護衛在大王的左右，定然能夠保護大王安然無恙。」

東方露出魚肚白的時候，沉寂的夜晚開始漸漸蘇醒過來，建鄴城也變得喧囂起來，但是今天，是一個很特別的日子，是孫堅的忌日。

為了這一天，整個建鄴城上上下下、裡裡外外都掛起了白色的布幔。

辰時三刻，孫權開始主持祭拜大典，全城的百官全部到孫堅的陵墓那裡去祭拜，可是，誰也沒有注意，在遙遠的邊緣地帶，一個士兵打扮的人卻是淚流滿面，只在那個場合中出現了一小會兒，便立刻抽身而去。

上午祭祀完畢後，到了下午，周瑜便和孫權按照約定去狩獵，只是，此次帶的隨行人員很少，不過是程普、黃蓋、韓當、祖茂、孫河、朱桓等人罷了。

狩獵場上，周瑜取下身上背著的大弓，遞給孫權，道：「今日狩獵，我與大王賭上一局，看誰射中的獵物多，如何？」

孫權雖然沒有打過仗，但是卻很喜歡打獵，周瑜投其所好，他自然欣喜。加上孫權自詡箭法高超，便道：「好，公瑾若是輸了呢？」

「臣若是輸了，便將臣所統領的十五萬兵馬的兵符獻給大王，如何？」

周瑜深知孫權忌憚他手握重兵，此言一出，他便注意到孫權的臉上閃過一絲喜色。

孫權很有自信地道：「一言為定，公瑾就等著把兵符交給本王吧。」

「可是，如果大王輸了呢？」周瑜問。

孫權想了想，道：「那本王就把全國兵馬盡皆交給公瑾指揮，統一調度，公瑾以為如何？」

周瑜道：「臣無異議，在場的諸位將軍、大人可來個見證，但是今日打獵，不能讓任何人跟隨，只能是臣和大王，只有如此，才能彰顯出真正實力。」

孫權正在興頭上，當即道：「一言為定。」

周瑜當眾朗聲說道：「大王一言九鼎，在場的人都聽好了，今日狩獵，你們只需在此等待，我和大王進入獵區即可。」

程普、黃蓋、韓當、祖茂等人都沒有說什麼，但是朱桓聽後，頗有微詞地道：「不行，大王身邊怎麼能夠沒有人保護呢，萬一有個什麼閃失，這個責任誰擔得起？」

「既然如此，那麼就請朱將軍一同隨行，只需遠遠跟在大王身後即可。」周瑜道。

朱桓道：「如此最好。」

說完，周瑜和孫權便一起向前策馬而出，朱桓遠遠地跟在後面。

一開始，周瑜、孫權互不相讓，兩馬並行，射中兔子、獐子等物，但是越進

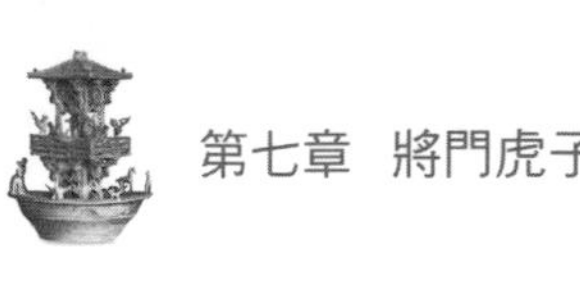

入叢林深處，所見到的獵物便越加難獵。

孫權手執弓箭，騎在馬背上，忽然看到正前方一隻麋鹿經過，心中一喜，當即便搭弓射箭，可惜那麋鹿警覺得很，箭矢未到便已經跑走。

孫權一箭未中，又連發兩箭，結果三箭都沒有射中，這下子可惹惱了孫權，憤恨之下，便追著那頭麋鹿而去。

周瑜和孫權相距不遠，初開始見孫權射中一隻獵物，他也射中一隻，始終和孫權所獵的數目持平，此時見孫權憤怒之下，欲追麋鹿而去，他的臉上卻浮現出一絲笑容，對孫權道：「大王，看我射之！」

言畢，周瑜張弓搭箭，不慌不忙地瞄準了那頭逃跑的麋鹿，然後測好距離，只聽見一聲弦響，一箭便飛了出去，正中麋鹿頭部，麋鹿當即倒地，掙扎片刻便即死去。

孫權見周瑜箭法精準並不在他之下，恨恨地說道：「有什麼好炫耀的，不過是一隻麋鹿而已，且看本王去獵更多的麋鹿。」

周瑜道：「大王且慢，此地並非皇家圈起的狩獵場，叢林深處，只怕會有虎狼等凶猛獵物出沒，為了大王的安全，還是請大王回去才是……」

「你是小看本王嗎？」孫權不聽，駕的一聲，便朝叢林深處跑了過去。

朱桓在後面跟著，路過周瑜時，指責道：「大都督，你這樣做，到底是何用意？」

周瑜正色道：「朱將軍旁觀者清，倒是**看出了我的激將法**，不過，我還需言語一聲，此事與朱將軍無關，一會兒不管大王遇到了什麼危險，朱將軍都請不要插手。」

「什麼?你說的這是什麼話，萬一大王有個什麼閃失……」

「周瑜願意一力承擔，朱將軍請放心，我心中有數，不會出什麼意外的！」

朱桓冷哼了一聲，急忙策馬而去，追隨孫權之後。

周瑜笑了笑，朝著不同的方向而去，漸漸地和孫權、朱桓失去了聯繫。

他快馬奔馳到一個山坡的後面，登上山坡後，便從懷中拿出一面紅旗，然後在山坡上奮力的揮舞。

這山坡雖然不太高，卻是整個叢林地勢最高的地方，站在上面揮舞著紅旗。

此次周瑜隻身一人抵達建鄴，名義上如此，實際上卻暗中帶了十個勇士，十個勇士都在暗中保護著周瑜。

密林深處，一個只有十四五歲的少年看到周瑜揮動了紅旗，便立刻對身旁的九個人說道：「大都督已經發來信號了，可以行動了。」

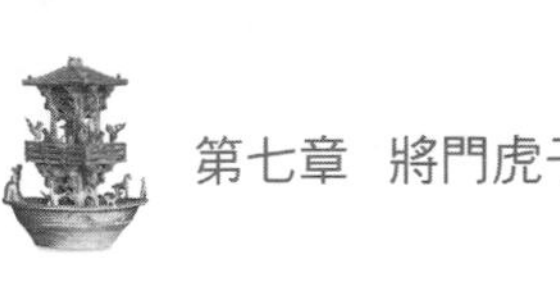

於是，十個人從一個山洞裡放出兩頭花斑猛虎，老虎之前被十個人逼到洞穴中整整一夜，現在是又累又餓，十個人一離開，兩頭花斑猛虎立刻出了洞穴，饑餓之下，便開始發出咆哮的聲音。

孫權、朱桓正一前一後尋找更大的獵物，忽然聽到山林中有幾聲虎嘯，距離他們很近，座下戰馬立刻慌亂起來。

孫權、朱桓好不容易才穩住了座下戰馬，卻在這時聽到叢林中傳來沙沙的聲音，座下戰馬也躁動不安，就在這時，忽然從灌木叢中竄出來兩頭花斑猛虎。

兩頭花斑猛虎一前一後，張牙舞爪，豎著尾巴，向孫權、朱桓撲來。虎尾掃擊著灌木叢，刷刷亂響，震得木屑四濺。

孫權、朱桓還沒有做出任何反應，座下戰馬出於畏懼心理，立刻便將孫權和朱桓給掀翻下來，讓兩個人重重地摔在地上。兩頭猛虎同時「嗷」的一聲，瞬間便撲上那兩匹戰馬，咬著戰馬的脖子將戰馬咬死了。

孫權、朱桓從地上爬起來後，同時抽出佩刀，朱桓橫刀擋在孫權的前面，對孫權道：「大王快走，我來對付這兩隻孽畜！」

孫權第一次遇到如此危險的情況，整個人已是面如土色了，手中的古錠刀也開始微微發顫，看著那兩頭猛虎在咬死戰馬之後並未滿足，而是虎視眈眈地看著他，他的心裡充滿了恐懼。

「孽畜！」

朱桓以攻為守，揮刀砍向其中一頭猛虎，那猛虎也朝他撲了過來，朱桓身子向後一揚，舉起手中的鋼刀便直接插進猛虎的下腹，刀刃鋒利，瞬間便出現一個長長的口子，劃破老虎的肚皮，鮮血直流，將朱桓染成了一個血人。

這邊朱桓格殺了一頭猛虎，那邊的孫權卻沒有那麼幸運，其中一頭猛虎在朱桓去殺虎的時候便見縫插針，呲牙咧嘴的朝孫權撲了過去。

孫權手持古錠刀，但是卻無法發揮作用，只好躲閃一邊。老虎一撲撲空，更加憤怒，又是「嗷」的一聲巨吼，尾巴朝著孫權一掃，直接抽打在孫權的手背上，孫權手背上瞬間出現一個血痕，一時疼痛下，拿捏不住手中古錠刀，竟然掉落地上。

這時，猛虎瞅準時機，直接張開血盆大口便朝孫權咬了過去。

孫權嚇得不輕，立刻大叫一聲：「啊——」

朱桓在另外一側，見到此種情況，當即將手中鋼刀投擲出去，想斬殺猛虎，可惜還是慢了一步，鋼刀和猛虎失之交臂，只能眼睜睜地看著猛虎撲向孫權，他急忙大叫道：「大王……」

說時遲，那時快，就在這電光石火間，叢林後面突然露出一張臉來，一個十四五歲的少年挽弓搭箭，箭矢迅疾地朝著猛虎的頭部射了出去，一箭射中猛虎的眼睛。

「嗷——」

猛虎疼痛難忍，淒慘地叫著，落在孫權的面前，與孫權相距咫尺，還欲掙扎，又是一箭射來，將猛虎的另外一隻眼睛給射瞎了。

「嗷——」

猛虎疼痛難忍，忽而發狂，伸出前爪抓向孫權，眼看即將抓到，不料那名少年一把從孫權身後將孫權給拽了出來，在地上滾了兩滾，方才遠離了猛虎的威脅。

「大王，殺了那老虎！」周瑜策馬趕來，看到孫權失神落魄的樣子，略微有些失望，但還是指著猛虎叫道。

孫權瞪著那奄奄一息的老虎，耳邊響起的是老虎淒慘的哀嚎聲，他驚魂未定，一時間竟然愣在那裡。

「公績，把大王的古錠刀撿起來，親手交到大王的手中，讓大王手刃猛虎！」周瑜見孫權沒有動彈，厲聲叫道。

「我來！」

朱桓握緊自己的佩刀，徑直走到猛虎身邊，跨在猛虎的身上，將刀尖向下，準備將刀尖一下子插在猛虎的頭上。

「放肆！」

周瑜盛怒之下，大叫一聲，一支羽箭便射了出去，箭矢不偏不倚的射中朱桓的刀刃，發出「叮」的一聲脆響。

與此同時，叫公績的少年猛然向前撲去，直接將朱桓給撲倒在地。

不遠處，雜亂的馬蹄聲紛沓而至，程普、黃蓋、韓當、祖茂、孫河等人盡皆帶著軍兵趕了過來，眾人在遠處聽到有虎嘯聲，擔心孫權、周瑜等人的安危，便急忙策馬奔馳，順著聲音找了過來。

眾人抵達之後，看到這裡基本上已經沒有什麼大礙了，但是卻多出十個體格強壯的勇士，皆手持利刃，程普等人以為是刺客，急忙下令道：「拿下！」

士兵未動，周瑜已經策馬來到孫權的面前，聽到程普下令，立刻叫道：「且慢，這些人都是我的屬下，是負責保護大王的，諸位將軍不必慌張！」

話音一落，周瑜翻身下馬，指著那奄奄一息的老虎，對孫權道：「大王，如今躺在你面前的這頭老虎，就好比是當年殺死先王的劉備，試問大王，仇人躺在

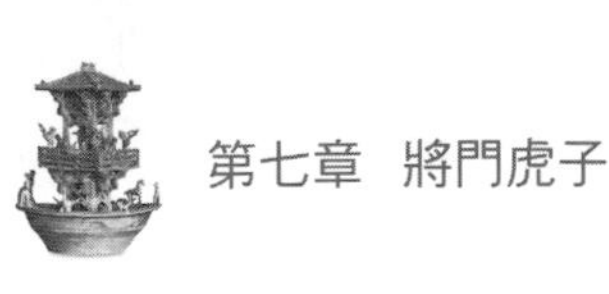

你的面前，你會如何做？」

孫權皺起了眉頭，他喜歡狩獵，可是射殺的都是些沒有攻擊性的動物，每次去狩獵場，士兵們早已把猛獸毒蟲驅趕走，生怕孫權會遇到什麼危險。這回孫權第一次遇到危險，作為一個從未上過戰場的人，他自然表現不出父親、兄長的那種剛毅勇猛之色。

可是，當孫權聽了周瑜的那句話後，心中立即生出極大的仇恨，雖然他沒有見過劉備，但是他將老虎想像成自己的殺父仇人，緊緊地握著手中那把古錠刀，猛地把刀子插在老虎的頭上。

古錠刀鋒利無比，老虎「嗷」的慘叫一聲，便一命嗚呼了。

「父王，我為你報仇了！」

孫權拿著父親孫堅留下來的古錠刀，臉上濺上了一滴血，剛剛殺過猛虎後的他，心裡還是久久不能平靜。

「大王威武！大王威武！大王威武……」周圍的將士們紛紛高呼起來。

孫權像是在戰場上打了勝仗一樣，心裡有種異樣的情懷，他望著周瑜，見周瑜的臉上露出一抹淡淡的笑容，忽然明白了什麼。

他拉著周瑜的手，滿臉感激地說道：「大都督，我終於明白你今天為什麼要我來打獵了，我沒有父兄的那種剛毅之勇，你是想通過此事磨練我，對嗎？」

周瑜笑而不答，扭頭對身後的那個少年說道：「公績，你過來。」

那個叫公績的少年走了過來，抱拳道：「大都督有何吩咐？」

周瑜一手拉著公績，對孫權說道：「大王，他叫凌統，是臣手下虎將凌操之子，年紀雖輕，卻極有膽略，可謂是將門虎子。另外九名也是臣豢養的勇士，今日臣便將此十勇士託付給大王，讓他們護衛在大王的左右，定然能夠保護大王安然無恙。」

孫權聽後，看了凌統一眼，點點頭，對周瑜道：「大都督如此大禮，本王定然會好好珍惜。」

周瑜見孫權並非膽怯之人，只是從未經歷過這樣的事情，便道：「大王以後還需要多多射虎才行，一來磨練意志，二來可以鍛煉殺伐之術。先王和陛下都是以武立國，今後雖然不用大王上陣殺敵，可是只有性格堅強的人，才足以扛起吳國的基業。」

孫權聽後，覺得甚為受用，便拉著周瑜的手不再鬆開，對眾人說道：「回京，本王要好好的宴請大都督，此番大都督的一番苦心，本王算是見識到了。大都督，今後吳國兵馬，本王要盡數交給你指揮，替本王外禦強敵，內安百姓……」

「多謝大王。」周瑜也不客氣，抱拳謝道。

他的臉上雖然沒有顯現出什麼來，可是在他的心裡，卻是開心不已。他這麼做，可謂是**一舉兩得，一來可以增強孫權剛毅的性格，二來使得自己可以手握全國兵馬，一旦孫策好轉起來，他就可以將兵馬盡數交到孫策手中。**

可是，孫權也並非傻子，怎麼會不知道周瑜的用心，但是他還是順水推舟，成全了周瑜，可見他已經取消對周瑜的懷疑，變為依賴周瑜了。放眼吳國，孫權確實也只能依賴周瑜了。

隨後一行人便回到建鄴，孫權熱情地招待了周瑜。

與此同時，呂範帶著孫策的密信來曲阿，向沿江守將要了一條小船，送他過江。

深夜，呂範乘坐的船隻剛剛駛到江心，便被華夏國在江上巡防的船隻攔截住。

艦船上，橫江將軍令狐邵站立在船頭，大聲喝道：「將可疑船隻拿下！」

呂範急忙叫道：「我是吳國平南侯呂範，有要事要面見你們虎衛大將軍，煩請通報一聲。」

令狐邵聽後，見船上除了艄公、舵手、水手之外，只有呂範一人，並未藏有私兵，便讓人將呂範接到自己的戰艦上，然後對捕獲的船隻說道：「速速退回南岸，華夏國海軍重地，不得私自闖入，否則格殺勿論。」

送呂範來的船急忙調轉船頭，朝南岸駛去。

令狐邵轉過身子，見呂範一身墨色長袍，白面青鬚，禮貌地抱拳道：「原來是平南侯，失敬失敬，只是不知道平南侯深夜乘船到此，所為何事？」

呂範急忙道：「此事事關重大，我必須要見到你們大將軍才可以說出來。」

令狐邵見呂範隻身一人，便點了點頭，對艦船上的傳令官道：「傳令其他船隻繼續巡防，本將送平南侯上岸。」

江都城裡。

定國公、虎衛大將軍甘寧正在府中與鎮東將軍、東陽侯臧霸商議如何調度軍隊，又要將軍隊布置在何處之事，忽然聽來人報說吳國平南侯呂範隻身一人前來，已經到了城門口，兩人不禁對視了一眼。

「吳國的平南侯呂範是吳國皇帝孫策的心腹，和周瑜、魯肅、顧雍等人一同

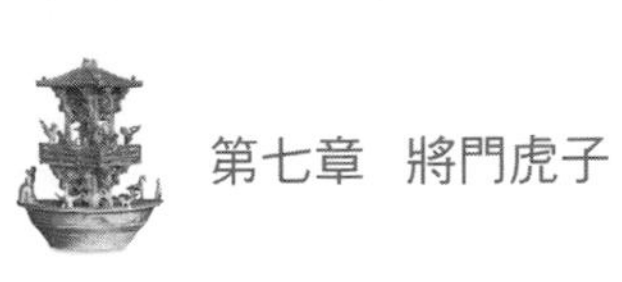

受到重用，此時怎會突然深夜到訪？莫非吳國細作已經潛入我國，探明我們正在積極調兵遣將準備吞沒吳國的事，想來討個說法？」甘寧狐疑地道。

臧霸搖搖頭道：「此事乃是紅旗特使傳令，所有軍隊的調度都經過皇上的聖旨，並且是暗中調動，對外謊稱是部隊換防，此事機密非常，即使朝中大臣也未必知道，他們又是如何知道？我看呂範此來，必然是另有他事，莫不是吳國皇帝突然暴斃而亡，前來報喪？」

「吳帝正值壯年，怎麼會突然暴斃呢，不管他了，既然來了，姑且聽他怎麼說。」甘寧反駁道。

臧霸點點頭，當即和甘寧收拾起兵力分布圖，然後等候在府衙的門口，並且讓人張燈結綵，作為歡迎之狀。

江都自從被選為華夏國的海軍基地之後，經過許多年的發展，在今年年初被裁定為府，由原來的小小縣城升為了府，但是此地因為是軍事基地，所以江都城一帶很少有老百姓出沒，這裡是繼華夏國天津港之後的又一大海軍軍事基地，其意義非常重大，乃是攻伐吳國的前線陣地。

呂範被令狐邵的部下一路送到江都城裡，抵達府衙門口之時，便見甘寧、臧霸率領眾多將領已經等候在那裡了，顯得很是隆重。

「平南侯深夜造訪，倒是讓這裡蓬蓽生輝啊，本府已經讓人備下了酒宴，平南侯快裡面請。」甘寧笑臉相迎，將呂範迎入了府衙大廳。

呂範坐下之後，見只有甘寧和臧霸陪同，周圍站著還有一圈將士們，他看了甘寧一眼，淡淡地道：「大將軍，我有非常重要的事情要說，能否請大將軍摒退左右？」

甘寧擺手道：「不必，這些都是本府的心腹，而且臧將軍也是我的左右手，沒有什麼事情不能說的。平南侯深夜到此，必然是有要事，還請但說無妨。」

呂範點了點頭，道：「我是受陛下秘密派遣而來的，算是陛下的特使，想托甘將軍引薦一下，去洛陽覲見你們的皇上。」

聽呂範說得如此嚴重，臧霸插話道：「原來是想覲見皇上啊，此事甚為容易。只是平南侯身為特使，為何不直接正大光明的組成使團去洛陽，非要經過這裡呢？平南侯此種做法，未免讓人產生諸多疑問啊。」

呂範道：「請兩位恕罪，此事關乎兩國的盟好關係，也關乎兩國之後的命運，我受陛下所託，不見到貴國皇上，是絕對不會輕易放棄的，還請兩位見諒。」

甘寧道：「既然如此，那本府明日便安排平南侯去洛陽，今夜就請暫時歇息一下吧。平南侯，請用餐。」

七天後。

吳國的平南侯呂範被甘寧派人秘密送到了華夏國的首都洛陽，華夏國的禮部官員先把呂範安置在驛館，然後將呂範抵達的消息傳達到高飛的耳朵裡。

皇宮大殿內，高飛正在和內閣大臣商議如何調兵遣將，派哪部分的兵力到東南，又如何調集糧草之事，以為之後的滅吳之戰做好準備。

對高飛來說，**統一勢在必行**，不管諸葛亮能否讓吳國先撕破臉，他都要在今年發起進攻，此事宜早不宜遲，再拖延下去，只怕吳國的實力會一步步的增強。

「皇上，禮部尚書國淵說有要事求見。」大殿外，衛尉高橫抱拳朗聲說道。

「讓他進來。」高飛聞言道，同時對參與會議的內閣大臣道：

「江都府有甘寧和臧霸，汝南有黃忠和文聘，江夏有張遼和諸葛亮，江陵有高麒、諸葛瑾、陳到，武陵有張郃、司馬朗，此五個地方都是險要之地，如果真要開戰，五個地方便會同時進攻，對吳國發起滅吳之戰。屆時，甘寧、臧霸以江都之兵強攻曲阿，直逼吳國首都建鄴，黃忠、文聘率部攻打廬江；高麒、諸葛瑾、陳到、張遼、諸葛亮率部攻打吳國水師所在的潯陽、柴桑兩地，張郃、司馬朗則盡起武陵之兵，攻打荊南三郡，諸位認為如此布置如何？」

荀攸首先道：「臣以為，如此五路齊攻必然萬無一失，只是壽春這一帶是吳國的最前線，如果我軍盡數出擊，壽春之兵會不會趁機偷襲我軍？」

「公達擔憂的不無道理，但是壽春是一座堅城，吳國名將黃蓋、韓當輪番駐守，此地一直是我國的心腹大患，是在長江以北的唯一一座城池，顯得極為突兀，但是朕早有安排，壽春城就交給高麟的龍鱗軍去應對，以龍鱗軍的戰力，必然能夠拿下此座堅城。」高飛道。

龐統道：「皇上，武陵城兵少，臣以為張大將軍在拿下荊南三郡雖然綽綽有餘，可是如果要再進攻交州等地，只怕會略顯得有些兵力不足。益州近年來在知州黃權的治理下一年比一年安定，駐守當地的也都是蜀軍，張任等人也都是出色的將領，不如命令張讓等人率蜀軍進攻交州，六路大軍齊下，吳國總兵力不過三十餘萬，必然首尾不能相顧。」

「嗯，士元倒是說出了朕謀略中的不足之處，可以直接給張任發密令，讓他率軍做好攻擊交州的準備，另外讓黃權儘量安撫南中一帶的蠻人，朕只怕蠻兵會趁著蜀地虛弱從而生出歹心。」高飛擔憂道。

郭嘉道：「皇上，臣有一計，可以使得蠻兵為我軍所用，並且達到攻占交州削弱蠻兵的舉措。」

賈詡笑道：「奉孝莫非是想雇傭蠻兵為我軍打仗？」

「正是。前者皇上曾經雇傭東夷兵屯駐靈州一帶，既削弱了東夷在東部的威脅，又增強了西北的兵力，確實是一舉兩得。如今，北方的遊牧民族以及東部的夷人盡皆併入我華夏國，皇上更是以大批的遷徙賜予土地的舉措讓這些胡夷逐步漢化，成為開墾邊疆的一支農墾大軍，增加了國中糧食的產量，使得華夏國的國力蒸蒸日上，為何不能讓南蠻也如此做？」郭嘉建議道。

高飛聽後，讚道：「此計甚妙，只是南蠻雖然表面臣服於我華夏國，實際上卻相對獨立，加上南蠻大多生活在山林當中，生性野蠻，如果沒有一位使得蠻人信服的人出面的話，只怕很難說服南蠻入伍為我軍打仗。」

「此事易耳，諸葛孔明曾經有一心腹叫沙摩柯，乃是五溪蠻王，在南蠻中也是極有威望之人，皇上可以派遣他去南中，必然能夠徵召一支蠻人大軍，然後許以諸多好處，自然就可以為我軍所用，達到皇上的目的。」一直沒有說話的司馬懿道。

高飛點點頭，拍案道：「那就這樣辦，田丞相，另外讓戶部做一份預算，準備雇傭十萬南蠻軍。」

「十萬？皇上，這恐怕又是一筆不小的開支啊，如今我華夏國雄兵百萬，每年的軍費開支已經占到每年賦稅收入的四成，為了打這一仗，微臣做過預算，軍費整整增加了一倍，也就是說，為了滅吳之戰，動用的軍隊足有八十萬之眾，軍費已經占到賦稅收入的八成了，如果再雇傭十萬南蠻軍，只怕今年的財政就要超支了。這樣一來，今年用在興修水利、鋪設道路、興修學校等基礎設施的財政預算就要大大減少了。」田豐擔心地說道。

高飛想了想，道：「田丞相說得也不無道理，只是滅吳之戰勢在必行，朕以八十萬大軍攻吳，在攻擊前，朕必然會先下一份戰書，如果吳國肯投降，那麼這場戰爭就可以化解，如果不投降，就必須攻滅之，**此乃統一大業，朕必須要完成，結束這戰亂紛爭的亂世，從而開創一個全新的盛世**。今年的預算如果超支了，就從這些年來儲備的金庫中抽出一部分，只要滅了吳國，便可一勞永逸。」

「皇上的意思，臣明白了，那臣就照皇上的意思辦，重新讓戶部書寫一份財政預算，然後交給陛下審閱。」田豐道。

「嗯，今天就到此為止吧，樞密院制定兵力分布圖以及戰略圖，參議院制定財政預算，兩日後再來開會。」高飛道。

「臣等告退！」在座的內閣大臣紛紛起身，齊聲告退。

高飛對賈詡道：「國丈，你留下，其他人都散了吧。」

這邊眾人離開，那邊國淵才被高横帶到殿前，國淵見內閣大臣散去，便立在一旁，靜靜地等候，讓出道路，客氣的施禮。

等到內閣大臣都退出大殿，國淵徑直進了大殿，然後朝高飛拜道：「臣禮部尚書國淵，叩見皇上。」

「起來說話。國尚書，聽衛尉說，你有要事找朕？」高飛收拾著桌上的地圖，親切地道。

國淵站起身，道：「啟稟皇上，吳國的平南侯呂範隻身一人秘密來到京城，現在正被安置在驛館中，是定國公、虎衛大將軍派人送來的，而且臣也見了平南侯，他只說要面見聖上，並且說身兼重要使命，可能關乎到我國和吳國以後的命運，臣不敢耽誤，便立刻前來稟報，請皇上定奪。」

「呂範乃是孫策的心腹，孫策待他並不亞於周瑜，平定山越、征服交州的士燮聽說呂範居功靠前，所以才被封為了平南侯。他不組成使團大張旗鼓的出使，反而是隻身一人秘密前來，肯定有要事。國尚書，你在前面帶路，朕隨你一起去驛館見呂範。」高飛細細地分析道。

「臣遵旨。」

高飛扭頭對賈詡道：「國丈，你隨我一同前去。」

賈詡道：「是，皇上。」

於是，高飛帶著賈詡、國淵一同出宮，祝公道、祝公平兩個人隨行侍奉。

華夏國的國賓館內。

呂範受到了隆重的招待，這裡是華夏國的最高驛館，一般都是接見外賓的地方，四方蠻夷的王貴以及吳國的使臣來到華夏國的京城，大多都在此地下榻。

一個國家的禮儀如何，往往就會顯示出一個國家的實力如何，高飛是現代人，自然知道這一點，所以專門設立國賓館，作為禮部的辦公地點，也是作為接待外賓的最高場所。

不過，並不是任何外族、外國使者都可以進入國賓館的，除了吳國之外，像烏丸、南匈奴、東夷、大宛、烏孫、鄯善、于闐、疏勒這些族的王貴才可以進入，而像鮮卑、西羌、北匈奴的王貴則沒有資格進入國賓館，原因是這三族容易反叛，給華夏國帶來不少災難，再如倭國人，就更加沒資格了。

雖然華夏國廢除了奴隸制，但是在對倭人的問題上，高飛則是加倍打擊，讓倭國的男人成為永久的礦工，女人成為華夏國的女奴，沒有任何的政治權力。

自從甘寧征服倭國後，高飛用了一年的時間將倭國諸島上的人全部遷徙到大陸上來，在東北礦帶上挖礦，女人則遷徙到青州、徐州、兗州一帶就地為奴。而倭國則留作海外基地，並且留下預備役駐守，成為訓練海軍的一個訓練場所。

國賓館內，呂範焦急地等待著，坐立不安，他此時身上帶著孫策交託的任務，無論如何都要完成此任務，並且要儘快回去覆命。

正當呂範急得在那裡踱步時，忽然聽到有人敲門，他急忙走去開門，當門打開之後，便看到高飛站在門口，身後是賈詡、國淵兩個人，他的臉上立刻轉憂為喜，急忙給高飛行跪拜之禮，朗聲道：「外臣呂範，叩見大皇帝陛下！」

高飛親自將呂範扶起，一臉笑意地說道：「平南侯快請起，朕一聽說你來了，便立刻出宮來見，平南侯如此匆忙的到來，可是有什麼要事嗎？」

呂範看了看高飛身後的眾人，說道：「陛下可否摒退左右？」

高飛呵呵笑了笑，然後對呂範說道：「平南侯，你要跟朕說的事，朕遲早也會跟這些大臣說，既然如此，早一天讓他們知道，和晚一天讓他們知道，又有什麼區別呢？」

呂範道：「既然如此，那外臣就直言不諱了。」

高飛先入為主，在一張椅子上坐下之後，便指了指身邊的座椅，對呂範說道：「平南侯請坐，諸位大人也請坐，我們慢慢聊。」

呂範、賈詡、國淵、祝公道、祝公平等人紛紛坐下，然後呂範便道：「大皇帝陛下，外臣是奉了皇命而來，主要是想和大皇帝陛下談一下華夏國和吳國的未來……」

高飛來了興趣，但是臉上平靜如常，道：「哦，那朕要洗耳恭聽了，平南侯請說吧。」

呂範當即從懷中拿出密信，遞給高飛，緩緩說道：「此乃我主交給陛下的一封密信，說要陛下親自拆開，外臣前來華夏國面見陛下，所為之事，盡皆在此密函當中，請陛下過目。」

高飛接過密信，取出信箋，竟是一件上等的絲綢，而信上筆跡居然是人血，這是一封血書。

呂範看到高飛拿出這封血書後，也是眉頭一皺，不想皇帝陛下居然用自己的血來寫，可見信中內容的重要性，也怪不得會讓他即刻趕赴華夏國，秘密抵達洛陽了。

賈詡、國淵、祝公道、祝公平等人也是一陣狐疑，究竟是什麼事要急到寫血書不可，關鍵是對方還是一國的皇帝。

高飛將血書打開，一字一句很認真的看，但見上面寫道：

「伯符吾兒，為父傷勢過重，深知將不久於人世，臨終泣血相告，為父死後，江東就託付給你了。然而有件事你並不知道，當年天下諸侯共同討伐董賊，為父與高子羽曾經暗中定下盟約，我南他北，消滅群雄後，便將所控勢力合二為一，共同輔佐漢帝，成就豐功偉績。然而事情的發展卻超乎了為父的預料，子羽見識超凡，雄心萬丈，並非能屈居人下之人，日後必然會稱帝於天下。

「為父死後，估計十年之內東吳和北燕不會有事，但若是十年之後東吳面臨北燕的危險之時，請記住為父一句話，千萬不要和北燕為敵。北燕和東吳能夠合二為一，實現子羽所言，才是上善之策。為父也查過史記，才知道在春秋時召公、周公二相行政，號曰『共和』已有先例。如果兩家不能順利合二為一，你便向北燕俯首稱臣，這樣做，就等於保住孫氏全族，也等於保護了江東百姓不再受苦。孫氏一脈，全繫於你一身，請兒切記。」

看完這封血書後，高飛覺得自己的心像是被重錘狠狠地敲擊過一樣，昔日和孫堅共同盟誓的畫面也展現在他的眼前。**孫堅對自己真誠無比，自己卻總是在利用孫堅，不禁讓他覺得自己很卑鄙。**

賈詡看到高飛的臉上起了變化，似乎多愁善感起來，生怕高飛又生出婦人之心，忙提醒高飛道：「皇上，如今箭已在弦上……」

高飛聽到賈詡的話，回過神來，將血書塞入信函中，冷笑一聲，道：「平南侯，你主讓你拿這封血書給朕看，朕想，他一定有什麼話要說的吧？」

呂範雖然不知道那封血書寫的是什麼內容，但是孫策讓他來幹什麼，他還是相當清楚的，當即站起身，然後退後三步，畢恭畢敬的跪在地上，向高飛叩頭道：「臣呂範，叩見皇上，吾皇萬歲萬歲萬萬歲！」

「你這是做什麼？」

呂範突如其來的舉動令高飛訝異不已，因為呂範不再自稱是外臣，而是改稱為臣，顯然是將自己視為是華夏國的一個臣子了。

「皇上在上，請聽臣一言。」

呂範一邊說話，一邊從懷中又取出了另外一樣東西，是一個卷軸，然後將卷軸打開，呈在高飛的面前，道：「這是東吳三州十六郡的地圖，也是吳國的疆域圖，臣此次受吳王之命前來獻圖，是想向皇上稱臣……」

「**稱臣？**」

高飛始料未及，因為以孫策的性格，絕對是個拒不投降的主，怎麼可能會輕易的向華夏國稱臣呢?!

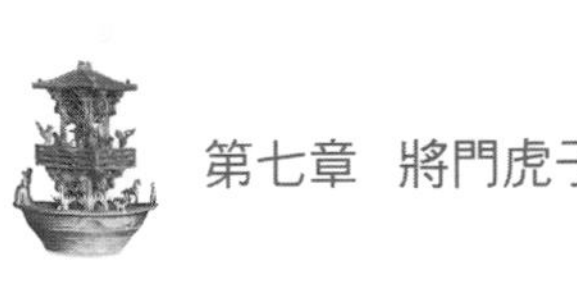

呂範急忙解釋道：「我主說了，華夏國和吳國是兄弟盟國……不不不，現在應該叫做是叔侄盟國，做侄子的自然不敢和叔叔作對，而且先王也留有遺言，務必不能和華夏國為敵，所以我主思來想去，便覺得退帝位，以王自居，向華夏國稱臣，並且派遣質子入華夏國……」

高飛聽了，卻是不喜反憂，如果接受孫策稱臣，那這一仗就不用打了，看似不用一兵一卒就能形成統一，可是，**他很懷疑孫策向華夏國稱臣之舉到底是不是真心的，如果並非真心，這無疑是孫策的緩兵之計**。

因為稱臣的意思很簡單，就是我向你稱臣，但是卻保留原有的東西，國家政治、軍事、經濟都是相對獨立的，等於坐視吳國苟延殘喘下去，吳國的兵將不弱，文臣武將更是人才濟濟，位於華夏國和吳國邊界上的商埠遠遠比國內的要發展的迅速許多，長久下去，必然會對華夏國造成威脅。

正當高飛陷入思考之際，賈詡突然對高飛說道：「皇上，鎮遠大將軍從涼州發來急報，說西羌有蠢蠢欲動之狀……」

高飛埋怨道：「你怎麼不早說？」

賈詡歉意的說：「臣也是突然想起來的，所以……」

「算了算了。」高飛對賈詡擺擺手，然後扶起呂範，道：「平南侯且在驛館好好休息，西北軍情緊急，西羌又冥頑不靈，朕要急著趕回去處理軍務……」

「皇上，那我主稱臣一事……」呂範急了，急忙說道。

「此事事關重大，朕要聚集所有朝臣朝議過後才能定奪，平南侯，朕先告辭了。國尚書，請好好的款待平南侯。」高飛話音一落，便大步流星地走出了房間。

「皇上……皇上……」

呂範急忙追了出去，可是無論怎麼叫，高飛頭也不回。

國淵見呂範追了出去，急忙攔住呂範，一臉笑意地對呂範道：「平南侯，軍情緊急，刻不容緩，相信平南侯應該明白，平南侯不如暫且在驛館休息一下，等到皇上忙完軍情，自然會再次接見平南侯的。平南侯，請！」

呂範見事情已經到了這個份上，他再追也是白追，很明顯高飛是故意離開的。他雖然不知道為什麼孫策執意要向華夏國稱臣，但是這是皇命，他又是孫策的心腹，自然要盡心盡力的辦成。

無奈之下，他回到房裡，看著吳國三州十六郡的疆域圖，開始思考該如何完成這次使命。

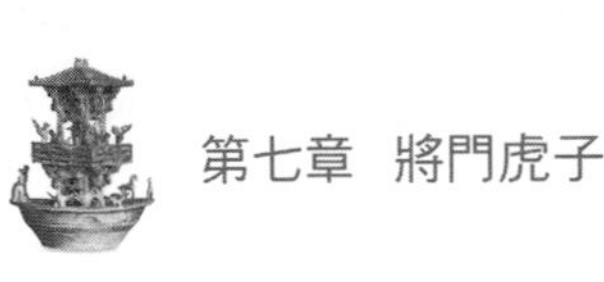

從國賓館出來後，高飛長出了一口氣，對身邊的賈詡說道：「國丈，剛才真是謝謝你了，若非你突然說西北有事，只怕呂範一定會對朕糾纏不清的……」

「些許小事，皇上不必掛在心上，只是……臣剛才見皇上有些激動，那封血書上到底寫了什麼啊？」賈詡小心翼翼地問道。

「你拿去看，一看便知。」高飛將血書遞給賈詡。

賈詡匆匆看了以後，嘆了口氣道：「孫文台重情重義，用心更是深遠，看來孫策然是想遵照父命，所以才派呂範前來面聖。皇上心中可有什麼想法嗎？」

「呂範來，不談共和，反而直接談稱臣的事，也就是說，孫策知道吳國即使勉強和華夏國合二為一，也根本不可能有真正的共和，所以直接跳過共和來談稱臣，想借此拖延時間……」

「臣還以為皇上會被孫堅的這封血書所蒙蔽呢，原來皇上早就看穿了對方的意圖，看來是臣太過擔心了。」賈詡笑道。

「呵呵，也未必，如果不是你，朕也不會這麼快脫身。對了，麒麟二黨的黨人都調查清楚了嗎？」高飛問道。

「啟稟皇上，都調查清楚了，名單臣已經列好，稍後臣整理一下便親自交到皇上手中。」賈詡答道。

高飛點點頭，雖然是閒庭信步的向前走著，可是心裡卻一直隱隱擔心著，如果這件事處理不好，很有可能會引火上身，但是在還不知道麒麟二黨的勢力到底有多大的時候，暫時還是不宜動手為宜。

「公道，你隨國丈一起回去拿那份名單，之後回宮見朕。」高飛命道。

「是，皇上。」祝公道應聲道。

第八章

大智若愚

長久以來，唐侯高鵬一直是大智若愚，在拜龐統為師後，更是將他的傻表現得淋漓盡致，瞞騙過所有的人。但是知子莫若父，高鵬的一舉一動，身為父親的高飛又怎麼會不關心。在一次偶然的機會裡，讓他對高鵬另眼相看。

回到家後，賈詡便帶著祝公道進了自己的書房，然後打開書房中的暗格，進入密室。

密室很大，一個個像檔案袋一樣的東西整齊地擺放在架子上，每個架子還進行了分類，讓人一目了然。

祝公道第一次進入賈詡的密室，看到如山般的檔案被清楚的分類，放在各個不同的架子上，不禁嘆為觀止，對賈詡道：「自國丈大人掌管情報部以來，情報部所搜集的情報應該都放在這裡吧？如此繁多的情報，國丈大人竟然能夠擺放的如此整齊，實在是令人佩服。」

「呵呵，這並非老夫一人的功勞，情報部是專門負責收集情報的，但是收集來的情報有真有假，所以，去偽存真便成了情報部最繁雜的工作，自老夫接管情報部以來，只要是重要的情報，老夫都會分門別類，然後放入這間密室，這樣日後要是需要用到時，找起來也方便許多。」賈詡自豪地道，一邊朝前方一處空曠地方走去。

祝公道看似不經意地跟在賈詡身後，其實卻在留意這個地方，整個密室大的難以想像，四周牆壁上都掛著火把，將這裡照得燈火通明。

快要走到正中央的一片空曠地方時，他看到一個似曾相識的面孔映入自己的眼簾，此人正在細心打理著書案上的文件，訝異地道：「這個人不是……國丈，這個人怎麼會在這裡？」

賈詡笑道：「她一直是老夫的貼身侍衛，替老夫做事已經許多年了，為何不能在這裡？」

「國丈大人，她可是行刺皇上的人，你怎麼可以收留她呢？」

祝公道徹底想起這個人來，正是七年前在賈府中行刺高飛的袁紹之女袁杏。

袁杏見賈詡來了，急忙放下手中的工作，走到賈詡面前拜道：「杏兒參見大人。」

「免禮。」賈詡轉身對祝公道說道：「你以為七年前那件行刺皇上的案子，真的是老夫的疏忽嗎？」

祝公道和賈詡都是高飛最為信任的人，聽賈詡這麼說，仔細地回想後，才恍然道：「國丈大人的意思是……」

「呵呵，賈府何等森嚴，老夫的目光又是如何的如炬，想必大人應該親眼所見。那日在宴會上，**杏兒行刺皇上，其實是皇上刻意安排的……**」賈詡一語道破真相。

祝公道吃驚道：「可是，皇上為什麼要這樣做？」

「原因很簡單，**只因為情報部需要一位尚書**，而皇上能信任的人很少，老夫位高權重，只是缺少一個合適的理由來貶謫老夫，所以，老夫便想到了此計。杏兒原是孤兒，是老夫訓練她，還主動舉薦她去參加娘子軍，後來由於需要一個行刺的人，所以老夫向陛下提起了杏兒。其實皇上那天從長安歸來，在皇城中所見到的美女並非杏兒，而是另外一個人，老夫不過是將錯就錯罷了。」

「另外一個人，誰啊？」

「就是喬氏姐妹，不過喬氏姐妹雖然年輕貌美，可惜皇上覺得她們還太年輕，而且美色容易使人迷失心智，所以對喬氏姐妹另有安排。」賈詡道。

「喬氏姐妹？莫非是薊城三大美女中的大喬、小喬？」祝公道想起高飛曾經提起過喬氏姐妹，便道。

「哈哈，大喬、小喬乃是貌美如花的姐妹，再加上才貌雙絕的甄氏，在薊城舊都中一直享有盛名，皇上早已將三人接到洛陽，也做了安排，不久後便會有所用途了。」賈詡道。

祝公道聞言，便不再追問了，對賈詡道：「國丈大人，還是先把那份名單交給皇上吧？」

賈詡點點頭，對杏兒說道：「我讓你準備的那份名單都整理好了嗎？」

「整理好了，一刻鐘前已經遵照大人的吩咐，放在大人的書桌上了。」杏兒答道。

「哦，這樣啊，那你跟我一起去，順便一會兒給右侍郎送點口訊。」

於是，三人出了密室，再次回到賈詡的書房。

杏兒走到書桌前，將一本書拿開，剛想拿壓在下面的密函，手突然停在半空中，面色大變，對賈詡道：「大人，密函被人動過。」

賈詡驚道：「密函被人動過？」

杏兒指著密函道：「大人，我放密函的時候，在上面放了一根頭髮，頭髮的位置原本是橫著的，可是現在密函上的頭髮卻是豎的，明顯有人動過密函，此人拿的時候沒有注意到上面的頭髮，發現之後，將頭髮給放回去，可是因為記不清楚頭髮放的位置，所以放錯了。」

祝公道見杏兒心思縝密，很是佩服。

賈詡眉頭深鎖，叫來門外的守衛，問道：「今天除了我們之外，還有什麼人進來過嗎？」

「回大人話，並未見到任何人出入此地。」

「你們當真沒有中途離開？」賈詡厲聲質問。

「沒有，此地乃情報重地，我們即使要去茅房，也是輪流去的，何況這裡守衛森嚴，五步一哨，十步一崗的……」一個衛士答道。

「那就奇怪了，難道賊人會隱形，無聲無息的走進來？」賈詡諒他們也不敢擅離職守，百思不得其解。

「隱形是不可能，但是賊人的確是從梁上進來的。」祝公道不知道什麼時候無聲無息的飛上房梁，在梁上發現了一個腳印，道。

賈詡、杏兒以及衛士聞言，抬頭看去，祝公道正飄然而下，落地時，腳上只發出輕微的響聲。

「看來賊人是一位輕功絕頂的人，否則也不會從梁上過來。國丈大人的書房蓋的與其他地方不同，書房高而寬大，房梁的高度非一般人能夠上得去，我猜想這大概是為了地下密室才如此修建的，加上房梁的梁柱中有一處是通向外面的，我猜想賊人便是從那裡溜進來，動了那封密函的。」祝公道分析道。

「可是那個通口是通向花園的，周圍都有守衛守護，賊人怎麼可能會那麼輕易的進來而不被發現呢？」賈詡狐疑地道。

「所以我才說那個人是一位輕功絕頂的人，恐怕輕功功夫不在我之下。國丈大人，你快看看密函有沒有被拿走？」祝公道提醒道。

賈詡點點頭，急忙拆開密函，看了以後，搖搖頭道：「密函安然無恙。」

隨後，賈詡摒退衛士，對祝公道說道：「密函中記載的都是麒麟二黨的黨人，賊人動密函，可能是想知道裡面的內容，這件事事關重大，請即刻奏報皇上，我再詢問一下府中的人，看看有沒有出現過什麼可疑之人。」

祝公道拿過那封密函，放在懷中，然後對賈詡道：「國丈大人，恕我直言，你的密室可能已經被賊人所知，為了安全起見，還是儘快將密室內的東西轉移為妙。」

賈詡道：「多謝提醒，我這就去清查密室內的東西。杏兒，你即刻去傳左右侍郎到這裡來。」

於是，三人分頭進行。

祝公道回到皇宮後，將密函遞給高飛，然後對高飛說了密函被偷看的事。

高飛聽完，頓時吃了一驚，道：「怎麼那麼巧，呂範剛到不久，賈府便出現這種事？即刻進行徹查，通知衛尉高横、衛將軍高森，全城戒嚴，不要放過任何可疑人物。」

話音一落，高飛打開密函，看完，皺起眉頭，急忙朝外面走去，心中暗道：

「千萬別是你做的，否則的話，朕只能……」

出了大殿的門，高飛吩咐祝公道道：「跟朕來，去唐侯府。」

「唐侯府？難道皇上懷疑是……」

祝公道說到這裡，急忙閉上嘴巴，不敢再往下說，心裡卻隱隱有些擔心。因為唐侯的輕功是師承卞喜，放眼整個京城，輕功能夠有如此功力的，唯有祝公平和唐侯兩人而已。

長久以來，唐侯高鵬一直是大智若愚，在拜龐統為師後，整個人更是將他的傻表現得淋漓盡致，瞞騙過所有的人。

但是知子莫若父，高鵬的一舉一動，身為父親的高飛又怎麼會不曉得。

他也曾經擔心自己生下個傻兒子，但是在一次偶然的機會裡，讓他對高鵬另眼相看。這個偶然的機會，正是龐統和高鵬第一次相會的那一天，那一年，高鵬六歲。

高飛那天剛好無意間經過後花園，見龐統和高鵬在那裡說話，覺得很好奇，一個是聰明絕頂的智者，一個是自己的傻兒子，兩個人到底在說些什麼？於是他便躲了起來，想給兒子一個驚喜，順便作弄一下龐統，哪知道卻聽到高鵬對龐統說出了真相。

從那一天起，高飛才知道高鵬並不傻，而是懂得隱藏自己，以前，高飛也認為高鵬資質駑鈍，在高麒和高麟兩個人一文一武的強勢光環下，呆傻的高鵬更是很容易被人忽略。

長久以來，他把心思都用在最聰明的兩個兒子身上，卻忽略了第三個兒子的感受，每每給高麒、高麟一些賞賜，卻從未給過這個傻兒子什麼東西。加上他對公輸菲的死很內疚，所以對高麟更是寵愛無比，成為諸子中最寄予厚望的一個。

自此之後，高飛一直默默地注視著這個留在自己身邊的傻兒子，並且多次派祝公道或者祝公平去跟蹤高鵬，想知道高鵬平時在做些什麼，然後順水推舟，暗暗幫助高鵬，直到高鵬察覺到有人跟蹤，這才作罷。

然而今天卻發生這種事，如果真是他做的，那就徹底讓高飛傷心了。除了傷心，還有失望。

唐侯府裡，一向是冷冷清清的，就連府前也是冷清清的，不像大將軍王的府邸，每天都門庭若市，各級文武官員都趕著前來拜會；相比之下，唐侯府裡卻是門可羅雀，就連雜役也只有寥寥幾人。

高鵬正在書房裡，手中拿著一枚黑色的棋子，眼睛聚精會神地盯著面前的那

盤棋，靜靜地思考著下一步該怎麼走。

坐在高鵬對面的，是他的啟蒙恩師龐統，兀自端起茶几上的茶，朝杯裡吹了兩口氣，然後品了一口後，將茶杯放下，見高鵬仍未決定要下哪一字，便道：

「你已經想了一刻鐘了，如果還想不出下一步棋該怎麼走的話，就趕緊投降，我們翻盤下一局。」

「老師，**你知道我是從來不會投降的**，才一刻鐘而已，老師難道就坐不住了嗎？老師不是教過我嗎，行如風，坐如鐘，老師應該先為人師表才對嘛。再給我一些時間，我一定會想出下一步該怎麼走的，而且我也不會輕易認輸的。」高鵬的手指夾著棋子不停翻滾著，然後對龐統說道。

「前有大軍阻擋，後面有追兵，你是無論如何都逃不了的，為師這一計叫十面埋伏，從你下第一顆棋子的時候，為師就已經布好了這個局，就是等你跳進來，現在就算是你想破腦袋，也只能是垓下的楚霸王了……哦，不對不對，你現在的境地和楚霸王不同，楚霸王的後面至少還有條烏江，有機會過河，可是你的後面卻什麼都沒有，已經陷入重重包圍了。雖然你從來不認輸，可是你這次確實是輸了。再說，你小時候輸的也不止一次，何必在乎這一局呢？」龐統得意的說道。

高鵬緩緩地道：「此一時彼一時，小時候是跟老師學棋，可惜總是技不如人，現在我已經達到可以和老師對弈的層次了，所以不會輕易認輸的，一定會有什麼辦法解圍的……」

說到這裡，高鵬忽然眼前一亮，手中正在擺弄的棋子也停住了，然後將那顆黑子落在了棋盤上，目光中露出一絲狡黠的眼神。

龐統正自得意呢，忽然見高鵬一子落下，怒道：「真是胡鬧，你明明懂得下棋，為何自己殺死一顆黑棋，哪有這等下棋的法子？」

高鵬露出賊笑道：「老師當真看不出來？」

龐統聽高鵬這樣說，急忙再看了看棋盤，原來高鵬這顆棋子竟放在一塊已被白棋圍得密不通風的黑棋之中。這大塊黑棋本來尚有一氣，雖然白棋隨時可將之吃盡，但只要對方一時無暇去吃，總還有一線生機，苦苦掙扎，全憑於此。現下他自己將自己的黑棋吃了，棋道中，從無這等自殺的行徑，黑棋一死，眼看便是全軍覆沒了。

高鵬便趁這時將自己殺死的黑棋一顆一顆的撿起，頓時露出一片曙光，局面立即開朗，白棋雖然大占優勢，黑棋卻已有迴旋的餘地，不再像之前那般縛手縛腳，顧此失彼。

龐統看著這個新局面，一怔之下，思索良久，方應了一著白棋。

高鵬隨即跟著下了一顆黑棋，這顆黑棋落下之後，龐統的臉上先是做出吃驚之狀，而後又露出笑容，然後將自己手中的白棋放進了棋盒裡，拱手道：「殿下棋藝長進不少，今日一戰，倒是令我大開眼界，這是殿下第一次贏我，實在令人慶賀。」

高鵬笑道：「若不是老師以為志在必得，又怎麼會落入我的圈套當中呢？」

「圈套？」龐統更是吃了一驚，狐疑地望著高鵬。

「每次下棋，都是老師贏，所以每次下棋，老師也總是帶著輕浮之色，以為不管怎麼下，最後勝利的都是老師。與老師下棋數載，我對老師的棋道已經瞭若指掌，只是一直未曾參透老師棋中的詭異，直到這一陣子我才參透，所以表面上是我陷入了老師的十面埋伏當中，實際上，卻是老師在不知不覺中落入我的圈套中。而剛才我又故意苦思冥想，讓老師看見我焦頭爛額的樣子，老師自然不會在意，所以我才可以以這一顆棋子作為定盤之棋，從而轉敗為勝。」高鵬解釋道。

龐統再看了看所下的棋局，果然如高鵬所說的一樣，不禁失笑道：「看來，殿下的才智已經遠遠地超過了我……」

「不不，老師千萬別這樣說，我之所以能夠勝老師一局，是因為我對老師非常的瞭解，所以才能想出對付老師詭異棋道的辦法。如果是第一次手談，恐怕我還是不如老師。」高鵬謙虛地說道。

龐統哈哈笑道：「看來，我以後要對你改變一下戰術了……」

「讓朕來和你手談一局！」

高飛的聲音忽然傳了進來，高鵬一抬頭，便看見高飛帶著祝公道正大步流星的從庭院中走了進來。

高鵬急忙起身，同時裝作無意的用袖子掃落了一下棋盤上的棋子，使得棋盤上的棋子變得十分混亂。

此外，他也立刻表露出癡傻的一面，走到高飛的面前，拉住高飛的衣角，憨憨地問道：「父皇，兒臣想死你了，兒臣正準備進宮去見你和母妃呢，你怎麼就來了？」

高飛握著高鵬的手，進入書房後，見龐統站起身子，便道：「太尉大人也在啊？」

龐統急忙拜道：「臣參見皇上。」

「免禮！不過，奇怪，太尉大人為什麼出現在唐侯府裡？」高飛好奇問道。

「是兒臣硬拉太尉大人過來的，父皇請坐，我這就……」高鵬插話道。

「免了，在朕的面前，你們都不必隱瞞了。鵬兒，你也別裝瘋賣傻了，今日你就坐在朕的面前，堂堂正正的和朕手談一局，朕倒要看看，太尉大人是怎樣教你這個徒弟的！」

高飛的話，就像是一記重錘敲打在龐統和高鵬的心上，讓兩人覺得沉重無比，互視了一眼，看樣子是無法瞞住高飛的一雙利眼了，恭敬地道：「遵旨！」

高飛徑直坐在原先龐統所坐的位置，看到棋盤上亂得如同一盤散沙，已經看不到剛才對弈時的影子了。他指著對面的座椅，對高鵬說道：「坐！」

高鵬不敢違抗，坐了下來，然後將黑子和白子盡皆分開，眼睛卻有意無意的在高飛的臉上看來看去，但見高飛面無表情，看不出喜怒哀樂來。

龐統和祝公道則侍奉在兩邊，靜靜地看著，誰也不敢多說一句話。

「古人云，天、地、君、親、師，我是天子，放眼天下，莫非王土，我又是一國之君，更是你的父皇，還是你的第一任老師，畢竟你能夠說話，也是來自於我。這五樣，我今天都占盡了，按照對弈之禮俗，晚輩應該尊敬長輩，所以，應該我先手。」

高飛拿起一顆白子，夾在食中二指當中，炙熱的雙眸緊緊地盯著高鵬。

高鵬見高飛就要落子，急忙阻止道：「父皇且慢，古人是如此說過，不過古人畢竟是古人，先賢們的一些好的東西我們是可以拿來用，可是一些不好的，就沒必要用。父皇乃真命天子，一國之君，應該有高人一等的寬宏大量，不應該斤斤計較，所以，這一局，應該是讓晚輩先手。」

話音一落，高鵬立即搶先，將黑子如實的落在棋盤上，發出了一聲輕微的響聲。

圍棋之道，先手者皆占便宜，高鵬第一次如此正式的面對自己的父親，自然要搶先下手。

高飛見高鵬已經落子，嘴角露出一抹淡淡的笑容，說道：「落子無悔，既然你已經先下手為強，那我也只能讓你先手了。只是，令我沒有想到的是，你居然敢跟我爭？」

說話間，高飛手中的一顆白子便落了下去。

高鵬見高飛的白子出乎意料的落在左下角，不禁皺起眉頭，暗暗想道：「天下棋道，第一手便下在最角落裡，豈有如此下棋的道理？父皇的棋道怎麼如此的詭異，看來我需小心應付才對。」

他拿起一顆黑子，落下後，對高飛說道：「父皇說過，便裝時便是民，正裝時才是君，如今父皇並未身著龍袍，而是穿著便裝，那麼父皇就和普通老百姓一

樣，而我身上卻穿著父皇親賜的長袍，是兒臣參見父皇時所穿的正裝，所以如今兒臣是侯。平民百姓見到有爵位的侯，自然要避讓三分，試問，本侯為什麼又不敢和父皇爭這一子呢？長久以來，無論誰見了父皇，都不敢公然和父皇爭，以至於父皇以為人人都會讓著父皇，可是**如果父皇身穿便裝走在大街小巷上，試問又有幾個人會認出父皇就是當今的皇上，又有誰會主動給父皇讓路？**」

「好小子，你竟然敢對我說這樣大逆不道的話，難道就不怕我殺你的頭嗎？」高飛一邊說著話，一邊將手中的棋子落下，第二枚棋子又占了一個邊角。

高鵬看不懂高飛為何會下這種棋，但是他還是依舊按照正規棋道落下了第三子，同時對高飛道：「兒臣不過是就事論事，父皇乃是明君，廣開言路，宣導言論自由，如果只因兒臣的這一句話就殺兒臣的話，那麼父皇就不會是父皇了。」

高飛見高鵬收手，便立刻落下一子，將第三個邊角給占住，全無弈棋的道理可言。

他落下白子後，對高鵬道：「你說得不錯。不過，朕要讓你記住，有些事，朕可以睜一隻眼閉一隻眼，但是有些事情卻是千萬不能越雷池半步的。朕的這個皇位是憑實力來的，如果你有心做太子的話，朕可以給你一個機會，但是你要讓朕看到你的能力，**朕給你，你才能做，朕不給你，你千萬不能搶**，否則的話，朕決計不會坐視不理。」

高鵬一臉迷茫地望著高飛，問道：「父皇莫非是有什麼重要的事情要對兒臣說？」

「朕只問你一句話，你要如實回答朕。」高飛眼神犀利地盯著高鵬道。

「父皇請問便是。」

「在朕來到這裡的一個時辰前，你可否去過賈府？」高飛開門見山地問道。

「沒有，兒臣一直在這裡與老師對弈，差不多有一個半時辰沒有離開過。父皇，莫不是賈府出什麼事了嗎？」高鵬一臉茫然地問道。

「你當真沒有去過賈府？」高飛皺起眉頭，不信地道。

「真的沒有去過，整個侯府上上下下的人都可以為我作證。」高鵬斬釘截鐵的道。

龐統在一旁忙躬身道：「啟稟皇上，臣確實在這裡與三殿下對弈，三殿下從未離開過書房半步。」

高飛見高鵬和龐統的說詞一模一樣，又落下了第四子，占住最後一個角落，然後對高鵬道：「如果讓朕查出來你去過賈府，朕絕不輕饒。」

「兒臣不敢欺瞞父皇。」

「朕再問你一個問題，**你想當皇帝嗎？**」

高飛見高鵬十分的誠懇，不像是在撒謊，便問出另一個問題。

此語一出，高鵬和在場的人都是大吃一驚，高鵬看了看龐統，龐統朝高鵬搖搖頭，示意高鵬不要回答。

可是，高鵬卻沒有照龐統的意思，對高飛老實說道：「想！非常的想！父皇曾經說過，不想當皇帝的皇子不是好皇子，兒臣想做一個好的皇子給父皇看，讓父皇不要再為兒臣擔心。」

良久，客廳裡的氣氛顯得異常的緊張，除了幾人的呼吸聲外，再也聽不到任何聲音。

忽然，高飛哈哈大笑起來，對高鵬道：「不愧是朕的兒子，既然有此心思，就應該徹底的表現出來，高麒、高麟都為華夏國立下了不可磨滅的功勳，你若是沒有一點功勳的話，只怕很難服眾。朕曾經跟你講過楚莊王的故事，希望你也能像楚莊王一樣一鳴驚人。不久後，朕就要對吳國用兵，目前對吳國的戰略部署正在起草當中，如果你真有心當皇帝的話，就借這次滅吳之戰樹立白己的威信吧。**你懂得隱藏自己，不顯山露水，瞞騙過許多大臣，可是你騙不了朕的這雙眼睛。**

滅吳之戰，將是你唯一的一次機會，如果你懂得把握，或許能在滅吳之戰中取得超過你兩位哥哥的威望。你好好考慮一下，考慮好了，就來見朕……」

高鵬見高飛起身要走，急忙站起來，意志堅定地道：「父皇，兒臣等這個時機等了許久，兒臣願意參加對吳作戰。」

「好，朕會做出合理的安排，你且在家中等候吧。」高飛說完，轉身便朝外面走了出去。

「父皇，棋難道不下了嗎？」高鵬追了出來，問道。

高飛停住腳步，轉過身，盯著高鵬道：「你幾時見朕下過圍棋？」

「這麼說，父皇是……」

高鵬恍然大悟，在他的印象裡，確實沒有見過高飛下過圍棋。可是沒見過和會不會是兩碼事，他不敢確定地道：「父皇真的不會？」

「不會，要是象棋還差不多。」

話音一落，高飛便大步流星地走了出去，高鵬、龐統一路相送到府外，最後還是高飛讓他們不用送了，這才駐足。

離開唐侯府後，高飛眉頭皺得更加緊了，對祝公道道：「如果不是鵬兒，那

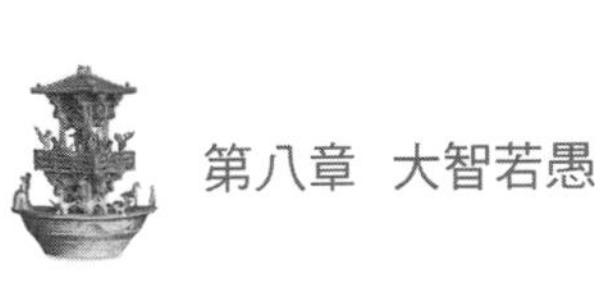

麼還有誰有如此絕頂輕功？難道是鵬兒在撒謊？」

祝公道搖搖頭，表示不知道。

就在這時，祝公平策馬奔來，見到高飛，下馬拜道：「啟稟皇上，在城南的一個街巷中發現了一套衣服和鞋子，臣拿那鞋子和賈府梁上的腳印比對過，證實是來自那雙鞋子，但是卻不見賊人……」

高飛聞言道：「快帶朕去看看！」

三人快馬加鞭，很快便來到城南的一個街巷中，在一間普通的民房內發現了那套夜行衣以及那雙鞋子。

高飛打開一看，立刻排除了高鵬作案的嫌疑，因為這套夜行衣十分寬大，沒有一米八五的個子穿不起這樣的衣服，而且那雙鞋也很大，高鵬才十三歲，個頭不過一米四左右，腳也較小，根本不可能穿這樣的衣服和鞋子。

高飛拿著那雙鞋子，看了一眼後，問道：「會不會是有人故意小腳穿大鞋？」

祝公平道：「不會，如果是小腳穿大鞋，那麼腳的用力重心應該是在鞋底的正中間，可是這雙鞋子卻是力度分布均勻，明顯是一雙大腳。」

高飛排除高鵬的嫌疑後，再也想不到還有什麼人可以如此了，怒道：「賊人作案不久，根本無法迅速離開洛陽城，傳令下去，繼續在全城徹查，這幾天裡，不許放過任何一個可疑人物，所有城門緊閉，發布戒嚴令，就是要掘地三尺，也要把這個賊人給我翻出來。」

「諾！」

洛陽城，唐侯府。

高鵬在書房中一邊和龐統下棋，一邊道：「父皇目光如炬，沒想到一眼便看穿了我一直在裝傻，老師，父皇突然到來，會不會是看穿了什麼？」

「殿下請放心，此事並非是殿下去辦的，皇上就算懷疑，也不可能找到證據，而且我也留了後手，這會兒皇上肯定徹底打消對殿下的懷疑了。」龐統一枚棋子落下，目光中的狡黠之色更甚。

「父皇說，太子之位，他給我就是我的，他要是不給我，我也不能搶，是不是我們的計畫被父皇知道了？」高鵬終究還是個孩子，未脫稚嫩，所以心中不免擔心起來。

龐統安撫道：「殿下放心，此事我安排得極為周密，絕對不會有任何差錯。皇上大概是想提醒殿下罷了。這個計畫關乎殿下以後的前途，我怎麼敢用這個計畫開玩笑?!從皇上的語氣中不難聽出，皇上還是很器重殿下的，否則的話，也不會主動說出讓殿下參加對吳作戰的話了。」

正說話間，忽然一道身影自房梁上落下，落地時輕盈無聲，雙腳一著地，便單膝下跪，低頭叩拜道：「屬下叩見殿下、太尉大人。」

高鵬抬起手，推過去一張椅子，說道：「坐！」

那人站起身子，抬起頭，露出本來的面目，竟然是情報部的右侍郎宗預。

「多謝殿下。」他順從的坐下後，道。

「宗侍郎這幾年為本侯盡心盡力，情報部裡的情報也多是由宗侍郎送出來，也虧得宗侍郎，本侯不至於又聾又瞎。等本侯榮登太子之位後，必然不會虧待宗侍郎，情報部乃是華夏國的重中之重，到時候樞密院太尉、情報部尚書之位就非宗侍郎莫屬了。」高鵬釋出善意道。

宗預聽到高鵬的話後，抱拳道：「能為殿下做事，是屬下分內應為的，宗預不敢有所奢求。」

他從懷中拿出一份密函，然後放在桌上，道：「這是殿下和太尉大人所要的麒麟二黨的黨人名單。」

高鵬拿出密函，看了後，冷笑一聲道：「沒想到大哥、二哥居然能夠獲得那麼多的支持者，如果麒麟二黨不除，恐怕太子之位永遠輪不到我的頭上。宗侍郎，皇上可有說怎麼樣對待麒麟二黨的黨人嗎？」

宗預搖搖頭道：「沒有，目前皇上只是讓情報部收集黨人名單，具體要如何對待麒麟二黨的黨人還不得而知，加上屬下百密一疏，未曾留意一件事，被人知道我看過這份密函了，所以弄得滿城風雨。現在情報部正在嚴密搜查，屬下已經找了一個替死鬼，希望可以消除這件事的影響。」

龐統道：「德豔，真是辛苦你了，事成之後，殿下必然不會虧待你的。只是，切記千萬不要牽扯到殿下的身上，你懂我的意思嗎？」

「太尉大人放心，無論如何，此事都不會扯到殿下的身上。只是此事過後，尚書大人必然會將情報部的檔案遷移到別處，加上滿城在嚴加搜查，我以為，近期內還是不要再見面的好，以免露出蛛絲馬跡，惹人猜疑。」宗預道。

高鵬聽後，點點頭道：「吩咐下去，所有人都不得再有任何行動，等本侯在滅吳之戰中取得碩大成果後，再看情況而定。眼下，皇上將所有的精力都放在滅吳之戰上，所以後方不能有任何的動亂，你明白嗎？」

「屬下明白，屬下這就傳令下去。」

「嗯，不過，嚴密監視麒麟二黨之間的來往是非常有必要的，也許以後皇上用得著這些情報……」高鵬道。

「屬下知道該怎麼做了，那屬下就不久留了，等待殿下的詔令。」宗預說完，輕鬆地跳上房梁，然後迅速地離開了唐侯府。

宗預七年前在成都和龐統第一次見面，兩人便一見如故，後來在私下還成了很好的朋友。加上宗預又是一個出色的斥候，所以龐統總是能夠從宗預那裡知道一些事情，在確定跟隨高鵬後，龐統還不忘記將他引薦給高鵬認識。

就這樣，宗預和龐統一直在暗中和高鵬來往。

高鵬的輕功雖說是師承卞喜，可是那時候高鵬才三歲，三歲的小孩能懂什麼，卞喜教授高鵬輕功，也是圖個好玩，因為卞喜以為高鵬是個傻子，所以故意用些高難度的事來戲弄高鵬。

可是卞喜萬萬沒想到，他這個無心插柳的舉措，卻使高鵬成為他的得意弟子。卞喜死後，高鵬還挺傷心的哭過。

後來，高鵬經龐統的介紹認識了宗預，才知道宗預的輕身功夫很是厲害，一點也不亞於卞喜，只是一直隱藏起來，沒有表現出來而已。自此之後，宗預便成為高鵬的第二任老師，指導高鵬的輕身功夫。

現在，高鵬還記得宗預第一次教自己時說的話：

「不管在什麼情況下，都要記得：**安全第一**！如果一個人的性命都沒了，那就什麼都沒了，所以，**三十六計走為上計，如何逃跑就成了一種學問……**」

看著宗預離去，高鵬的腦海中回想起宗預第一次教授自己的遁術，之後便是一聲短嘆，將手中的密函遞給對面的龐統，道：「這是麒麟二黨的黨人名單，真沒想到，連十大將軍中也有人捲了進來。」

龐統看了以後，道：「這也不足為奇，這些多是攀龍附鳳的人，真正一塵不染的又有幾個？十大將軍名聲在外，可是他們的心裡都知道，就算自己再獲功勞，也無法再加封了，所以紛紛開始為以後謀出路。說句不好聽的，一旦皇上駕崩，誰成為下一任的皇帝，就是至關重要的事，正所謂一朝天子一朝臣，如果選對了，他們就可以在下一朝天子那裡繼續獲得殊榮，可是一旦選擇錯了，可能整個家族都會受到牽連。

「麒麟二黨黨人牽扯眾多，從上到下，從朝臣到地方上的大員，已經形成了一個體系，如果要連根拔起，只怕會造成華夏國相當大的損失。我想，皇上一定也很為難，這些人可都是皇上網羅來的人才，是華夏國的支柱，該怎麼處理這件事，皇上一定十分頭痛……」

「所以我才啟動這個計畫，一方面幫助父皇，一方面，我也要爭取到太子之位，只有這樣，麒麟二黨的黨人才能共同生存下來。」

高鵬的目光中露出流光溢彩，似乎皇位唾手可得一樣。

龐統不再說話了，心中卻感到頗為沉重，暗暗想道：「看來，南征歸來後，要聯絡一下國中的各位大臣了……」

傍晚，情報部在東街小巷的民居內發現了一個可疑的人，衛尉高橫帶兵費了好大的功夫才將這人抓獲，並且從身上搜出一封密函。

高橫不敢耽誤，迅速將此人扭送到高飛面前，由高飛親自審問。

高飛看著跪在面前被制服的可疑人，見身高和腳與那套夜行衣及鞋子的尺寸皆是吻合的，搜出的密函也的確是情報部所洩露出去的密函。

高飛拿著那封密函，質問面前的可疑人道：「這封密函，還有誰看過？」

「就我一個人，再也沒有別人了。」

高飛又問：「是誰指使你的？」

「沒人指使我！」

「胡說！你要是再不說，就讓你嘗嘗厲害！」高橫厲聲道。

「要殺要剮悉聽尊便，我問心無愧。」

高飛聽這人話音中夾雜著一些吳儂口音，心中便起了一絲疑心，對高橫道：

「此人輕功卓越，賈府守衛如此森嚴都能讓他來如自如，你是如何抓到他的？」

「啟稟皇上，此人確實輕功絕頂，為了抓他，臣沒少費工夫，不過天網恢恢，臣一邊讓人與他纏鬥，一邊引他進入圈套，之後用漁網把他抓住的。」

高飛想了想，對祝公道道：「你去試試他，看看此人到底如何，是否為頂罪的？若是有人故意來頂罪的，就無法查下去了。」

「諾！」

祝公道當即讓人釋放那人，那人一經被放開，雙腳一跺地，身子便飄然而起，凌空飄向一邊的牆頭，落地時，竟然只有輕微的聲息聲。

他看到對方竟有如此身手，不敢怠慢，立刻便去抓那人，同時對高飛喊道：「皇上，此人輕身功夫著實厲害，看來是他不錯！」

「抓住他，一定要問出他的幕後主使人是誰！」高飛戟指說道。

話音一落，祝公平立刻前去支援，和祝公道一起聯手對付那個可疑人。

祝公道、祝公平兩大高手聯手對敵，加上周圍都是華夏國的士兵，那個可疑人就算是插翅也難飛，不一會兒工夫，祝公道和祝公平便將那可疑人制服。

但是，此人的嘴嚴實得很，無論用什麼辦法都無法撬開，始終堅持說無人指使，就連此人的來歷也無人清楚。

折騰到大半夜，高飛仍是一無所獲，油然生出一計，對高橫道：「去國賓館，將吳國的平南侯呂範給我請到這裡來，就說朕有要事和他商量。」

高橫抱拳離開，立刻帶人去了國賓館。

高飛則讓人將那可疑人暫時關入了天牢，他自己則在天牢裡靜靜地等待著。

呂範在國賓館中坐立不安，不知道自己所說的，高飛會不會同意，此次之行，如果不能夠順利完成，那麼以後吳國可能就會面臨危險。

正當他還在為這件事而苦惱的時候，忽然見高橫到來，說是高飛有要事相商，請他去敘敘，他連想都沒有想，便立刻跟著高橫一起走了。

半個時辰後，呂範跟著高橫來到天牢，見到坐在天牢裡的高飛，高飛是一臉的鐵青，臉色不怎麼好看，他不知道發生了什麼事，急忙跪在地上，朝高飛拜道：「臣呂範叩見皇上。」

高飛道：「平南侯，朕不是你的皇上，你也用不著如此的喊朕，朕現在只問你一件事，牢房內關著的這個人，你可認識？」

呂範看了一眼牢房內被關押著的人，已經被打得遍體鱗傷了，全身上下都是鮮血淋漓，他仔細地看了一眼容貌，然後搖搖頭道：「回皇上，臣……外臣不認識他……」

「不認識？哼，你當真不認識他嗎？你以為朕是三歲的小孩嗎？」高飛提高音量，厲聲道。

呂範見高飛臉上青筋暴起，不知道高飛是怎麼了。但是他在國賓館的時候聽說全城戒嚴，聽說是在抓一個可疑的人。

他又瞅了眼牢房內的人，估計這個人便是可疑人物了，可是他真的不曉得此人是誰，便道：「啟稟皇上，外臣確實不認識此人。」

「平南侯，我洛陽城一向是路不拾遺，夜不閉戶，治安十分的好，可是為什麼平南侯前腳剛來，我洛陽城中情報部便有重要公文失竊了呢？」

「這……**也許是一個巧合**……」

呂範這才知道高飛為什麼會如此盛怒了，原來是因為這件事。

「巧合？還真是巧啊，你一來，朕的情報部就失竊，而且朕抓到的人也說著東吳一帶的口音，這你又做何解釋？」

「這……外臣只能說，這可能又是一個巧合，正所謂無巧不成書，我吳國和華夏國是盟國，而且我吳國即將向華夏國稱臣，只要皇上同意，那邊我主便立即向華夏國稱臣，在這個節骨眼上，吳國又怎麼會做出如此有損兩國盟好的事情

呢？」呂範辯解道。

「平南侯言下之意是朕冤枉你吳國了？那麼不如你們在朕的面前對質如何？」

「我吳國不做虧心事，自然是問心無愧，對質就對質。」呂範覺得身正不怕影子斜，毫不猶豫地道。

高飛於是讓人用涼水潑醒了正在昏睡中的可疑人，盤問道：「我問你，你可是吳國派來的？」

那可疑人先是咳嗽幾聲，之後見呂範在側，便道：「是，我的確是吳國派來的細作，侯爺，我讓你失望了。」

此言一出，高飛和呂範都吃了一驚。高飛本來以為這人不會承認，沒有想到這人見到呂範後一口咬定吳國，這麼一來，高飛便可以排除是吳國人作案的嫌疑了，但是自己本來就想將這件事推到吳國的身上，現在這個可疑人幫了自己一個大忙，當即讓他感到興奮不已。

呂範指著可疑人道：「你不要血口噴人，我連你是誰都不知道，怎麼可能會指使你偷取東西？」

可疑人道：「侯爺，既然事情已經敗露，你就別再硬撐了。」

「你閉嘴。」呂範急了，轉身對高飛說道：「皇上，你別聽這賊人胡說，根本不是那麼回事，我真的見都沒有見過他，又如何……」

「平南侯，朕有眼睛，有耳朵，不會故意誣賴你們。平南侯這招可真是妙啊，以吳國稱臣為由，暗中卻命人盜取我華夏國重要情報，這招嚴重有損我們兩國之間的盟好，朕絕對不會坐視不理。平南侯，念在你是使臣的份上，我今日不為難你，明天便派人送你走，你回去之後，告訴孫策，要動歪主意，就正大光明的來。」

「皇上……」呂範瞬間百口莫辯。

「高橫，送平南侯出去，明日驅逐出境，派人送他回吳國。」高飛不給呂範任何解釋的機會，對高橫下令道。

呂範急道：「皇上，你聽我說，這件事絕對不是皇上想的那樣，那傢伙分明是在污蔑我，皇上……皇上……」

高橫親自將呂範給架了出去，之後關上天牢的牢房大門。

高飛走到牢房前，吩咐道：「打開牢房！」

衛士將牢房的大門給打開，高飛跨步走了進去，蹲在那個可疑人面前，看到快要奄奄一息的可疑人，嘖嘖道：「你這一身很俊的輕身功夫倒是很難得，如果你肯說出你的幕後主使者是誰，朕就放了你，而且還給你安排一個官位，讓你享有榮華富貴，如何？」

「呵呵，皇上，我剛才不是說了嗎，那平南侯就是主謀，我是吳國派來的。」

「哼！就是因為剛才你幫了朕，朕才這樣好聲好氣的和你說話，你嫁禍給吳國，倒是省了朕再找藉口和吳國開戰了。你這麼一個錚錚鐵骨的漢子，朕若是殺了你，你就死得太不值了，不如說出你的主使者，然後享受你的榮華富貴……」

「皇上，我已經說了，是吳國派我來的，是平南侯主謀……」

高飛站起身，目光凶狠地看著那個可疑人，怒道：「冥頑不明，嚴加看管，好好的給他治傷，然後好吃好喝的伺候著，他什麼時候說出幕後主使，什麼時候放他走。」

話音一落，高飛便跨出牢房。

剛走沒兩步，只聽見「砰」的一聲，從背後傳來一聲巨大的悶響，他回過頭，便見那個可疑人竟然一頭撞死在牆壁上，腦漿迸裂，可見這一撞是下了多大的勇氣。

「哎……死無對證，這下子徹底沒轍了，不過此等烈士，天下少有。收拾一下，將其厚葬了，撤去全城戒嚴，然後發出皇榜，就說偷竊之賊被畏罪自殺了。」高飛望著那個可疑人，輕輕地嘆了口氣。

呂範出去之後，腦門被涼風一吹，仔細回想了細節一下，這才知道自己中了高飛的奸計，這樣一來，只怕吳國將要不保，讓他的心裡更加的擔心。

高飛從地牢出來，正好遇到賈詡，便對賈詡道：「看來，對吳的攻略要提前進行了，明日召集所有大臣，說早朝朕有事要宣布。」

「諾！可是那偷竊之賊……」賈詡小心翼翼的問道。

「那人死也要保護自己的主人，忠心可嘉，既然這件事知道的人很少，就姑且靜觀其變吧，我相信，這件事的幕後主使人以後會浮出水面的。不過，眼下最主要的是對吳的攻略，東吳是我華夏國的一塊心頭之病，不將其滅掉，華夏國就永無寧日。這次藉口也有了，**是時候結束這紛亂的世界了。**」高飛邊走邊對賈詡道。

第九章

滅吳之戰

「這是吳國的地形圖，這邊插小紅旗的，是我國的軍隊在邊境上的兵力分布圖，滅吳之戰是我國醞釀已久的一場大戰，所以，此戰必然調集我國的精兵強將，朕決定動用軍隊五十萬，詐稱百萬，兵分四路，共同攻擊吳國。」

第二天一早，呂範便被強行送出洛陽。

與此同時，皇宮大殿上的朝臣還是和以往一樣精神。

早朝並不是天天有，平時政令都經過內閣，因此內閣的權力很大，涵蓋了下設的九個部門，所以一般無甚重大之事，高飛一般不召開早朝。

天剛濛濛亮，高飛已經坐在龍椅上了，看到群臣到齊，道：

「自前漢黃巾起義以來，朕經歷大小戰鬥無數場，從一個小小的漢軍的軍司馬到現在的皇帝，朕已經走了二十個年頭了。漢末紛爭，天下大亂，二十年間，朕擊敗了一個個對手，如今只剩下東南的吳國仍然在苟延殘喘，如果不儘早統一全國，天下將永無寧日。加上吳國昨日的不恥行徑，徹底的破壞了我們兩國之間的盟好，我華夏國大，吳國小，豈能讓小國欺負我大國？

「長久以來，朕都本著聯盟的心態能讓則讓，但是昨日的一件事，朕已經是忍無可忍了，如果再一再的忍讓，朕的臉面何在，華夏國的威嚴又何在？所以，朕決定，對吳國發起滅國之戰，眾位愛卿當各抒己見，拿出攻吳方案，然後兵馬錢糧一起調動，我華夏國百萬雄師將以迅雷不及掩耳之勢掃平東南，廓清宇內，成就我華夏國盛世之基礎。現在，各位愛卿便可暢所欲言！」

早朝上，眾多大臣都各抒己見，紛紛表達了對滅吳之戰的看法，其中多數都贊同出兵滅吳，畢竟滅吳之戰的議程早在幾年前就提出來了，只是當時華夏國剛剛吞滅掉魏國，加上西域一帶的威脅，所以高飛決定暫緩幾年。

如今華夏國已經是國泰民安，四海昇平，加上前不久西征又凱旋而歸，所以滅吳之戰的贊同者也逐漸增加。

辰時三刻，高飛在龍椅上坐了足足一個時辰，聽完眾多大臣的話後，說道：「滅吳之戰，勢在必行，恰好我們抓到了吳國的細作，正好可以做為出兵吳國的藉口，向吳國興師問罪，算是出師有名。陳孔璋。」

秘書臺的秘書長陳琳立刻出班跪地道：「臣陳琳跪聽聖旨！」

「即刻草擬一份國書，向吳國興師問罪，限吳國在三個月內納土投降，否則我華夏國百萬雄師將大舉南下！」高飛道。

「臣遵旨。」

參議院丞相田豐站了出來，向高飛行禮後，道：「皇上，所有南征的糧草已經籌集齊備，在半個月前就運抵了各個軍事基地，部隊也集結完畢，只消皇上一聲令下，我軍便可直接對吳國發起進攻，正所謂兵貴神速，為什麼皇上還要給吳國限期三個月？」

「這是皇上的**緩兵之計**，我軍師出有名，隨時可以出擊，皇上故意給對方三

個月，對方必定會認為我軍是在三個月後開始進攻，而且這樣一來，吳國上下都會知道這件事，不消一個月，吳國境內便會風傳此事，到時候，吳國百姓人心惶惶，從上到下都坐立不安，我軍再出其不意，必然能夠取得優異的戰績。」荀攸解釋道。

眾人聽後，心中略有不解的人立時釋懷，無人再多言半句。

高飛接著對群臣道：「除此之外，朕還有一件事要宣布。朕的第三個兒子已經被敕封為唐侯，今年雖然年僅十三，但是自古英雄出少年，所以朕決定南征之時，將由唐侯率領一支軍隊，去歷練一番……」

大臣們無論文武盡皆表現出驚訝之色，邴原首先反對道：「啟稟皇上，三殿下生性駑鈍，年已十三，可是背誦論語竟然用了六年，現在連詩經都不會背誦，如果讓三殿下帶兵出征，只怕……只怕……」

「朕也不會背論語和詩經，照丞相這麼說，朕就不能當皇帝了？」高飛忽然變色道。

「不不不，臣絕無此意，臣的意思是說……是說……」

邴原一時語塞，當著眾多大臣和高飛的面，「傻子」二字始終無法說出口，於是一臉的尷尬。

正在邴原語塞時，只見樞密院新任太尉司馬懿站了出來，緩緩說道：「皇上，丞相大人的意思是，三殿下從小愚鈍，而且癡傻，如果要讓三殿下帶兵出征的話，只怕會有損我華夏國威。」

「大膽！司馬懿，你居然敢說侮辱三殿下？」禮部尚書國淵指著司馬懿喝道。

司馬懿面無表情，淡淡地說道：「我不過是說出事實的真相而已，三殿下如何，你們心中都很清楚，你們不敢說，我代你們說出來，你們竟然還要埋怨我？國尚書，你是禮部尚書，皇上尚且沒有說什麼，你就公然咆哮起來，你這樣做，豈不是更加的藐視皇上嗎？」

「你……你……」國淵面如土色，急忙跪在地上，向高飛叩頭道：「皇上，臣絕無此意，請皇上明察。」

高飛道：「都起來吧，現在，朕只想問，大殿上到底有多少人不贊同唐侯出征的？如果不贊成，請把你們的手給舉起來，朕今天不會怪罪任何人！」

大臣們聽到高飛的話，紛紛將手舉了起來，唯獨一人沒有舉，那就是龐統。

高飛看了，冷笑一聲道：「朕明白了，都把手放下吧。」

大臣們將手放下後，高飛道：「有時候，**真理只掌握在少數人的手裡**。龐太

尉，你為什麼沒有舉手？」

龐統出列道：「回稟皇上，三殿下聰慧過人，文武雙全，如果由三殿下帶兵出征的話，臣覺得三殿下必然會取得意想不到的戰績。」

「士元，你說話要負責任，三殿下那個樣子，怎麼可能會是聰慧之人？」郭嘉帶著鄙夷的目光反駁道。

龐統沒有理會郭嘉，拱手對高飛說道：「皇上，眾位大臣看來不相信在下，那不妨請唐侯出來，和諸位大臣見上一面。」

高飛笑道：「如此最好，請唐侯上殿。」

「皇上有令，宣唐侯上殿！」

大殿外面站著的殿前武士扯開嗓子，大聲朝外面喊道。

不多時，便聽見馬蹄奔馳的聲音，只見大殿之下，一位身著連環鎧，頭戴鋼盔，手持長槍，將軍模樣打扮的人騎著白馬朝這個方向而來，給人的感覺十分英姿颯爽。

大殿上的大臣們遠遠望去，都不禁揉了揉眼睛，心中狐疑道：「這人是唐侯？」

戰馬奔馳到臺階下，那將軍翻身下馬，大步流星的走上大殿，到大殿的門口，大臣們看清楚果真是唐侯高鵬時，驚訝得嘴都合不攏了。

高鵬一身戎裝，手提長槍，大步走上大殿，眼尖的大臣一眼便認出來，高鵬身上那件連環鎧，正是高飛年輕時穿過的，就連頭盔也是，還有手中的長槍，居然是高飛慣用的遊龍槍，站在那裡容光煥發，還有幾分威嚴。

「兒臣叩見父皇！」高鵬放下遊龍槍，摘下頭上戴著的頭盔，跪在地上，向高飛拜道。

高飛擺擺手道：「起來吧。」

高鵬起來後，目光掃視了一眼大殿上的朝臣，見除了龐統外，所有人眼裡都充滿了疑惑和不解，便朗聲道：「莫非大家都不認識我了嗎？怎麼都用這麼奇怪的眼神看著我？」

「鵬兒，有人說你是個傻子，連詩經都不會背，你怎麼看？」高飛見大家都怔住了，清了清嗓子，對高鵬道。

「我之前的確挺傻的，傻人有傻福嘛，否則父皇也不會賞賜我這一套戰甲和武器。父皇對兒臣的恩賜，兒臣將永世不忘。」

高鵬吐字清晰，說話流暢，而且極富條理性，與以往所見的癡傻模樣完全判若兩人。

賈詡見高鵬很是正常，心裡暗道：「三殿下大智若愚，看來裝瘋賣傻已經不是一天兩天了，有龐統相助，或許以後會成就一番作為，只是奇怪的是，我情報部遍布全國，無孔不入，為什麼直到今天我才知道三殿下不是個傻子？難道……」

一想到這裡，賈詡眼角的餘光忍不住移到自己左後方的林楚身上，疑心道：「負責監視三殿下的人是他的部下，每次都回報均說三殿下依舊如故，難道他和三殿下有關？如果真是這樣的話，那就真的很可怕了，上次麒麟二黨黨人洩密的事，絕對不是一件偶然事件，只是我一直未曾想到是他……」

賈詡的目光突然又移到司馬懿的身上，思索道：「無獨有偶，記得司馬懿曾經向林楚買過情報，雖然林楚當時只是奉命行事，可是無法保證他以後不會做出其他事情來，情報部第一次出現這樣的事，絕對不能就此算了……」

郭嘉、司馬懿算是整個朝臣當中最驚訝的，一個是高麟的恩師，一個是高麒的恩師，高鵬竟然能夠瞞騙過他們兩個，那麼高鵬對他們來說，必然是最可怕的威脅。

高鵬不是傻瓜的事，讓眾多大臣一時都難以接受，每個人的心裡皆是各懷心思，有的哀愁，有的喜悅，有的則是漠不關心，一時間大殿上鴉雀無聲。

高飛道：「起來說話，你既然甘願做一個傻子，相信你對別人怎麼說你也已經不在乎了。不過，今天不一樣，你要當眾表現出你的能力，至少讓這些大臣們覺得朕給你封官不會有損我華夏國威。」

「是，兒臣遵旨。那麼，就讓兒臣倒背一下孫子兵法吧。」

高鵬話音一落，便開始背誦孫子兵法，他先正背一次，然後再倒背一次，令在場的大臣們又是再一次刮目相看。

背誦孫子兵法不是一件難事，可是要做到倒背如流，在場的大臣中估計沒有人可以辦到。高鵬能將孫子兵法熟練的倒背如流，瞬間便征服了在場所有大臣的心，眾人也才知道原來這個三殿下是深藏不露。

「高橫！」就在這時，高飛打斷高鵬，喊道。

衛尉高橫出列，拱手道：「皇上有何吩咐？」

「取箭靶來，立於百步之外，給唐侯一張弓和三根箭矢。」

高橫立即按高飛的吩咐布置好，然後將弓箭遞給高鵬。

「鵬兒，你表演一下箭術給各位大臣看看。」高飛有心測試高鵬道。

高鵬接過弓箭後，當即開弓搭箭，接連射出三支箭矢，那三支箭矢一支緊隨一支，當第一支箭矢射中靶心後，第二支箭矢緊緊尾隨，利刃直接刺穿第一支箭

矢的箭尾，再釘在靶心上，第三支箭矢也如影隨形的刺穿第二支箭矢的箭尾，三支箭矢盡皆釘在同一個靶心上。

「哇……好厲害的箭法……三殿下居然會百步穿楊之術！」

這手精彩的表演後，眾人紛紛對高鵬的印象徹底改觀，但是對郭嘉和司馬懿來說，高鵬的優異表現卻對他們產生了極大的威脅。

高飛面帶笑容，心想道：「如果高麒、高麟都在場，看到他們的傻弟弟竟然有如此的本領，只怕也會大吃一驚吧？」

他漸漸地收起了笑容，然後對眾多大臣說道：「讓唐侯帶兵出征一事，誰還有異議？」

大殿中鴉雀無聲，沒有一個人再持有反對意見。

高飛緩緩地站了起來，對眾臣說道：「看人不要只看表面，你們一定要時刻記住這句話。現在，朕就封鵬兒為偏將軍，即刻趕赴汝南，歸虎烈大將軍黃忠調遣，樞密院太尉龐統隨同鵬兒一起前去，為黃忠軍師。」

高鵬、龐統同時道：「遵旨！」

高飛道：「今日暫且到此，內閣大臣待早飯過後，再到御書房來開會，退朝。」

話音落下，高飛轉身便走，情報部尚書賈詡急忙跟去，慌張地道：「皇上，臣有要事啟奏。」

高飛道：「隨朕來。」

群臣陸續退出大殿，郭嘉、司馬懿兩個人面面相覷一番後，都欲言又止，最後全部退出了大殿。

偏殿裡，高飛坐在飯桌上，對同樣坐在飯桌邊上的賈詡道：「你有什麼要事，現在這裡只有朕的心腹，你只管說便是。」

賈詡道：「啟稟皇上，臣曾經派情報部左侍郎林楚密切關注三殿下的一舉一動，按理說，林楚不會將這麼重要的情報隱瞞起來，直到今日，臣才知道三殿下竟然文武雙全，這也就是說，林楚這幾年來，每次給臣有關三殿下的情報有假。臣再聯繫到上次洩密之事，不禁有些擔心林楚很可能被三殿下收買了。如果真是這樣的話，那麼三殿下豈不是對我情報部的事情瞭若指掌？」

「哦，原來你說的是這件事啊，沒什麼，不過是件小事而已。林楚是卞喜親自訓練的斥候，對朕更是忠心耿耿，上次司馬懿用重金購買情報，他便毫不猶豫的將此事上報，這件事你應該很清楚，對鵬兒的事，是朕讓他不用再關注的，所以除了朕之外，情報部的人根本不知道鵬兒的事。」

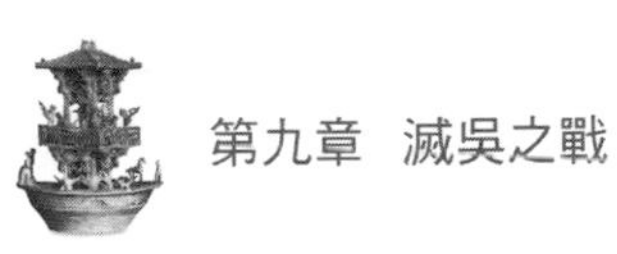

賈詡聽到高飛的解釋後，這才釋懷，長出了一口氣，道：「原來如此，那倒是臣杞人憂天了，讓皇上見笑了。」

高飛笑道：「這表示你很用心。你也餓了吧，陪朕一起吃吧，一會兒還要開會呢。」

「臣遵旨。」

早飯過後，高飛、賈詡便直接去了御書房，然後讓人弄來用泥沙和泥土模擬出來的吳國地形圖，等候著內閣眾臣的到來。

半個時辰後，荀攸、郭嘉、司馬懿、蓋勳、田豐、邴原、管寧等人盡皆到齊，便開始開會。

「這是吳國的地形圖，這邊插小紅旗的，是我國的軍隊在邊境上的兵力分布圖，滅吳之戰是我國醞釀已久的一場大戰，所以，此戰必然調集我國的精兵強將，朕決定動用軍隊五十萬，詐稱百萬，兵分四路，共同攻擊吳國。

「朕也已經寫下密令，去西北傳喚馬超、徐晃二人前來助戰，並且吩咐魏延嚴密鎮守西域，龐德鎮守涼州，廖化鎮守秦州、周倉鎮守靈州，還同時任命韓猛為鎮北大將軍，總督並州、冀州、幽州、雲州、以及遼東和東夷，除此之外，朕也會御駕親征，荀攸、郭嘉、司馬懿、蓋勳、田豐都隨朕一同出征，以鎮國公賈詡監國，總攬皇朝軍政，朕御駕親征期間，賈詡可專斷專行，遇事先斬後奏，邴原、管寧為輔。」

此話一落，內閣中的幾個大臣都紛紛俯首，對賈詡監國之事並無異議，因為賈詡確實是高飛心腹中的心腹，更何況，讓賈詡留守後方也不是一天兩天的事了，賈詡將這些事情都處理得井井有條，從未讓高飛失望過。

隨後，高飛便和內閣大臣開始制定滅吳方略，一直商討到傍晚，才終於得出結果。

高飛將四路大軍分別編成集團軍，首先以定國公、虎衛大將軍甘寧為第一集團軍的大帥，總控青州、徐州兵馬以及所屬江都港海軍共計十五萬兵力；以定國公、虎烈大將軍黃忠為第二集團軍大帥，總控豫州之師，總兵力五萬；以威遠大將軍張郃為第三集團軍大帥，總控益州、荊南之師，共計十萬；高飛將剩下的二十萬兵力全部編入第四集團軍，自己親自率領這支大軍，對吳國進行毀滅性打擊。

每路集團軍的攻略方案都不一樣，都自成一個體系，在攻略吳國期間，除非有特殊事件出現，否則高飛將不再予以干涉，這樣一來，也就充分的將指揮權交給每個集團軍的大帥手中，對於整個戰爭的靈活性起到了一定的作用。

為此，高飛特地派遣荀攸去第一集團軍擔任軍師，讓法正去第三集團軍當軍師，隨後便親自派遣將領，親自書寫每個集團軍的出征大將名單。

書寫好後，便給各個大臣派發聖旨，讓他們在半個月內抵達集團軍所屬的駐地，高飛則在京城等待著馬超、徐晃的到來，在等待的同時，則讓虎威大將軍趙雲率領軍隊先行，以江陵城為臨時的陪都。

潯陽城。

魯肅自從周瑜走後，他的肩膀上就多了一個重擔，不過好在沒有什麼事情發生，這個代理大都督做的也算是稱心如意。

七月初三，這天烈陽高懸，一大清早的便熱得要死，魯肅正在那裡處理公文，忽然間見一名衙役過來，手中拿著一封書信，臉上顯得很是慌張，便問道：「慌什麼？」

「啟稟大人，這封是華夏國江夏知府諸葛亮的書信，差人過江送了過來，說是請大都督親自拆閱。」

魯肅接過那封信後，見信封上寫著「吳大都督親啟」六個娟秀的文字，不禁讚嘆道：「此人書法不錯，堪稱上乘之作，看來諸葛亮確實是一個才智之士，只可惜不為我吳國所用啊……」

他讚嘆歸讚嘆，但是手卻沒有閒著，拆開了信封，仔細地流覽一遍信中內容後，搖搖頭笑道：「公瑾走了有大半個月了，看來這次華夏國的消息並不是很靈通啊，不然諸葛亮也不會以周大都督相稱。既然他邀請公瑾過江一敘，那我就勉為其難吧。」

隨後，魯肅便讓人去叫來周泰和凌操，自己則寫回信，然後讓下人交給送信之人，讓送信之人將這封書信帶回去。

等到周泰、凌操來到魯肅面前時，魯肅的回信已經發出去多時，兩人畢恭畢敬的對魯肅道：「大都督傳喚我等，有何吩咐？」

魯肅道：「坐，兩位將軍不必如此拘謹，我只是代理大都督之職，等大都督回來後，我就回柴桑去了。我今日叫兩位將軍來，是希望兩位將軍這兩天能夠嚴加看管江防，我準備去江北和新上任的江夏知府諸葛亮會晤一面。」

周泰聽後，問道：「大都督要去見諸葛亮？」

「怎麼了？」魯肅點點頭道。

「那諸葛亮奸詐小人，當年江陵一戰，就是他將周大都督給騙進城的，害我

軍損失不少，大都督要去見他有什麼事嗎？」周泰問道。

「哦，只是尋常的走訪而已，無甚緊要的事情。」

「末將勸大都督還是不要去為好，現在這個時候，兩國的關係空前的緊張，如果大都督去了，被諸葛亮給扣押了，那該如何？我們可是向周大都督保證過，是要保護大都督的。」

魯肅笑道：「無妨，諸葛亮要請的是周大都督，我只是去打個前哨，先看看諸葛亮要做什麼，而且我是無名之輩，諸葛亮扣押我做什麼？就這樣定了，明日給我準備一艘船隻，我要一個人去見見這個諸葛亮。」

「大都督要一個人去？」凌操驚訝地道。

魯肅見凌操和周泰如此緊張的樣子，不以為意地道：「是啊，一個人去反而最省事，既然諸葛亮請大都督赴宴，我現在又是暫代大都督之職，理應由我去。」

「大都督，諸葛亮絕對不會安什麼好心的，不如由屬下跟大都督一起去，順便帶上軍士，另外水軍全部出動，以應不時之需，或者乾脆別去了。」周泰勸道。

魯肅擺擺手道：「你們都太過擔心了，我一個人可也。再說，大都督就要歸來了，豈能無人去迎接？明日我只需一隻輕舟送我過江即可，你們都留在南岸待命。」

「可是大都督……」

周泰始終不能放心，剛開口便被魯肅打斷話語，只聽魯肅道：「好了，我意已決，你們不必多言，好好駐守這裡便是，都退下吧。」

周泰、凌操無奈，只好退下。

第二天一早，魯肅身著一襲灰色寬袍，頭戴綸巾，到了潯陽江邊，見周泰、凌操二人帶著軍隊在岸上列隊等候，潯陽江心也有吳國水軍的戰船停駐，遠遠望去，像是要出征一般。

周泰、凌操二人見魯肅到來，先行參拜，之後，周泰道：「大都督，我等思來想去，還是決定跟隨大都督一起去，不然的話不甚放心。周大都督走時曾有交代，要我等保護好大都督，大都督隻身一人前去，萬一有什麼閃失，那周大都督回來了，必會找我們的麻煩，所以……」

「你們只怕周大都督找你們的麻煩，就不怕我找你們的麻煩嗎？大都督走時是怎麼說的，要你們完全聽命於我，我昨天已經把話說得很明白了，難道你們都不聽從我的命令嗎？立刻撤去江上所有船隻，給我一隻輕舟和一名艄公即可，你

們也都各歸各營，駐守水軍營寨，要像平時一樣嚴加防範。」魯肅勃然怒道。

周泰、凌操還是頭一次見魯肅發怒，因為魯肅一向被冠以大好人的名聲，宅心仁厚也是出了名的，當魯肅今天一發怒後，周泰、凌操的臉上都覺得火辣辣的。

魯肅見周泰、凌操還站在那裡不肯走，便道：「還愣在那裡幹什麼？難道你們敢違抗軍令嗎？」

周泰、凌操急忙道：「末將不敢，末將這就撤去所有船隻，送大都督過江。」

隨後，周泰、凌操便按照魯肅的吩咐，只給魯肅一艘輕舟和一名艄公，搖著櫓便將魯肅送到江北。

潯本水名，在長江以北，南流才入長江。秦置九江郡，治所在壽春（今安徽壽縣）。轄境約今安徽、河南淮河以南，湖北黃岡以東和江西全省，以「九江」在境內得名，但是與今天的江西省九江市沒有任何關係。漢文帝十六年（西元前一六四），分淮南置廬江國，領縣十二，潯陽便是其中之一，縣治約在今蔡山附近的古城村。

所以，潯陽隸屬於吳國的廬江郡，但因其地理位置的重要，所以也是吳國水軍的屯駐之地，南有柴桑，北有潯陽，兩座水師大營，夾江而建，正是為了防止華夏國的水軍利用長江順流而下進攻吳國的要害之處，因為長江的上游盡皆控制在華夏國的手中。

魯肅駛離潯陽南岸，直接朝著江北而去。

他站在船首，雙手背在後面，任由微風拂面，看到江心上碧波蕩漾，煙波浩渺，不禁心中起了一絲擔心，暗暗想道：「若華夏國和吳國之間真的爆發戰爭，以吳國現在的軍隊戰鬥力，又能抵擋華夏國的大軍到幾時？」

在江上向北行駛了一段路程，魯肅隱約看到一艘極大的戰船出現在自己的眼簾，那種戰船比吳國最大的樓船還要大上一倍，而且船的設計獨具匠心，竟是將兩艘大船強行併在一起，連成一條更大的船，上面懸掛著華夏國的軍旗。

華夏國的這艘超大型戰船乘風破浪，水流從兩條戰船甲板連接處的下面通過，而甲板上面則由騎兵往來，像是如履平地一樣，加上戰船兩側的雙排搖櫓，使得這艘戰船行駛的速度也大大加快了。

「巧奪天工，真是巧奪天工啊，都說南船北馬，可為什麼北國的造船技術遠遠比南國的要高出許多？這樣的戰船，無論在承載量上，還是在穩定性上，都得天獨厚，即使遇到大風大浪，也不至於搖晃的太厲害，這簡直……」

魯肅看到那艘大型戰船迅速的駛來，漸漸逼近自己的視線，讓他看清整個戰

船的全身，不禁在心裡發出讚嘆，臉色也顯得更加憂鬱起來。

華夏國的戰船緩緩放慢了速度，等到快要逼近魯肅時，幾乎停頓下來，生怕撞沉魯肅的那葉扁舟。

戰船剛剛停下，便見船首處湧出一人，朝著對面的小船上抱拳喊道：

「在下華夏國橫江將軍霍峻，巡江到此，見汝船上掛著吳國的旗幟，敢問先生可是要進入我華夏國的江域嗎？」

魯肅見霍峻極為威嚴，便禮貌的抱拳回道：「吾乃吳國大都督魯肅，受你們江夏知府諸葛孔明相邀，特來赴宴，煩請將軍能夠通稟一下。」

「魯肅？吳國的大都督不是周瑜嗎？怎麼會換成先生了？」霍峻聽後，心中一陣狐疑。

「哦，是這樣的，周大都督有恙在身，所以現在大都督之職由我暫代。煩請霍將軍通稟一下，就說魯子敬前來赴宴。」魯肅解釋道。

霍峻道：「既然是知府大人宴請的客人，本將理當親自送大都督過去。不過，本將軍務在身，還要巡江，所以只能派人將你送到知府大人那裡。州府的事一向與我軍部無關，但是外來船隻要進入我華夏國江域，需要有軍部開出通行證，如果大都督有通行證，我便連人帶船一併放過，不知道大都督可否有通行證？」

「匆忙而來，未曾向貴國軍部申請。」

魯肅對華夏國的政體多少有些瞭解，和平時期，軍政分離，戰爭時期，軍政才緊密結合在一起共同禦敵，但由於是匆忙赴宴，所以未曾向華夏國的軍部申請通行證。

「既然如此，那只好請大都督換乘我國船隻了。」霍峻話音一落，便讓人放下船隻，前去迎接魯肅。

魯肅換乘船隻後，這才被霍峻讓人送到江北的北岸，然後又由人一路接應到知府大人的所在的蘄春縣衙門。

江夏知府的衙門本來在西陵城，但是諸葛亮到任後，認為西陵城離戰線太遠，所以改到了蘄春縣。

蘄春縣縣城外面，接到奏報的諸葛亮親自率領江夏府中的官吏出迎，並且讓人安排下酒宴，可是當見到來人不是周瑜，而是魯肅時，忽然有一種失落感。

因為報信人都只說吳國大都督前來赴宴，至於是誰並沒有提及，所以諸葛亮直到見到魯肅時，才知道來的不是周瑜。

但是，諸葛亮還是笑臉相迎，見到魯肅時，第一句話便問道：「車騎將

軍駕到，亮有失遠迎，可是大都督身體有恙，不能前來，所以讓魯車騎前來代替？」

魯肅先是點了點頭，隨後又搖了搖頭，然後緩緩道：「周大都督確實有恙，只是他並不知情，因為肅暫代大都督之職已有半月有餘，所以接到諸葛大人的信箋後，便立刻前來赴約，還望諸葛大人不要見怪才是。」

「不會不會，既然魯車騎已經是暫代大都督之職，那亮自然就不會怠慢。鄙人已經備下了薄酒，咱們請府衙內一敘。」諸葛亮做了一個請的手勢，將魯肅給請了進去。

趁著這個當口，諸葛亮身邊的討逆將軍霍篤上前問道：「知府大人，來的不是周瑜，一切照舊嗎？」

「照舊！魯子敬也是吳國一個舉足輕重的人才，一切按照原計劃進行。」諸葛亮小聲說道。

霍篤得到明確的指示後，轉身離去。

魯肅在府衙官員的簇擁下進入城內，目光掃視著整個環境，心中暗暗想道：「看來今天之宴和鴻門宴相差無幾，我替公瑾擋下這一劫，希望公瑾能夠儘快趕回來，不至於給華夏國一個可乘之機。」

進入府衙後，諸葛亮熱情地款待了魯肅。

酒過三巡，魯肅掃視一遍滿堂賓客後，便開口問道：「諸葛大人，此次宴請令魯某不勝感激，可是魯某一直在想，諸葛大人應該不會無緣無故的宴請我吧？所以，還請諸葛大人解開我心中的疑惑。」

諸葛亮笑道：「其實，也沒什麼，因為我原本是要宴請周大都督的，可是既然來的是魯大都督，那我總不能將魯大都督拒之門外吧。如果魯大都督可以代周大都督做主的話，或許我們也可以坐下詳談一二。」

「周大都督有恙在身，已經將所有軍政之事全權委託給我，雖然我只是暫代大都督之職，但是做出一些決定還是可以的。只是不知道諸葛大人想談些什麼？」魯肅反問道。

諸葛亮道：「其實也沒什麼，昔年我曾與周大都督有過一次對戰，那次我輸給了周大都督，險些還丟掉了性命。所以這次我宴請周大都督，是想請教一下方略。」

「方略？諸葛大人也是一時之才俊，昔年的事，我曾聽公瑾提起過，只可惜當時肅未能親臨觀摩，公瑾對諸葛大人的才華和用兵之道頗為讚賞，要說請教的話，那我可就代替不了公瑾了，反而要向諸葛大人請教方略才是。」魯肅客氣

地道。

諸葛亮道：「魯大人怎麼如此謙虛？我聽聞江南小兒歌謠，云『**伏路把關饒子敬，臨江水戰有周郎**』，魯大人在陸地上伏路把關甚是嚴謹，周公瑾只不過是水戰出名，陸戰嘛，只怕就不及魯大人了。」

魯肅笑道：「諸葛大人過譽了，這等謠言，只怕是出自諸葛大人之口吧，魯某在江南數載，為什麼卻從未聽說過？」

「這不怪魯大人，這些歌謠都是我國商客在市井間聽來的，魯大人和周大人都是位居高位之人，百姓見到後盡皆避之，試問魯大人又如何能夠聽到這種謠言呢？」諸葛亮端起一杯酒，對魯肅道：「魯大人不必放在心上，此童謠足以證明魯大人之地位，更何況童言無忌嘛，來來來，今天不談及其他，且自歡飲即可。」

魯肅也不在意，當即道：「那子敬就恭敬不如從命了。」

諸葛亮款待魯肅，兩人所談的話題不再涉及任何軍務和政事，只是東家長西家短的敘述，一邊勸酒一邊聊天，漸漸地，魯肅已經開始不勝酒力。

魯肅只覺得頭有點暈，眼睛有點晃，看人都是重影，紅彤彤的臉上是熱乎乎的，當即對諸葛亮道：「諸葛大人，肅，不勝酒力，只怕已無法再飲，今日諸葛大人的宴請，肅改日必將回請，所以，肅想先行告辭了……」

「魯大人已經醉成這個樣子了，不如留下來休息半日，待酒醒之後，我再親自送魯大人過江，如何？」

「只怕會有所叨擾。」

「無妨，魯大人是我請來的貴客，怎麼會叨擾呢？」

諸葛亮站了起來，對門外喊道：「來人啊，送魯大人回房休息！」

於是，兩名婢女便走到魯肅的身邊，將魯肅扶起，然後送入了客房休息。

魯肅被送走之後，霍篤便走進大廳，對諸葛亮道：「知府大人，所有的事情都已經安排好了，這次保證魯肅再難逃脫。」

「很好，按照計畫去辦吧。」

「諾！」

諸葛亮端起面前所謂的「酒」，其實就是普通的水而已，稍微兌了點酒在裡面，所以怎麼喝，他都不會喝醉。

反觀魯肅則不然，準備的全是北方的烈酒，不醉才怪。

他將水咕咚一下喝了下去，卻沒有露出應有的笑容，因為這個計策本來是為周瑜準備的，**誰想到周瑜沒來，來的反而是魯肅。**

魯肅醉醺醺的被兩個婢女攙扶著來到了早已經準備好的客房，兩個女婢將魯肅扶到床上後，便離開了房間。

魯肅頭昏眼花的，只覺得自己似乎進了一個像洞房一樣的地方，到處都是紅綢，他喃喃自語道：「奇怪，我怎麼進了洞房了？」

正說話間，房門突然打開，從門外走進來一位翩翩美女，美女身穿紅色的新娘嫁衣，徑直走到床前，見魯肅躺在床上，便將魯肅的衣服給褪去。

天氣燥熱，魯肅的身上更是燥熱無比，不知道為什麼，看到這個美女居然產生一股欲望，沒等美女把他的上衣完全褪下，魯肅已經把持不住了，不知道哪裡來的那麼大的力氣，從床上坐了起來，然後將那美女一下子給壓在身下，開始對美女是一陣狂吻，雙手撕扯著美女的衣服，露出一片白皙的肌膚。

美女一開始時還配合著魯肅，可是當魯肅要褪下她的裙褲時，便聽美女用犀利的女高音大聲尖叫道：「救命啊……救命啊……」

就在這時，只聽「砰」的一聲巨響，房間的門被人一腳踹開，一個穿著新郎裝的男人氣沖沖地衝了進來，看到魯肅壓在美女的身上，美女正拼死的反抗，身上的衣服凌亂不堪，當即上前一把將魯肅給拉了下來。

第十章

頂尖智者

魯肅只是一陣憨笑，內心裡卻極為不爽，他總覺得自己是在任由諸葛亮擺布。對於諸葛亮到底要做什麼，周瑜又為何全軍登岸，都讓他的心裡畫上了一個大大的問號。也許，這就是他和頂尖智者的差別吧，魯肅心中這麼想。

魯肅哪裡料到事情會是這樣的發展，一個踉蹌倒在地上，還沒有反應過來，一群手持兵刃的官兵便將兵器架在魯肅的脖子上。

「啪！」

新郎甩起一巴掌打在魯肅的臉上，魯肅只覺得臉上一陣火辣辣的，還沒有來得及說話，已經被五花大綁，嘴也被塞住了。

魯肅像是做夢一樣，但是酒醉得太厲害，挨了一巴掌後，還在那裡傻笑，被官兵闖入地牢後，倒在地牢中的乾草垛上便呼呼睡著過去，人事不省了。

入夜後，魯肅在地牢裡醒了過來，想伸個懶腰，可是剛一動彈，卻發現自己竟然被捆綁著，連動都動不了，嘴裡也被塞住東西。

映著昏暗的燈光，魯肅看到自己所處的環境竟是一個地牢，當即努力回想之前發生了什麼事，卻只隱約記得自己彷彿和一個美女在洞房花燭，之後的事，便一概不知。

「唔唔……」

魯肅拼命扭動著身體，試著掙脫身上的繩索，可是無論他怎麼掙扎，都無法掙脫，反而使得他白皙的皮膚上多了幾道勒痕。

魯肅家境殷實，從不缺少吃穿，算是嬌生慣養，自從出生後，他從未受過如此磨難，今天是頭一遭。他在想自己到底犯了什麼錯，竟然要受到這種遭遇。

地牢外面，一個身穿華夏國獄卒衣服的人經過，看到魯肅醒來，立刻喜笑顏開，當即走開了。等到獄卒再次回來時，身後帶來了諸葛亮和江夏的一些官吏。

諸葛亮見魯肅如此的狼狽，當即道：「打開牢房，你們怎麼能夠這樣對待魯大人呢？成何體統！」

獄卒急忙打開牢房，給魯肅鬆綁，諸葛亮親自遞上一件外套，給魯肅披在肩上，然後用愧疚的表情說道：「魯大人，實在是難為你了……」

魯肅道：「諸葛大人，我為什麼會在這裡？」

「魯大人不知道？」

「我記得我白天的時候喝得醉醺醺的，被扶進房間後，就什麼都不知道了。」

魯肅懊惱地道。

諸葛亮嘆了一口氣，道：「魯大人不知道也好。亮待客不周，讓魯大人遭此劫難，實在難辭其咎，我這就送魯大人過江。」

魯肅見諸葛亮似乎欲言又止，便也不再多問，跟著諸葛亮一起走。

誰知道，一行人剛離開牢房，便見門外有一個身披鎧甲的將軍領著一幫士兵站在那裡，見到魯肅出來後，那領頭的將軍當即拔劍而出，指著魯肅大叫道：

「魯肅，我華夏國敬你為上賓，沒想到你居然幹出這種勾當來，你今天不說清楚，休息離開此地！」

魯肅吃了一驚，那將軍他認識，正是早上巡江的橫江將軍霍峻！但見他一臉怒意，身後的士兵更是憤怒不已，對他頗為鄙夷的樣子。

他不解地道：「霍將軍，我到底做了什麼？」

霍峻剛要發話，諸葛亮便對霍峻道：「霍將軍，魯大人是我請來的貴客，發生了那件事，也不是我所期望的，但是這件事肯定是個意外，我敢以人格擔保，魯大人絕不是那種人。令妹的損失，我會給你一個交代的，請你讓開，我要送魯大人回去。」

「諸葛大人，平常我讓你們一些，這也是應該的，但是這次卻不一樣，受到傷害的是我的妹妹，我妹妹昨日大婚，沒想到剛拜完天地回到房間就被魯肅給那個什麼了……我妹夫當時氣急敗壞，一怒之下將魯肅關入了地牢，這件事我也已經做過處分，現在我妹夫和我妹妹的婚約解除了，而且這件事已經傳遍了整個蘄春城，你讓我這張臉往哪裡擱？我妹妹更是尋死膩活的，如果不殺了魯肅，難以解我心頭之恨！」

魯肅聽後，急忙扭頭對諸葛亮道：「諸葛大人，到底發生了什麼事？」

諸葛亮輕嘆了口氣，於是便將事情一五一十地說給魯肅聽，述說的時候，還不忘添油加醋，極力的把魯肅描述成一個強姦犯。

魯肅聽後，失聲道：「難道那不是個夢，都是真的？」

「夢你祖宗！魯肅，你是堂堂的吳國大都督，怎麼能幹出這樣的事情來，你這樣亂來，我妹妹的名聲完全被你給毀了，以後讓我妹妹還怎麼見人？」霍峻不依不饒地道。

魯肅見眾人投來鄙夷的眼光，看了看自己，見自己只穿著一條大褲衩，十分的狼狽，但是前後思量一番，又覺得其中有些地方不對，便斜視諸葛亮一眼，道：「這件事既然是我犯下的錯誤，我魯肅自然會負責到底，大不了我娶你妹妹便是。現在請讓我離開，三天後，我必會親自上門提親！」

霍峻道：「不行，你走了，萬一一去不返，那我妹妹怎麼辦？」

魯肅怒道：「我魯肅好歹也是吳國的車騎將軍，暫代大都督之職，又有侯爵，我既然說要來娶你妹妹了，就會說話算話。」

「不行，你們吳人說話沒一個可信的，表面上和我華夏國是盟國，暗地裡卻總是製造摩擦。你必須留下，成婚完畢之後再走不遲。」霍峻堅決地道。

「這怎麼行？我還有公務在身！」魯肅急忙扭臉向諸葛亮求救道：「諸葛大人，我魯肅好歹也是個正人君子，既然酒後失德，做下了這種事情，定然會負責到底。我以我的人格擔保，我回去安排妥當後，必會在三天後親自上門提親，如若不然，諸葛大人儘管將此事告知我主，讓我魯肅遺臭萬年……」

諸葛亮笑道：「魯大都督的為人我自然清楚，只是我身為江夏知府，所管轄的是日常政務的事，而霍將軍是軍部的人，華夏國一向是軍政分離，如果我加以干涉的話，只怕會觸犯我華夏國的律法……我看這樣吧，不如來個折中的辦法，魯大都督暫時就在府衙內委屈幾天，待新婚燕爾之後，我再親自將魯大都督及夫人送往南岸，另外，我會派人去南岸送信，說魯大都督在這裡成婚，邀請諸位將軍到北岸來祝賀，如何？」

魯肅現在受制於人，便也不再多說什麼。不過諸葛亮要邀請諸位將軍到北岸道賀，這件事卻是頗為棘手，如果諸位將軍都來了，那江防誰防？如果諸葛亮再如法炮製，使諸位將軍都成為華夏國的女婿，然後再將他們全部控制起來，那吳國在潯陽的水師便是不攻自破了。

他皺起眉頭，思慮片刻，點點頭答應了下來，對諸葛亮道：「此法甚好，不過南岸諸將沒有我的命令，是絕對不會動彈的，不如我修書一封，然後你差人送到南岸如何？」

諸葛亮道：「如此最好。」

隨後，魯肅被諸葛亮重新請回了大廳，筆墨紙硯早已準備齊全，然後魯肅提筆修書，洋洋灑灑的寫下了一封書信，待墨跡乾涸後，交給諸葛亮，語重心長地道：「諸葛大人，一切都拜託了！」

諸葛亮道：「魯大都督儘管放心，我這就讓人去送信。魯大都督受苦了，還請到內堂休息。」

諸葛亮轉身對霍峻道：「霍將軍，魯大人如今是你的妹夫了，你也該放心了吧，不如就讓令妹出來伺候魯大人……」

「知府大人替末將解決了這件醜事，末將自然不會再糾纏下去，能得到吳國的車騎將軍、平東候為妹夫，也是小將的一份福氣。魯大人，這廂請，舍妹還在閨房中等待著魯大人呢。」霍峻笑吟吟地道。

霍峻帶人將魯肅請入後堂，送進自己妹妹的房間，房間內果真有一位美女在那裡等著，美女姿色不可方物，如今魯肅頭腦清醒，見到美女，原本陰霾的心情頓時覺得開朗不少。

美女見魯肅到來，急忙端茶倒水，伺候魯肅，又讓人送來酒菜，對魯肅道：

「能得魯大人為夫君，賤妾一生知足矣。」

魯肅雖然知道這是諸葛亮使的手段，可是**卻猜不透諸葛亮下一步要幹什麼，為什麼要費盡心機為自己安排這麼一段**。

他想不通，輕嘆了口氣，既然木已成舟，成了這個美女的夫婿，自然要有夫婿的樣子，而且對方比正妻還要美麗，於是乎將錯就錯，便和美女把酒言歡起來，一來順了諸葛亮的心，二來自己也想知道諸葛亮的下一步動作。

一杯酒下肚，魯肅坐擁美女入懷，表面上喜笑顏開，可是心裡卻在擔心著另外一件事，那就是他寫的那封信。

他在寫信的時候，留了一個心眼，不知道諸葛亮能否看出來。他暗暗地想道：「幸好明日便是公瑾的歸期，此信只要公瑾一看，便知其中奧秘，定然會想出救我的方法。諸葛孔明啊，**但願你看不出信中的玄機**，如此，我魯肅才不至於對不起公瑾，對不起吳國啊。」

府衙前廳裡。

諸葛亮正在認真地看著魯肅寫的那封信，他從頭到尾看了好幾遍，都沒有看出中間有什麼不對勁的地方。

他將魯肅的信交給身邊的霍篤和霍峻傳閱，然後說道：「亮用此損招，致使二位損失一個妹妹，不知二位將軍可恨亮否？」

「知府大人說的這是哪裡話，我等身為華夏國的將軍，上陣殺敵尤為不怕，何懼這些？我霍氏自從歸順華夏國以來，對皇上忠心耿耿，全家上下都願意為皇上盡忠，舍妹雖然不是大家閨秀，可也讀過詩書，通曉禮儀，這事是舍妹同意的，再說魯肅是有才之人，舍妹嫁給他也算是一種福氣，我霍家應該感謝知府大人才是，又談何恨意？」霍篤誠摯地道。

諸葛亮嘆了口氣，道：「只可惜來的不是周瑜，如果能把周瑜困在這裡，那就更好了。不過現在也不差，只要將魯肅困在這裡，周瑜也算是少了一條臂膀。這封信你們看看，發現有什麼異常沒有？」

霍篤、霍峻傳閱後，但見信中所寫不過是讓周泰、凌操等人近日內前來蘄春縣赴宴，並且讓他們各司其職，並沒有發現什麼異常之處。

二人看後，都齊聲答道：「啟稟知府大人，我等並沒有發現異常之處。」

諸葛亮皺眉道：「按理說，魯肅應該已經發覺此事是我在從中作梗，但是信中卻沒有說其他的，只是讓吳國諸將前來赴宴，倒是奇怪了。」

「大人，一定是魯肅見到舍妹之後，被女色所迷，所以心花怒放不想走了，再怎麼說，舍妹在荊州境內的美貌也算是出眾的，魯肅能娶到舍妹也是豔福不淺啊。」霍篤笑道。

「也許吧，既然信中沒有什麼異常之處，你們就派人過江，送信給周泰等人。」諸葛亮吩咐道。

「諾！」

「另外，讓選出來的那些個美女都做好心理準備，等吳國慶賀團一到，便可以如法炮製，只要拴住吳國的諸位將領，這場仗就簡單多了。」諸葛亮陰笑道。

「是，大人。」

「如今皇上正在積極的調兵遣將，你們屬於我的轄下，讓你們的部下都打起十二分精神，等到皇上一到荊州，滅吳之戰就可以順利展開了。」

「是，大人。」

潯陽城的東門外，周泰、凌操率領眾將出迎，遠遠地站在那裡，等候著周瑜的歸來。

今天是周瑜的歸期，眾將一早獲悉之後，便提前在城門外等候。

但是，周泰、凌操卻是愁眉不展，昨夜華夏國突然送來一封信，信是魯肅寫的，說是讓他們到蘄春縣參加婚宴。周泰和凌操雖然覺得事有蹊蹺，可是那封信的確是魯肅親筆寫的，兩人一籌莫展，始終看不出其中的端倪。

「大都督歸來後，真不知道該如何向大都督解釋，魯大人昨日單人赴約之後，竟然出了這種事情，我等無能，只怕大都督知道了要怪罪下來。」凌操擔心地說道。

周泰道：「該怎麼說就怎麼說，一定是諸葛小兒在暗中搞鬼，扣押了魯大人不放，然後逼魯大人寫下這封信，好把我們都騙過去。」

「哎，都怪我，當時如果力勸的話，就不會有這種事了。」凌操悔恨地道。

「魯大人的脾氣你是知道的，從來都是說一不二，但願魯大人在北岸不會受什麼苦，等大都督一到，點齊兵馬，咱們便火速去北岸要人，不給的話，就殺他娘的！」周泰說話時，眼睛裡迸發出一絲殺意。

正說話間，但見官道上一匹戰馬飛馳而來，馬背上馱著的人英姿颯爽，羽扇綸巾、著一襲白色勁裝，兩道劍眉下是一雙深得讓人看不透的美目，不是周瑜還能是誰。

周瑜一隻手拽著馬的韁繩，一隻手拿著羽扇，翩翩奔馳而來，看到潯陽城外迎接隊伍排成排，但是眾將滿面憂色，掃視一圈後，唯獨不見魯肅，心中已經有了一絲擔心。

不一會兒，周瑜便到了眾人面前，勒住馬匹後，周瑜不等眾人參拜，便直接問道：「子敬何在？」

「大都督，魯大人他……」周泰話到嘴邊，卻不知道該如何說起。

「子敬怎麼了？是不是出什麼事了？」

周瑜緊張萬分，當即翻身下馬，一把抓住周泰的手，目光中露出擔憂之色。

周泰無奈之下，只好和盤托出，道：「大都督，魯大人他被諸葛亮綁去了！」

「什麼?!」周瑜聽了，頓時大吃一驚。

凌操急忙解釋道：「大都督，你別聽幼平瞎說，事情根本不是那樣。」

於是，凌操當眾將事情的經過前前後後說了一遍，並且將魯肅寫的信遞給周瑜。

周瑜接過信，拆開看後，一開始並未覺得有什麼不對，可是當他發現落款處魯肅寫的是「魯子敬親筆」四個字時，立刻覺察出這封信大有玄機。

因為魯肅和周瑜是很要好的好友，兩人亦師亦友，交情匪淺。兩人之間往來的書信從無落款，因為早已熟悉對方筆跡，一看便知。雖然這封信是寫給駐守在潯陽城的諸將的，但是魯肅早就知道周瑜的歸期，這封信周瑜更是非看不可，所以在信中留了一個心眼。

周瑜意識到信中一定隱藏著什麼重要訊息，目光隨即在信中的文字上掃來掃去，但見信中文字編排工整，起落有致，每行都有十個字，通篇一百字。

忽然，周瑜想起之前和魯肅曾經玩過一種文字遊戲，格式也是如此，於是便斜著眼再看了一遍，立刻發現其中奧秘。但見信上從第一個字開始，之後每行便落一個字，十個全拼湊起來，正好組成一句話，竟然是「**我為諸葛所困，速來救我**」。

周瑜當即將書信合上，下令道：「即刻點齊兵馬，隨我一起到北岸參加子敬的婚宴。」

周泰、凌操等人不敢多言，抱拳道：「諾！」

周瑜回府，但見夫人歐陽茵櫻已經在門口等待，便道：「夫人，快給我準備盔甲，我要出征。」

「出征？難道是要和華夏國打起來了？為什麼我沒有聽到一點消息？」歐陽茵櫻吃驚地道。

周瑜見歐陽茵櫻很是緊張，急忙解釋道：「夫人，和你想的不一樣，我知道你不喜歡華夏國和我吳國發生戰端。總之我答應你，我絕對不會胡來的，華夏國和吳國現在還是盟國，我不會公然撕破這個盟約的，我只是去救子敬。」

「魯車騎？他怎麼了？」

「他被諸葛亮用計騙去，現在困在北岸，我去救他，僅此而已。」

於是周瑜將事情簡明扼要的說給歐陽茵櫻聽。

歐陽茵櫻聽後，道：「竟然有這種事？那諸葛亮也太陰損了吧？」

她回到房中，將掛在架上的周瑜的頭盔、戰甲、武器一一幫周瑜穿戴好，然後從背後緊緊地摟住周瑜，柔聲道：「夫君，答應我，無論如何都不要和華夏國發生衝突，一旦演變成戰端，只怕天下又要大亂。」

周瑜承諾道：「以目前吳國的國力和戰鬥力，確實不宜和華夏國發生衝突，我此去只是為了救人，夫人放心，我自有分寸。」

話音一落，周瑜便離開住所，正好周泰、凌操也點齊了兵馬，水軍三萬整裝待發，潯陽城則留給徐盛、丁奉駐守。

歐陽茵櫻目送周瑜離去，心中隱隱有些擔心，急忙寫了封信，走到後院，將信交給老胡，對老胡道：「即刻給江夏派發信鴿，只求在吳國水師抵達江夏之前，信鴿能夠將信先送到諸葛亮的手中。」

老胡對歐陽茵櫻的話言聽計從，當即將信拴好，然後放出信鴿。看到信鴿展翅高飛，歐陽茵櫻的心裡算是稍稍去了幾分擔心。

長久以來，她一直作為華夏國的秘密間諜在吳國內部竊取重要情報，開始的幾年，她還按照高飛的吩咐，頻繁的向外送出重要的情報。但是自從有了孩子之後，她的心已經完全傾向周瑜這邊，只偶而隔三差五送出一份情報，而所謂的情報，也只是「一切正常」四個簡單的字。

一邊是有恩於自己的義兄，一邊是自己的夫君和孩子的爹，她夾在中間左右為難，只能想出這種折中的辦法。

其實，高飛早知道歐陽茵櫻沒有以前那麼盡心盡力了，所以也沒有再指望從歐陽茵櫻這裡獲取什麼情報，而是另闢蹊徑，在吳國內部安插了一個重要的角色，一直在暗中為華夏國竊取情報，而這個人，也一直在私下留意著吳國的動態，只是這一切，歐陽茵櫻卻全然不知。

她不知道，自己的背後一直有一雙眼睛在盯著，她的情況，也早已被人給寫明，送到了北國。

周瑜登上鬥艦的甲板，手中令旗一揮，三萬水軍便浩浩蕩蕩的朝江北駛去。

大型戰船一字排開，船上將士盡皆是斬荊披棘之士，緊握手中兵器，目光一致眺望北岸，嚴陣以待。

吳國水軍駛進潯陽江北部水域後，一艘巨型的戰船便在江面上映入眾人的眼簾，身邊四艘大型戰船護衛，每艘船隻上都站滿了華夏國的軍士，船首更設置有重型弩炮，甲板上布滿了弩手，船的兩側另有一排弩炮，顯得極為威武。

周瑜已經不是第一次見到華夏國的這種戰船了，這也是他最為擔心的，華夏國工業發達，造出來的武器遠遠的將吳國撇在後面，加上華夏國更有一種叫做火藥的東西作為武器，所以真的打起來，吳國的水軍未必是華夏國的對手。

不過，吳國水軍有自己的長處，戰船雖然沒有華夏國的大，但是勝在靈活，周瑜又非常熟悉水戰，所以只要布置的合理，未嘗不可以和華夏國一較高下，只是，付出的代價也必然會是巨大的。

華夏國能夠在水上作戰的部隊分為兩種，一種是早先就建立起來的，能夠在海上、江河中來去自如的海軍；另外一種則是從荊漢以及蜀漢手中收降過來，只能在江河中作戰的水軍，所以周瑜一直不敢貿然行動。

華夏國的巨型戰艦上，橫江將軍霍峻戰在船首，遠遠地看到吳國水軍一字排開從南岸駛來，笑著說道：「果然不出知府大人所料，吳國水軍的精銳全數出動了，立刻給對方發令旗！」

「諾！」

戰船上的旗手揮舞著手中的旗幟，向駛來的吳國水軍打出了旗語。

周瑜看到，當即陷入深思，暗暗想道：「對方竟然打出恭候多時的旗語，這麼說，諸葛亮是知道我會為了子敬帶領水軍來找他要人了？看來，諸葛亮還是一樣的狡猾。不過，再怎麼狡猾，手下敗將始終是手下敗將。」

「給對方發旗語，就說我們前來赴宴，請求全體登岸。」周瑜冷笑一聲，道。

「全體登岸？大都督，這豈不是中了諸葛亮的奸計了嗎，如果他將我們船隻燒毀，我們怎麼回去？」周泰擔心地道。

「如果諸葛亮敢燒的話，就讓他燒好了。既然我們受邀前來赴宴，就應該盡情吃喝，好好的享受美食和美酒，其他的一概不管。」周瑜信心滿滿地道。

「大都督，這是什麼意思？我們不是帶兵來逼諸葛亮交出魯車騎的嗎，怎麼要上岸吃喝？」凌操也被周瑜的話搞糊塗了，當即問道。

「呵呵，你以為我帶著三萬大軍來，是要和華夏國作戰的？那麼你們就想錯了。照我說的做，給對方發旗語。」周瑜目光中帶著一絲狡黠，胸有成竹的他，早已經打算好了。

於是，吳國這邊立刻給對方打出旗語。

霍峻看到後，不禁疑惑道：「對方居然要求全體上岸？周瑜到底在打什麼主意？」

他想不透，急忙轉身走進船艙，並且讓旗手給對方打出原地待命的旗語。

霍峻來到諸葛亮所在的房間，稟告道：「知府大人，周瑜要求吳國水軍全體登岸，我方當如何應對？」

「全體上岸？」

諸葛亮也是吃了一驚，他原是想逼周瑜出手，公然撕破盟約，那麼他就可以用重兵圍攻周瑜，先行給周瑜一個重創。可是以周瑜現在的要求，諸葛亮不得不改變自己的原意。

他思考片刻，當即說道：「即刻給霍篤傳令，讓他親自去請左將軍，請左將軍率軍切斷周瑜歸路，並且給右將軍發信鴿，請求右將軍率軍前來支援。既然周瑜要上岸，我就讓他永遠在岸上待著。」

霍峻知道事態嚴重，抱拳道：「諾，末將這就給大哥傳信。」

「等等，再給虎牙大將軍傳訊，將此地消息盡數說給大將軍聽，請大將軍率領水陸大軍逼近潯陽。」

「諾！」

霍峻走後，諸葛亮從船艙的窗戶上向外眺望，但見周瑜站在鬥艦的船首，暗暗想道：「周公瑾，昔年我敗陣還差點丟了性命，今日我要你加倍的還給我……」

霍峻按照諸葛亮的吩咐，對周瑜等人打出了旗語，並且讓開道路，放周瑜等三萬水軍上岸。

周瑜見華夏國的水軍讓開了道路，便毫無顧忌的將水軍全部駛進華夏國的水域內，然後在霍峻等人的熱情迎接下，準備登岸。

諸葛亮趁這個機會，坐小船先行上岸，然後帶著眾多官員在蘄春縣城等候，布置一切。

蘄春縣城裡，魯肅悶悶不樂地坐在自己的房中，雖然身邊有美人作陪，卻擋不住他那顆思鄉的心，一邊思索著要如何脫身。

正思量間，魯肅便見諸葛亮一臉笑意的走來，他急忙朝諸葛亮拱手道：「諸葛大人面帶喜色，不知道是什麼事讓大人如此的開心？」

諸葛亮笑道：「自然是魯大人的喜事了，貴國大都督周公瑾已經親率三萬將士前來北岸，目前正在登岸，是來赴魯大人的婚宴的。我已經讓人安排好，今日便在府衙內給魯大人完婚。」

「周大都督要親自登岸？」魯肅聽後，吃驚地道。

「是啊，魯大人的婚事，周大都督能不親自來嗎？而且還帶了三萬將士來祝賀魯大人的新婚。魯大人，周大都督這會兒應該就在來的路上，你隨我一起去迎接吧？」

諸葛亮語氣中帶著喜悅，彷彿魯肅的婚事是他自己的一樣。

魯肅嘴上道：「嗯，大都督親自來，我自然要去迎接，諸葛大人，我們趕緊去吧。」心中卻悵然道：「公瑾啊公瑾，你明知我被困於此，為何還要帶人上岸？你的葫蘆裡到底賣的是什麼藥？」

蘄春城的門口，諸葛亮和魯肅以及其他華夏國的官吏全部在門口等候，整個城池張燈結綵，從府衙到城門口全部鋪上紅地毯，並且在城門口貼上了大大的喜字，還準備了一班鼓吹隊伍在那裡奏著喜樂。

魯肅見諸葛亮搞得有聲有色的，簡直是一個盛大的婚禮，甚至連老百姓都前來圍觀，這是在周瑜和歐陽茵櫻之後，華夏國和吳國的又一樁婚事，不同的是，周瑜的婚禮是在吳國舉行，這次魯肅的婚禮卻在華夏國。

不多時，衙役便跑了過來，手裡拿著結婚時新郎穿的新郎裝，走到諸葛亮的面前，稟告道：「啟稟大人，衣服取來了。」

諸葛亮道：「給魯大人穿上。」

魯肅面上一囧，擺手道：「這……」

「魯大人，今日是你大喜的日子，既然周大都督都親自來祝賀了，你就別再推脫啦。如果我們皇上知道這件事的話，肯定高興不已，也必然會親自為魯大人祝賀的。這是華夏國和吳國兩國間的又一次聯姻，應該慶祝才是。魯大人若是不穿，這豈不是破壞兩國的邦交嗎？」

諸葛亮把「破壞兩國邦交」這頂高帽子扣在魯肅的頭上，魯肅不敢再有微詞，便去旁邊一個門房裡換上了新郎裝。

三十有二的魯子敬這輩子做夢都沒想到，他的二婚居然比一婚還要盛大。

穿上新郎裝的魯肅一出現在眾人的面前，立刻令人有煥然一新的感覺，當真是人逢喜事精神爽，就連年齡也顯得年輕了。

諸葛亮笑著對魯肅說道：「魯大人今日這身裝扮，著實英俊瀟灑，只怕我荊州的那些公子哥們也要被你給比下去了。」

魯肅只是一陣憨笑，內心裡卻極為不爽，他總覺得自己是在任由諸葛亮擺布，**對於諸葛亮到底要做什麼，周瑜又為何全軍登岸，都讓他的心裡畫上了一個大大的問號。也許，這就是他和頂尖智者的差別吧**，魯肅心中這麼想。

半個時辰後，周瑜帶著周泰、凌操、潘璋、蔣欽四將以及三萬將士浩浩蕩蕩地在霍峻的帶領下，朝城池這邊駛來。

當諸葛亮看見周瑜那身戎裝所顯出來的英氣時，心中暗自發誓道：「周公瑾，時隔七年，沒想到我們會以這種方式再見面。七年前我所受到的恥辱，這次要讓你加倍奉還給我。」

「魯大人，我們去迎接周大都督吧。」諸葛亮對新郎打扮的魯肅說道。

魯肅點點頭，和諸葛亮一起去迎接周瑜的到來。

兩下見面，周瑜看到魯肅穿著新郎裝和諸葛亮一起走來時，見魯肅眼神中帶著憂鬱，便在心裡暗道：「子敬，我來了，再忍耐些時間，我會帶你回吳國的。」

兩方人馬碰面後，諸葛亮和魯肅以及身後的官員同時向周瑜拱手道：「見過周大都督。」

論官職，周瑜無疑是這裡最高的，而且周瑜的地位也相當於吳國的半個皇帝，所以受到禮遇是應該的。華夏國的官員們自然知道這一點，所以以重要賓客的禮節對待周瑜。

周瑜出於禮貌，翻身下馬，朝面前的官員道：「各位，周公瑾這廂有禮了。」

諸葛亮道：「經年不見，周大都督還是一樣的英姿煥發，江東周郎果然名不虛傳。周大都督，我已經在城中布置了酒宴，裡面請吧。」

周瑜斜視諸葛亮一眼，似乎根本沒有把諸葛亮放在眼裡，對手下敗將，他向來如此。

他天賦異稟，難免會有些心高氣傲，這是他的弊端，可是他卻始終沒有看透自己的弊端，反而給了別人可乘之機。或許，這次會面之後，在他的心底，從此會深刻的烙上一個人的名字。

「我當是誰，原來是諸葛孔明啊，昔年荊南一戰，若不是司馬懿出現的及時，恐怕你早已經成了我的階下之囚。你現在還是個知府，在華夏國是二品的官吧？可惜啊，如果當年你聽從我主的勸降，到我們吳國，以你的才華，早已經可以和我分庭抗禮了，不說權傾朝野吧，至少三公是跑不了啦，可惜啊可惜……」

周瑜話中帶著極大的諷刺，讓華夏國的官員無論誰聽了，心裡都竄出一團無名之火，很想走上前去，然後狠狠地給周瑜一個大嘴巴子。可是在諸葛亮聽來，心裡反而莫名的升起一絲欣喜。

他對周瑜低聲下氣的說道：

「周大都督教訓的是，亮乃一介村夫，昔年猶如初出牛犢，到處亂撞，直到遇見周大都督，才知道螢火蟲和皓月是無法比擬的。昔年一敗，也確實讓亮深刻意識到了自己的不足，原來自己根本不足以和大都督相抗衡，一直以來，都是我太過高估自己了，華夏國是人才濟濟的地方，亮自到了華夏國後，更加明白自己的不足，知府一職，恐怕也是因為皇上的抬愛才讓我坐到這個位置的。

「在華夏國中，勝過我才華十倍、百倍、千倍的大有人在，倒是吳國人才凋零，一直以來只能倚重周大都督和魯大人而已，有道是『**伏路把關饒子敬，臨江水戰有周郎**』，這句童謠說得極為在理。要是周大都督到了我們華夏國，以大都督的才華，肯定能夠做到知州，只可惜要想權傾朝野，估計還略為有些不足……」

周瑜聽著諸葛亮的話，前半段聽得心裡還很高興，將諸葛亮看得一文不值，哪知諸葛亮話鋒突然一轉，後半段竟然損起自己了，他恨不得一腳像踩螞蟻一樣將諸葛亮踩死。

魯肅最懂周瑜，見周瑜臉上青一陣紅一陣的，怕周瑜和諸葛亮鬧僵，急忙上前拉住周瑜的手臂，插話道：「大都督親自到來，實在難得，更難得是帶著水軍的三萬將士一起前來，肅只不過是新娶側妻而已，居然弄得如此隆重，心中實在是對大都督感激不盡。大都督風塵僕僕到來，一定累了，不如早些進城，早些歇息。大都督，裡面請。」

周瑜狠狠地瞪了諸葛亮一眼，道：「諸葛大人，我帶來三萬慶賀的將士，這小小的蘄春城，只怕容納不下這麼多的人吧，但是我們遠道而來參加婚宴，你也不能怠慢才是，不知道諸葛大人將如何安置我的這三萬將士？」

諸葛亮笑道：「這個請大都督放心，我自有安排，大都督可帶親隨千人進城，餘下的在此稍後，我派下屬另作安排，保證讓他們吃好喝好。」

周瑜道：「既然如此，那就這麼辦吧。幼平。」

周泰急忙站了出來，抱拳道：「大都督有何吩咐？」

「我們是前來祝賀的，豈能空手而來，送上賀禮。」周瑜道。

周泰點點頭，隨即吩咐手下送上賀禮，後面的官道上便有一行人推出幾輛車，車上裝的盡是絲綢錦緞，金石玉器等物，還有一些是產自交州的稀有水果，前後共有五車。

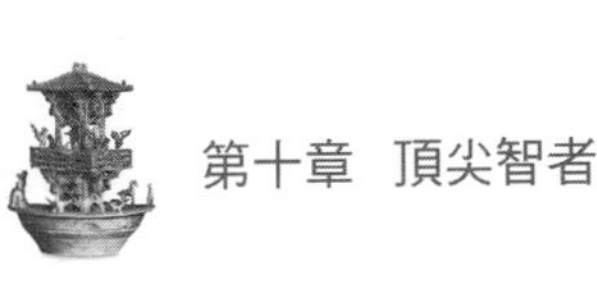

諸葛亮道：「呵呵，周大都督實在太客氣了，不過，既然送來了，那霍將軍就收下吧，再怎麼說，這也是大都督的一番心意嘛。」

霍峻道：「諾！」

魯肅拉著周瑜進城，小聲問道：「公瑾，你怎麼上岸了啊，難道你不知道上岸後將會處處受制於人嗎？你……你葫蘆裡到底賣的什麼藥啊……」

周瑜笑了笑，胸有成竹地對魯肅道：「子敬放心，一切盡在我的掌握當中，這次我一定要讓諸葛亮明白和我作對的下場。」

魯肅和周瑜緊緊挨著，兩人並肩走進蘄春城，周泰帶著一千名親隨精銳緊緊跟隨，浩浩蕩蕩的朝府衙而去。

諸葛亮見凌操、潘璋、蔣欽並未跟隨，而是留在城外，便對凌操、潘璋、蔣欽三人說道：

「三位將軍，一路辛苦了，蘄春城小，容納不下這麼多的人，只好委屈三位將軍和眾多將士在外面了。這大熱的天，也不能讓諸位曝曬在烈陽之下，蘄春城北有不足五里的地方有一座小山，山上綠樹成蔭，十分適合休息，我讓霍將軍將諸位領過去，之後便差人準備酒菜，給諸位將士端過去，如何？」

凌操道：「諸葛大人是主，我們是客，當然是客隨主便。諸葛大人儘管去招待我們大都督，我們就不必放在心上了，一下子讓諸葛大人做出三萬人的酒宴，實在是有點難為大人了，就算大人做不出來，我們也不會介意的。」

「你這是什麼話，我華夏國地大物博，疆域甚廣，別說你們才來了三萬，就算是來三十萬，我們華夏國也一樣能夠做出那麼多人吃的飯菜來！」

霍篤聽了凌操的話，心中十分的不爽，瞪著兩隻眼睛大聲嚷嚷道。

「霍將軍，不得對客人無禮。」諸葛亮制止道。

「哼！」霍篤冷哼了一聲，轉過身子，不再說話，可是眼睛卻不時的剜了凌操一眼。

凌操是出了名的壞脾氣，不過今天卻一反常態，主要是有周瑜的叮嚀，無論如何，都不能與華夏國的發生衝突，即使有衝突發生，也要是讓華夏國的先動手，這樣他們才有反擊的理由。他沒有理會霍篤，畢竟以他的軍職和爵位來說，霍篤充其量只是個小角色，至少還不能跟他這個鎮西將軍想比擬。

他拱手對諸葛亮道：「諸葛大人，那我們就叨擾了。」

諸葛亮笑道：「吳國和華夏國的邦交豈能是三言兩語所能說清楚的，之前是兄弟之邦，現在是叔侄之國，於情於理，我們這邊做叔叔的，自然要好生招待你們那邊做侄兒的了……」

「諸葛大人如此說話，未免太不將我東吳諸將放在眼裡了吧！你主是皇帝，我主也是皇帝，憑什麼說我們吳國是你們華夏國的侄子？」

凌操本來不準備動怒的，可是被諸葛亮這句話一激，立刻犯了毛病，頓時惱火萬分。

「怎麼？我主與你主的父親情同手足，你主自然是我主的晚輩了，這麼算下來，你們吳國自然是我華夏國的侄子輩了，難道還要從頭細說不成？」諸葛亮若無其事地道。

「你……」

凌操怒不可遏，向前跨了一步，右手已然握住懸掛在腰間的劍柄，恨不得登時抽出劍刃，直接將諸葛亮斬殺了。

蔣欽生性豁達，且略有權謀，知道這是諸葛亮故意激怒凌操，在凌操的手剛按在劍柄上時，他的右手已然伸出，如鉗子一般緊緊地握住凌操的手，然後臉上意綿綿的對諸葛亮道：

「諸葛大人，我家大都督已經走遠了，你再不去招待，只怕大都督會覺得你們華夏國待客之道不夠熱忱。我家大都督之妻是你們皇上的義妹，這麼算來，大都督便是你們皇上的妹夫，你在這裡磨磨蹭蹭的跟凌將軍耍嘴皮子，卻不去款待重要賓客，只怕不妥吧？如果諸葛大人怠慢了大都督，大都督怪罪起來，一封信寫到洛陽城裡交給你們的皇上，然後數落你的大不敬之罪，只怕諸葛大人也吃不消。」

諸葛亮聽了蔣欽這番話，不禁多看了蔣欽一眼，心中暗道：「東吳人才濟濟，周瑜部下也並非都是周泰、凌操之流，蔣公奕倒是一個極少冷靜的人……」

他笑了笑，對蔣欽說道：「蔣將軍言重了，我只是就事論事而已。」

「大人。」霍峻從後面站了出來，抱拳道。

「帶三位將軍和吳軍的將士到城北的柳林坡歇息，酒菜做好後，便會差人送去，由你作陪，切勿怠慢了諸位將士。」諸葛亮吩咐道。

霍峻點點頭，對凌操、潘璋、蔣欽說道：「三位將軍，請隨我來。」

諸葛亮看到周瑜、魯肅、周泰和一千精銳騎兵走在前面，便對霍篤小聲道：「可給左將軍、右將軍發信鴿了嗎？」

「發了，左將軍和右將軍的兵馬離此不遠，大軍趕來，最多只消半個時辰。」霍篤也小聲回答道。

「嗯，你即刻返回江岸，看看吳國的戰船上還留的有人不，如果有的話，盡皆邀請到岸上好生款待，如果沒有的話，你帶人登上吳國的船，然後按照計畫駛

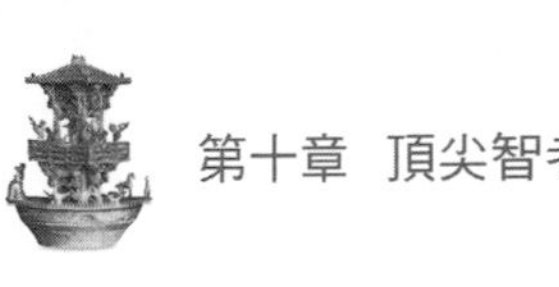

離碼頭。」諸葛亮道。

「諾！大人，這是剛才來的飛鴿傳書，是從潯陽城那邊發過來的，是郡主的密信。」霍篤一邊說著話，一邊從懷中掏出一封信，遞到諸葛亮的面前。

諸葛亮接過信箋後，連看都沒有看，直接塞進了袖筒裡，然後對霍篤說道：「給郡主回信，就說知道了，其他不要多說。」

「大人，這……不好吧，畢竟是郡主寫來的信，大人還沒看呢，怎麼知道信中寫的是什麼內容，萬一是重要軍情呢？」霍篤疑惑地道。

「重要軍情？我倒希望是，我不看就知道裡面寫的是什麼。你按照我說的去做，此次無論如何都不能讓周瑜跑了，我要困死他！」諸葛亮說話時，眼睛裡冒出一團火光。

霍篤不再多言，直接告退。

諸葛亮帶著府衙的屬官徑直入城去了，霍峻則帶著凌操、潘璋、蔣欽等兩萬九千名將士從城外繞到城北，以免進入城內擾亂了城內居民的正常生活。

府衙門口，周瑜帶來的一千精銳吳軍騎兵在街道上排成了兩排，整齊的站在那裡，盡皆是一身戎裝，周泰更是身披重鎧，內襯皮甲，整個人裝扮的像是要打仗一樣，十分的威武。

周瑜和魯肅見諸葛亮和府衙的屬官還在後面，便站在門口等待，畢竟這裡是諸葛亮的地方，他們只是客人，怎麼能夠不等主人來就進去了呢。

等到諸葛亮和屬官翩翩而來時，周瑜便譏諷道：「諸葛大人，你姍姍來遲，反要讓客人在門口等你，只怕有失待客之道吧？」

「大都督教訓的是，亮這裡先行給大都督賠罪，希望大都督大人有大量，不要跟亮計較這些。再說，大都督反客為主，也似乎沒把自己當客人吧？」諸葛亮反駁道。

「主人不在，我只好自取了，難道要坐在那裡等待主人到來我才能動彈嗎？」

「不問自取是為盜，大都督莫非是想在這蘄春城裡將整座城池都盜去嗎？」

魯肅見周瑜和諸葛亮話不投機半句多，這又槓上了，急忙出來解圍，笑呵呵地道：「大都督，諸葛大人，今天是我大喜的日子，你們都少說兩句話，多喝點酒，既然都到齊了，那就一起進去吧。」

話音一落，魯肅便伸出手，一手拉著周瑜，一手拉著諸葛亮，然後三個人肩並肩的走進了府衙。

諸葛亮的屬官這才跟著進去，而周泰則等到諸葛亮的屬官進去之後，他才動

彈了一下，目光犀利的掃視著整個城裡，並未發現有什麼異常，然後便對自己身邊的一個校尉說道：「你率領五百人在外面看守，我帶五百人進去保護大都督和車騎將軍。」

周泰和五百人翻身下馬，整齊地排成隊形後，大踏步的開進府衙。

每經過一處，周泰便指著幾個人留下，然後分別站在府衙的每個角落裡，以防不測，最後，他的手裡還剩下二百人，跟著他一起來到府衙的大廳前，然後他帶著二十名士兵走進大廳，站立在周瑜和魯肅的身後，其餘的一百八十名則分別站在大廳的外面，不苟言笑，顯得十分嚴肅。

只這麼一瞬間，本來喜氣洋洋的婚禮殿堂，被周泰帶來的這些士兵搞得氛圍十分的緊張，站崗放哨的都是裡三層外三層的，像是進了一個軍事壁壘一樣。

諸葛亮看到後，朝屬下的主簿使了個眼神，主簿會意，對周瑜行了一禮，然後說道：「周大都督，你的部下未免太過放肆了吧，這裡是婚禮殿堂，是我們知府大人花了好多心血搞好的，可是你的部下一來，便將這裡弄得像是軍營一樣。固然周將軍是為了保護大都督，可是大都督儘管放眼看看，我這個府衙內除了幾十名衙役外，根本沒有一個士兵，除了你們以外，任何人都不曾攜帶武器，是大都督對我們不放心呢，還是大都督一向如此？」

周瑜聽後，也覺得破壞了氣氛，便對周泰道：「幼平，撤去大廳外面所有的守衛，讓他們守在府衙外面，你只需帶五名士兵跟在我身邊即可。」

周泰聽了，急忙道：「大都督，這樣不妥吧？」

「沒什麼不妥的，這裡是結婚的禮堂，又不是人間地獄。再說，我吳國和華夏國是盟國，到了這裡，就像是到了自己的家裡一樣。」周瑜特意將盟國兩個字說的很重，然後轉過頭，對諸葛亮道：「對吧，諸葛大人？」

諸葛亮又怎麼會聽不出周瑜的話外之音呢，笑道：「周大都督說得是，周將軍實在是太過擔心了，放心好了，這裡是婚宴，不是鴻門宴，既不需要項莊舞劍，也不需要項伯從中調解。」

「幼平，你都聽見了？讓人退出府外守候即可。」周瑜轉臉對周泰道。

周泰這才點點頭，帶人出了大廳，然後在府衙的外面安排好警衛之後，這才帶著五名魁梧的士兵走進來，依然侍立在周瑜和魯肅的身邊。

「諸葛大人，人都到的差不多了，如果沒有什麼貴客的話，就請開始婚宴吧。」魯肅迫不及待地說道。

「呵呵，看不出來魯大人竟是如此的心急。也好，既然賓客都到了，那就開始吧，有請霍家的兩位高堂……」

諸葛亮當即開始做起婚禮的司儀。隨後，婚禮如期舉行，魯肅和霍峻的妹妹按照傳統的婚俗開始拜天地，在場的眾人看了都極為羨慕。

與此同時，在蘄春城的東方和西方的兩個官道上，兩支大軍正在急速的趕路，分別是隸屬於左將軍李典和右將軍樂進的部下。

他們一接到諸葛亮傳出的消息，便立刻帶兵前來支援，每個人各自率領兩萬馬步，從駐地浩浩蕩蕩的而來，一路上揚起滾滾煙塵，馬匹嘶鳴，人聲鼎沸，所路過的村莊裡的百姓盡皆避讓，都以為又開始打仗了。

請續看《三國疑雲》第十六卷　盛世帝國【大結局】

三國疑雲 卷15 反敗為勝

作者：水的龍翔
發行人：陳曉林
出版所：風雲時代出版股份有限公司
地址：10576台北市民生東路五段178號7樓之3
電話：(02) 2756-0949
傳真：(02) 2765-3799
執行主編：朱墨菲
美術設計：吳宗潔
行銷企劃：林安莉
業務總監：張瑋鳳

初版日期：2022年10月
版權授權：蔡雷平
ISBN：978-626-7153-09-3

風雲書網：http://www.eastbooks.com.tw
官方部落格：http://eastbooks.pixnet.net/blog
Facebook：http://www.facebook.com/h7560949
E-mail：h7560949@ms15.hinet.net
劃撥帳號：12043291
戶名：風雲時代出版股份有限公司

風雲發行所：33373桃園市龜山區公西村2鄰復興街304巷96號
電話：(03) 318-1378
傳真：(03) 318-1378
法律顧問：永然法律事務所 李永然律師
北辰著作權事務所 蕭雄淋律師

行政院新聞局局版台業字第3595號 營利事業統一編號22759935

定價：290元

國家圖書館出版品預行編目資料

三國疑雲 / 水的龍翔著. -- 初版. -- 臺北市：風雲時代出版股份有限公司, 2022.03- 冊； 公分

ISBN 978-626-7153-09-3（第15冊：平裝）--

857.7 110019815